Mia und der blaue Schal

Christina Stöger

Mia und der blaue Schal

Autorin: **Christina Stöger**
Coverbild: **Nadine Scheithauer**

Originalausgabe April 2015

© 2013 Christina Stöger
www.christina-stoeger.de
http://christinas-buchstabenmeer.blogspot.de/

Herstellung und Verlag: BoD – Books on Demand, Norderstedt

ISBN: 978-3-7347-4495-2

Bibliografische Information der Deutschen Nationalbibliothek:
Die Deutsche Nationalbibliothek verzeichnet diese Publikation in der Deutschen Nationalbibliografie; detaillierte bibliografische Daten sind im Internet über http://dnb.dnb.de abrufbar.

Wenn ich ein Buch schreibe …

… dann liegt ein weißes Blatt Papier vor mir und ich male mir meine eigene, bunte Welt. Jedes Wort hat eine bestimmte Bedeutung für mich. Jeder Satz ist wohl durchdacht und ausformuliert. Manchmal dauert es Tage, bis ein Kapitel beendet ist, manchmal aber auch viel länger. Ich lebe, lache und weine mit meinen Protagonisten, die in dieser Zeit zu einem Teil meines Lebens werden. Nachts träume ich von ihnen und ihrem Schicksal und am Tag rede ich über sie. Nur meine Seele weiß, wie sie ihr Glück finden, in welcher Stadt sie leben und wie sie ihre Umgebung wahrnehmen. Ich bin Architekt, Maler und Landschaftsgärtner zugleich. Ich gestalte ihren Lebensraum, bestimme ihr Handeln und ihre Gedanken. Durch mich erwachen sie zum Leben. Doch manches Mal übernehmen auch sie die Handlung und ich lasse mich führen. Sie werden zu einem Teil von mir und ich werde ein Teil meiner eigenen Geschichte.

Sobald ich das Fenster an meinem PC schließe, das Buch beende und die Tasten ruhen lasse, hat sich ein Teil meines Ichs in meinem Roman, meinen Geschichten oder Gedichten verewigt - und wenn ich eines Tages nicht mehr bin, dann bleibt dieser Teil von mir unvergessen. Auch, wenn er nur im Keller schlummert oder auf einem Dachboden liegt … Ein Stückchen meiner Seele, meines Wesens bleibt.

Schnitte im Arm, tiefe Wunden geschlagen,
das Leid der Seele, ist kaum zu ertragen.
Der Körper missbraucht, die Seele verletzt,
ein dunkler Schatten durch Träume hetzt.

Seele und Körper voneinander getrennt,
ein tiefer Schmerz, der in mir brennt.
Die Kraft verloren für dieses Leben,
das Verlangen ist groß mich aufzugeben.

Das Blut tropft zäh ins Tränenmeer,
mich zu verstehen fällt oft so schwer.
Der Wunsch ist groß mich zu verlassen,
der Wille stark mich selbst zu hassen.

Prolog

»Du verdammtes Miststück! Du bist so dumm, faul und hässlich! Wie konnte ich dich nur heiraten? Wie blöd muss ich gewesen sein?« Die Worte, die mir mein Mann vor ein paar Stunden an den Kopf geknallt hat, hallen noch immer in meinen Ohren wider. Ich kann nicht mehr. Ich kann einfach nicht mehr - und ich will auch nicht mehr! Wozu soll ich noch weiter leben? Wozu das alles über mich ergehen lassen? Diese ständigen Beschimpfungen, die täglichen Vorwürfe ... Ich schaffe das einfach nicht mehr. Klar, ich könnte meine Koffer packen und gehen. Aber wohin? Ich hab doch nichts. Keine Arbeit, kein eigenes Geld ... kein eigenes Leben. Das bringt doch alles nichts mehr. Ich sehe keinen Ausweg. Nur den Tod. Der Tod scheint mir die einzige Lösung zu sein. Dann falle ich niemandem mehr zur Last. Dann bin ich endlich unsichtbar. Raus aus dieser Welt, die mich nicht haben will.

Ich liege in der Badewanne und heißes Wasser läuft über meinen Körper. Ich brenne. Meine Haut ist ganz rot und die Schmerzen machen mich fast wahnsinnig. Aber sie zeigen mir, dass ich lebe ... noch. Ich habe mir meine Sünden vom Körper geschrubbt. Die Sünden, die ER mir immer und immer wieder vorwirft. Am Anfang habe ich seine Worte immer mit einer einzigen Handbewegung fortgewischt. Na, er wird halt einen schlechten Tag haben, er liebt mich doch, habe ich gedacht. Aber mit der Zeit ist es immer schlimmer geworden. Die Vorwürfe wurden von Tag zu Tag fieser. Ich versuchte mein Bestes zu geben, doch egal, was ich tat, es schien ihm nicht zu genügen.

Im Gegenteil ... jedes Mal, wenn es zu schlimm wurde, habe ich mich im Bad eingesperrt und mich stundenlang mit heißem Wasser gewaschen. In dieser Zeit hatte ich meistens meine Ruhe. Diese Zeit gehörte nur mir allein. »Buße« nannte er das und ließ mich oft gewähren.

»Vielleicht wäschst du dir deine Dummheit aus dem Kopf und wirst wieder klar«, hat er eines Tages gesagt, als ich, rot wie ein gekochter Hummer mit nur einem Badetuch bekleidet, aus der Wanne gestiegen war.

Er hat mich oft körperlich gedemütigt – aber das war nie das Schlimmste. Die seelischen Schmerzen, die jeden Tag grausamer werden, treiben mich zu meinem Entschluss. Ich kann nicht mehr – und ich will auch nicht mehr ... Wunden auf der Haut, Wunden auf der Seele ...

Vor einer gefühlten Ewigkeit hat er die Wohnung verlassen und ich liege nun weinend in diesem Wasser, das mich von allen Seiten umschließt. Aus der Küche habe ich mir ein Messer mitgenommen. Ich muss den Druck loswerden. Die Schmerzen in meiner Seele zeigen sich bereits auf meiner Haut. Ich schneide mich. Tief und fest.

Als ich damals das erste Mal mit meinen Fingernägeln meine Beine aufgekratzt habe, war es wie eine Erlösung für mich. Es war nicht viel Blut geflossen, doch das bisschen hatte gereicht, um wieder Herr meiner Sinne zu werden. Ich lebte, ich atmete und ich fühlte. Fühlte den Schmerz, sah das Blut und wusste, dass ich weiter machen musste. Wofür wusste ich nicht, aber der Lebenswille war stark und floss durch meine Adern. So wurde es bei mir zur Regel, jedes Mal einen spitzen Gegenstand mit unter die Dusche oder in die Badewanne zu nehmen. Mal war es ein Messer, mal Rasierklingen oder auch eine Nadel.

Die Seife, die meine Haut an vielen Stellen meines Körpers wund gescheuert hat, ist ganz klein geworden und löst sich im Badewasser auf. Ich starre auf die Seife und sehe, wie sie langsam untergeht. Es ist so heiß - so schrecklich heiß. Immer wieder lasse ich neues Wasser über meine Beine fließen. Die Wanne ist bis zum Rand gefüllt und droht überzulaufen. Doch das stört mich nicht. Ich werde das Wasser nicht aufwischen müssen - dieses eine Mal nicht. Denn ich werde nicht mehr da sein, um seinen Befehlen zu gehorchen. Bis zum Hals liege ich in der seifigen Brühe und tauche immer wieder unter. Das Messer, mit dem ich mir in meine Handgelenke geschnitten habe, ist auf den Boden gefallen und ich sehe, wie sich der rote Lebenssaft mit meinen Tränen und dem Badewasser vermischt. Alles ist rot - wie Feuer - blutrot - glutrot. Brennend heiß ... eiskalt ... das Ende naht. Endlich. Das Leben rinnt aus meinem Körper ... Alles wird schwarz um mich herum. Ich werde erfrieren, im heißen Wasser, im Feuer. Werde verbluten ... endlich Schluss ... Ende ... aus ...

»Du blöde Ziege, siehst du denn nicht, dass das Wasser ... Mia? Oh Gott Mia! Was machst du nur? Dich kann man wirklich keine Sekunde ... du dämliches Schaf!«

Tom rennt fluchend aus dem kleinen Badezimmer, in dem er seine Frau mit aufgeschnittenen Pulsadern entdeckt hat und wählt mit zitternden Fingern den Notruf.

»Schnell ... meine Frau ... sie hat sich die Adern aufgeschnitten. Sie stirbt. Kommen Sie schnell«, brüllt er ins Telefon.

»Nennen Sie mir bitte Ihren Namen und die Anschrift. Dann wird sich sofort ein Not ... », fordert ihn eine männliche Stimme auf, doch Tom brüllt weiter ins Telefon.

»Meine Frau, ... das wollte ich doch nicht ... Wie ...? Warum hat sie nur ...? Das hat sie doch noch nie gemacht ...«

»Nennen Sie mir bitte Ihren Namen! Sonst können wir keinen Notarzt zu Ihnen schicken.« Der Mann versucht es erneut mit mehr Nachdruck, doch Tom hört nicht auf, wie von Sinnen in den Hörer zu brabbeln.

»Verdammt! Hören Sie mir zu! Ich werde jetzt Ihren Anruf zurückverfolgen lassen. Bleiben Sie, wo Sie sind und öffnen Sie die Tür, wenn es klingelt. Haben Sie mich verstanden, Herr ...?«

»Falter, mein Name ist Falter«, sagt Tom automatisch, lässt den Hörer fallen und eilt zurück ins Badezimmer. Wie ferngesteuert schließt er den Wasserhahn und bindet Mia einige Handtücher, sowie einen blauen Schal – ihr Lieblingsaccessoire - der direkt neben der Badewanne auf dem Boden liegt, um die Handgelenke.

»Wenn du mir hier stirbst, dann ...«, jammert Tom und bemitleidet sich in diesem Moment selber. Warum ist er nur früher als sonst nach Hause gekommen? Dabei wollte er sich doch nur duschen, umziehen und dann zu einem Treffen mit seiner Sekretärin aufbrechen. So schön hat er sich diese Nacht ausgemalt - zuerst hätte er die junge, extrovertierte Frau in ein romantisches Restaurant ausgeführt und dann hätten sie in einem kleinen, aber feinen Hotel ein paar heiße Stunden miteinander verbracht ...

Plötzlich spürt Tom etwas Nasses an seinen Beinen und kehrt in die Gegenwart zurück. Nun sitzt er hier, statt in diesem schönen Restaurant und muss auf den Notarzt warten. Warum muss sie ihm das nur antun? Warum macht sie so einen Scheiß? Wenn sie das überlebt, dann wird er sich von dieser psychisch kranken Frau trennen, das weiß er. Mit so etwas will er nichts zu tun haben - Selbstmord. Die gehört in die geschlossene Anstalt. Genau das wird er den Ärzten auch sagen. Dann ist sie weggesperrt - für immer und er hat seine Ruhe. Dann kann er endlich die Scheidung einreichen und der Richter wird ihn verstehen. Mit so einer Psychotussi will keiner was zu schaffen haben, er am allerwenigsten. Dabei hat er ihr alles geboten, was sich eine Frau nur wünschen kann. Sie musste nicht arbeiten gehen und durfte den ganzen Tag zu Hause vor dem Fernseher sitzen. Ein wahres Paradies auf Erden hat er ihr geboten. Das bisschen Haushalt hätte sie doch nebenbei erledigen können, dann hätte er auch nicht jeden Tag schimpfen müssen. Warum war sie nur so geworden? Er versteht sie einfach nicht - dieses undankbare Miststück. Warum muss sie ihm auch jetzt wieder so eine Arbeit machen? Reicht es nicht, dass er Tag für Tag in die Firma geht, um ihren Lebensunterhalt zu sichern? Er schuftet stundenlang, nur, damit sie mit ihrem faulen Arsch die Wohnzimmercouch durchliegen kann. Wut steigt in ihm auf und er starrt Mia hasserfüllt in die leeren Augen. Jedes Gefühl von Mitleid ist aus seinem Gesicht gewichen und er lockert den Druck um ihre Handgelenke. Soll sie doch verbluten, wenn sie es will. Wenn sie es so unbedingt will! Warum soll er sie aufhalten? Witwer ... klingt auch nicht schlecht. Da hätte er noch einen Bonus bei den Frauen. Sie würden ihn bemitleiden und er hätte noch leichteres Spiel. Nicht, dass er das nötig gehabt hätte. Die Damen, die er bevorzugte, lasen ihm ohnehin jeden Wunsch von den Augen ab. Seine hübsche Sekretärin zum Beispiel riss sich beinahe ein Bein aus, um ihm zu gefallen - und die Kleine aus der Buchhandlung ebenso ... Er hatte die freie Auswahl.

Seine schmutzigen Gedanken werden jäh durch einen leisen Seufzer unterbrochen. Tom zuckt zusammen. Noch ist es nicht so weit, noch ist sie nicht tot ... noch nicht. Wann kommt endlich dieser verdammte Arzt? Wenn es nicht bald klingelt, ist es ohnehin zu spät. Er hat keine Lust, die Beerdigung zu bezahlen. Verbrennen, genau. Er lässt sie verbrennen und vergraben. Ganz billig. Er will ihr nicht auch noch im Tod das Geld, das er so mühsam verdient, hinterher werfen. Eine Scheidung ist zwar auch nicht billiger, aber vielleicht - er kennt einen guten Anwalt - wird es nicht so teuer werden. Der Richter wird ihn schon verstehen ...

Tom hat keine Lust mehr, auf die geschlossenen Augen und das fahle Gesicht seiner Frau zu starren und die Handtücher mehr schlecht als recht auf die Wunde zu pressen. Überall verteilt sich das Blut. Auf seinen Händen, seiner Hose und auch auf seinem Hemd. Es macht ihn wütend und ekelt ihn an. Nie wieder wird er die Flecken aus seiner Kleidung entfernen können. Den teuren Anzug kann er in den Müll werfen. Der Geruch nach Kupfer steigt ihm in die Nase. Alles riecht nach dieser Frau und ihrem Blut. Widerlich, wie sich der rote Saft einen Weg sucht und an seinen Handgelenken entlang auf den Boden tropft. Wie viel Lebenssaft hat ein Mensch? Wie lange wird das Ganze wohl noch dauern? Gänsehaut läuft seinen Rücken hinunter und er schüttelt sich angewidert. Dann muss er sich übergeben. Sein bitterer Mageninhalt vermischt sich mit dem Blut und dem Badewasser auf dem Teppichboden und der Geruch nach halb verdauten Spaghetti steigt ihm in die Nase.

In diesem Moment klingelt es stürmisch an der Haustür. Na endlich! Mühsam stemmt Tom sich hoch, schlurft zur Haustür und betätigt den Summer. Dann wischt er sich mit dem Handrücken den Speichel aus den Mundwinkeln und zeigt dem heraneilenden Notarzt den Weg ins Bad. Diese Schmach - er hasst Mia.
»Ist bei Ihnen alles in Ordnung?« Der Arzt schaut Tom besorgt an.
»Ja, ja. Sie liegt im Bad. Bei mir ist alles o.k.«, nuschelt er und dreht sich schnell weg. Es ist ihm so unsagbar peinlich!
»Gerade noch rechtzeitig«, sagt der Arzt zu Tom, als die Sanitäter Mia auf einer Liege aus dem Badezimmer in den Flur tragen. Ihre Hände sind mit weißen Mullbinden umwickelt und liegen zusammengefaltet auf ihrem Bauch. Ihr Körper ist festgeschnallt, so dass sie nicht von der Trage rutschen kann und ein Schlauch führt aus ihrem Handrücken zu einer Flasche mit durchsichtiger Flüssigkeit. Tom starrt auf die Tropfen, die sich in stetem Rhythmus aus dem Flaschenhals lösen und in die Öff-

nung des Schlauches fallen. Mit jedem Tropfen Flüssigkeit kehrt das Leben in seine sterbende Frau zurück. Tom ist wütend. Hätte er doch bloß länger gewartet. Dann ...

»Wenige Minuten später und wir hätten Ihre Frau nicht mehr retten können. Da haben Sie noch mal Glück gehabt.«

»Glück? Na, wenn Sie meinen ...«, sagt Tom mit sarkastischem Unterton, den der Arzt nicht zu deuten weiß.

»Packen Sie bitte ein paar Kleidungsstücke und Waschsachen für ihre Frau zusammen und bringen Sie diese ins Krankenhaus. Sie wird wahrscheinlich einige Zeit dort bleiben müssen.«

»Die können Sie behalten«, murmelt Tom, dreht sich auf dem Absatz herum und lässt den verdutzen Arzt im Flur zurück.

Als er sich auf dem Weg ins Schlafzimmer befindet, um den Koffer für Mia zu packen, bemerkt er, dass das Radio in der Küche noch immer dudelt ... Den ganzen Tag läuft die verdammte Kiste - eine Tatsache, die Tom noch nie leiden konnte. Ruhe. Er braucht Ruhe, verdammt. Als Erstes wird er das Radio in den Müll werfen. Er braucht das nicht, er braucht Stille - keine nörgelnde Alte, kein Heulen, kein Jammern. Nur beruhigendes, entspannendes Nichts - endlich!

- 1 -

Einige Monate später

»Guten Morgen Frau Falter, Mia. Wie geht es Ihnen heute?« Mia nickt ihrer Psychologin lächelnd zu und reicht ihr die Hand.
Bereits vor einigen Wochen hat Mia Frau Pescado gebeten, sie überwiegend mit ihrem Vornamen anzusprechen.
»Bitte, nennen Sie mich Mia, sonst komme ich mir so alt vor. Dabei bin ich doch gerade erst dreißig geworden«, hat sie gesagt und dabei schüchtern gekichert, bevor sie leise hinzugefügt hat »außerdem bin ich froh, wenn ich den Familiennamen meines Noch-Ehemanns nicht ständig hören muss.« Das Lächeln, das ihr bei dieser Erklärung auf den Lippen gelegen hat, hat es damals noch nicht bis in ihre Augen geschafft - zu tief waren die Wunden ihrer Seele.
Doch heute, einige Monate später, zeigen die Therapiesitzungen bereits Wirkung. Denn in dem Moment, als Mia die Hand ihrer Psychologin ergreift, rutscht der Ärmel ihres Pullis ein Stück nach oben und ein Teil ihrer Wunden, die mittlerweile dicke, rote Striche geworden sind, werden sichtbar. Früher hätte sie den Stoff verschämt zurecht gerückt – doch heute sind die Narben für Mia fast selbstverständlich geworden. Sie gehören einfach zu ihr - als Zeugen ihrer Vergangenheit. Das Lächeln, das Mia ihrer Psychologin heute schenkt, ist ehrlich, denn es spiegelt sich endlich in ihren Augen wieder.
»Danke. Es geht mir gut. Wirklich gut. Ich glaube, ich bin bereit. Ich will mein Leben endlich wieder selber in

die Hand nehmen und den Neustart wagen.« Frau Pescado lächelt Mia zufrieden an und öffnet mit den Worten »Darüber werden wir uns gleich näher unterhalten« die schwere, weiße Tür zu ihrem Behandlungszimmer, das hell und freundlich eingerichtet ist. Bis auf zwei braune, wuchtige Ledersessel in einer Ecke erstrahlt der Raum in reinem, unschuldigem Weiß. Der große, scheinbar immer aufgeräumte Schreibtisch, dominiert die sparsame Einrichtung und die indirekte Beleuchtung zaubert ein warmes, gemütliches Flair.

Stundenlang hat sie in den vergangenen Wochen Zeit gehabt, jedes Detail genau zu betrachten. Nur hier und da liegt eine große, wunderschöne Muschel zwischen den dicken Fachbüchern im Regal und eine filigrane Möwe aus Bernstein steht auf dem Glastisch zwischen den beiden Sesseln. So oft hat Mia die Skulptur bisher in die Hand genommen, wenn sie aus ihrem Leben berichtet hat. Das leichte, fast warme Material gab ihr immer wieder Halt und schenkte ihr unbewusst lichtvolle Energie – so wie auch in diesem Moment.

»Das uralte Baumharz, das aus den Tiefen der Ostsee gewonnen wird, wird auch Lichtstein oder Stein des Lichtes genannt, obwohl es eigentlich gar kein Stein im herkömmlichen Sinne ist. Es soll unter anderem bei depressiven Stimmungen helfen und dem Träger die Energie des Lichtes näher bringen - also wie geschaffen für eine Psychologin wie mich«, erklärte Frau Pescado Mia eines Tages geheimnisvoll. »Daher liebe ich Bernstein auch so sehr und trage ihn selbst als Kette um den Hals. Vor vielen Jahren habe ich dieses Fossil am Strand gefunden, es polieren und in Silber fassen lassen. Schau nur, wie wundervoll es leuchtet, wenn man es in die Sonne hält«, hat Frau Pescado weiter erzählt und Mia den Anhänger ihrer Kette gezeigt. »Er ist einfach etwas Besonderes und sein Gelb wirkt magisch auf mich. Er begleitet mich schon so viele Jahre, und immer noch bin ich ganz verliebt in ihn.« Zärtlich streicht die Frau über den Stein und hält einen Moment inne, bevor sie fortfährt. »Ich liebe das Licht in jeglicher Form – ganz egal, ob es die Sonne an einem wundervollen Sommertag, der Mond in einer sternenklaren Nacht oder nur ein kleines Teelicht ist. Ich hoffe, auch du wirst eines Tages das Licht für dich entdecken«, hat sie Mia mit sanfter Stimme vorgeschwärmt, doch diese hat nur stumm genickt und kein Wort verstanden. Nur die vertraute Anrede hat sie einen Moment stutzig werden lassen. Der professionelle Abstand zwischen ihnen war in diesem Augenblick auf ein Minimum reduziert gewesen. Mit einem leichten Schulterzucken hat sie es übergangen und als ein Versehen abgetan.

Natürlich findet auch Mia Sonnenuntergänge faszinierend und hätte ewig auf das Farbenspiel des Himmels blicken können, doch die Begeisterung der Psychologin konnte sie nicht verstehen. Mia hat eher die Form der Bernsteinskulptur fasziniert, denn vor ihrem Aufenthalt in der Klinik hat sie mit den Raubvögeln der Meere, die ihre Freiheit lebten, nichts anzufangen gewusst. Doch auch das hat sich in den letzten Wochen geändert und ihre Seele hat sich der Weite und der Unendlichkeit des Ozeans geöffnet. In jenen Stunden, in denen Mia alleine am Strand spazieren ging, hat sie sich frei gefühlt - und frei wollte sie auch endlich sein, sich wie die Möwen in die Lüfte schwingen, vom Wind tragen lassen und Angreifer mit ihren Krallen fernhalten. Sie wollte sich nie wieder etwas sagen lassen müssen oder in Unterdrückung leben. Sie wollte frei und unabhängig ihr Leben genießen – ebenso wie diese bewundernswerten Vögel.

An der gegenüberliegenden Wand, von den Sesseln gut zu sehen, hängen zwei wunderschöne, ausdrucksstarke Bilder von Claude Monet, einem impressionistischem Maler aus dem 19. Jahrhundert, den Mia noch aus ihrer Schulzeit kennt. Eines dieser stimmungsvollen Bilder zeigt die *Felspyramide von Port-Coton bei rauer See*. Mia hat das Bild sofort erkannt und weiß noch aus ihrer Zeit im Gymnasium, dass dieses Ölgemälde 1886 entstanden ist und als Original in einem Museum in Moskau hängt. Damals war die Welt für sie noch in Ordnung gewesen. Sie hat viel gelernt und war immer eine fleißige Schülerin gewesen. Sie hat sich schon immer sehr für die Kunst interessiert und fühlte sich, beim Betrachten der Bilder, in ihre Jugend zurückversetzt. Damals hat sie ganze Abhandlungen zu den unterschiedlichsten Kunstwerken verfasst, doch heute sieht Mia die Felsformation aus einem vollkommen anderen Blickwinkel. Die Zeit ihrer Jugend und der Unbeschwertheit ist vorbei. Heute erinnert sie das Gemälde irgendwie an Frau Pescado, die für sie genau diesen mächtigen Felsen in der wilden Brandung ihrer Gefühle symbolisiert.

Als Mia das erste Mal das Behandlungszimmer betreten hat, hat sie sich vom ersten Moment an wohl gefühlt - fast ein bisschen wie zu Hause. Bestimmt war das auch einer der Gründe, warum sie ihre Psychologin so sehr mochte und es nicht lange gedauert hat, bis sie sich ihr geöffnet hat. Sie haben in den zahlreichen Sitzungen viel über ihre Kindheit, ihre Ehe und auch über ihre Wünsche und Träume gesprochen. Frau Pescado war in jeder Situation eine gute Zuhörerin und Ratgeberin gewesen, ohne jedoch Forderungen zu stellen oder gar Unmögliches zu verlangen. Es war für Mia sehr schwer gewesen, das Wissen und ihre eignen Stärken wieder an die Oberfläche ihres Bewusstseins zu befördern, doch auch die regelmäßigen Hypnosesitzungen haben dabei geholfen.

»Erzählen Sie mir erst einmal, was Sie in den Tagen seit unserem letzten Treffen so gemacht haben, bevor wir auf Ihre Entlassung zu sprechen kommen. Ihre Gruppentherapeutin hat mir bereits berichtet, dass Sie wieder herzhaft lachen können und auch bei den Mitpatienten beliebt sind. Mir scheint, als machen Sie große Fortschritte«, beginnt Frau Pescado das Gespräch, nachdem Mia die Möwe wieder auf der Glasplatte abgesetzt hat.

»Oh ja«, nickt diese, schlägt selbstbewusst ihre Beine übereinander und lehnt sich in dem weichen, braunen Sessel, den sie in den letzten Monaten so gut kennengelernt hat, zurück. Sie liebt das kühle Leder und die ausladenden Armlehnen. Immer, wenn sie in diesem Sessel sitzt, fühlt sie sich sicher und geborgen.

Wenn sie an die Anfangszeit in der Klinik denkt und wie sich alles mit der Zeit entwickelt hat, ist sie sehr froh, dass sie noch lebt. Das Leben ist viel zu schön, um es einfach wegzuwerfen - auch das hat sie gelernt.

»Es ist schön, wenn Sie lächeln - dann sind Sie besonders hübsch«, sagt Frau Pescado und holt Mia mit ihren schmeichelnden Worten in die Gegenwart zurück. Diese wird rot und lächelt noch ein wenig mehr.

»Dankeschön«, sagt sie und meint es wirklich ernst. Noch vor einigen Monaten hätte sie das Kompliment nicht so leicht entgegennehmen können. Sie hätte es abgestritten oder sich geschämt. Ja, es war gut, dass sie hier - genau hier - in dieser Klinik aufgenommen worden ist.

»Sagen Sie, Mia, wie sieht es mit Ihrer neuen Wohnung aus? Hat das geklappt?« Die Ärztin hat aufgehört auf ihrem Zettel zu schreiben, ist aufgestanden und hat sich in den zweiten Sessel gesetzt. Gespannt schaut sie ihre Patientin an. So lange hat Mia nach einer neuen Wohnung gesucht, die für sie bezahlbar ist. Mit Hilfe ihrer Freundinnen, die sie in der Klinik kennen gelernt hat, hat sie wochenlang die Zeitung studiert, mit Maklern diskutiert und Wohnungen besichtigt. Sie liebt diese Stadt am Meer, in der sie geboren wurde und will auch von hier nicht wegziehen - trotz ihrer Vergangenheit und der Möglichkeit, Tom über den Weg zu laufen.

»Ich lasse mich nicht von hier vertreiben!«, hat Mia selbstsicher gesagt, als sie die Zeitung das erste Mal durchsucht hat. Doch mit der Zeit wurden die akzeptablen Angebote immer weniger und die Chance auf eine neue, bezahlbare Wohnung stetig geringer. Doch Mia gab nicht auf. Sie glaubte an ihren Traum vom neuen Leben und wurde schlussendlich auch dafür belohnt. Zwar hat sie nicht viel Geld, aber das Amt hat zugesagt, die Miete nach der Entlassung so lange zu übernehmen, bis sie wieder berufstätig ist. Ein bisschen Geld hat Mia in der Ehe sparen können, hat sich immer wieder ein paar Euro zur Seite gelegt, ohne dass es Tom gemerkt hat. Jetzt ist sie auch darüber dankbar.

»Oh ja! Stellen Sie sich vor! Der Vermieter ist ein ganz netter, älterer Herr und er findet mich scheinbar so sympathisch, dass ihn meine Vergangenheit nicht interessiert. Die Wohnung ist zwar klein, ich glaube nur 28 Quadratmeter, aber sie hat eine Badewanne und eine abgetrennte Küche. Sie ist neu renoviert und sogar möbliert, so dass ich gleich einziehen kann, wenn ich hier entlassen werde - und die Miete kann ich später auch bezahlen«. Sie strahlt so voller Energie, dass Katharina Pescado das Leuchten in ihren Augen wie das Sonnenlicht an einem Tag am Meer erscheint. Gerne lauscht sie den Ausführungen ihrer Patienten, die auch sogleich fortfährt. »Auch, dass die schöne Wohnung so günstig ist, hätte ich nie gedacht. Sogar einen kleinen Balkon habe ich dann, auf dem ich mir im Sommer zwei Klappstühle und einen Tisch aufstellen und die Sonne genießen kann - und vielleicht kann ich dann tatsächlich wieder anfangen zu schreiben. Sie wissen ja, dass mir das Schreiben immer so gut getan hat und ich es früher so gerne tat. Doch in der

Ehe … egal.« Mia stockt kurz, räuspert sich und redet dann weiter, als wäre nichts gewesen.

»Ach ja, und das Meer ist zwar weiter weg, aber ich glaube, es fährt ein Bus dorthin. Einkaufsmöglichkeiten und Ärzte habe ich in der Nähe auch schon gesehen und …« Mia erzählt so begeistert von ihrer neuen Wohnung, dass sie das glückliche Lächeln ihres Gegenübers nicht bemerkt. Auch weiß sie nicht, dass der Vermieter ein alter Freund der Psychologin ist, der ihr noch einen Gefallen schuldig war - daher hat Mia die Wohnung zu so einem guten Preis bekommen.

»Ja, es scheint doch tatsächlich noch nette Männer zu geben, was?«, scherzt die Psychologin mit einem Augenzwinkern. »Auch mit dem Schreiben müssen Sie unbedingt wieder anfangen. Ich werde dann auch ihr erstes Buch kaufen, wenn es auf dem Markt ist«. Mia muss kichern und wird rot. Mit ihren beiden Grübchen, die beim Lächeln auf ihren Wangen erscheinen, ihren langen, braunen, zum Pferdeschwanz hochgebundenen Haaren und dem braunen Jogginganzug sieht sie wie ein zerbrechliches, junges Mädchen aus. Nie hätte sie gedacht, dass die Psychologin ihr so viel zutraut.

»Na dann, herzlichen Glückwunsch, Mia! Bald beginnt Ihr neues Leben. Ich denke, in ein bis zwei Wochen können Sie ihre Entlassungsunterlagen holen. Aber bitte denken Sie daran, dass Sie sich regelmäßig in meiner Praxis sehen lassen, verstanden?« Die Stimme der Psychologin klingt bestimmt und Mia nickt automatisch. Sie freut sich so sehr auf ihre neue Freiheit, dass sie in diesem Moment alles zusagen würde. Natürlich weiß sie, dass sie auch weiterhin psychologische Betreuung braucht und ist sehr dankbar für die angebotene Hilfe - sich wieder an eine neue Bezugsperson zu gewöhnen wäre schrecklich für sie. Auch das ist mit ein Grund, warum sie die Stadt am Meer nicht verlassen will. In Frau Pescado hat sie eine

Frau, ja fast eine Freundin gefunden, die sie versteht, ihr zuhört und sie fördert und fordert - und der sie bedingungslos vertraut. Diese Frau hat sie durch ihre schwerste Zeit begleitet und ihr neue Hoffnung geschenkt. Etwas Besseres kann sie sich nicht wünschen.

»Auch können Sie mich jederzeit auf dem Handy anrufen, wenn Sie in Schwierigkeiten sind, oder nicht wissen, was zu tun ist. Das biete ich normalerweise nicht an, aber bei Ihnen will ich eine Ausnahme machen,« sagt die Psychologin leise und zwinkert Mia verschwörerisch zu. In diesem Moment fühlt sich Mia glücklich und stark ... und als etwas ganz Besonders.

»Oh, vielen Dank. Das weiß ich wirklich sehr zu schätzen - und ja, natürlich werde ich jede Woche zu Ihnen kommen. So ganz allein in der freien Wildbahn - davor habe ich schon noch Angst. Aber, ich habe auch hier in der Klinik gute Freunde gefunden, mit denen ich mich weiterhin treffen will. Solange sie noch hier sind, kann ich das gleich verbinden. Wir sind hier fast zu einer kleinen Familie zusammengewachsen - Sandrine, Hilde und ich.« Mia schluckt. Eine eigene Familie hat sie schon seit langer Zeit nicht mehr. Ihr Vater ist früh verstorben und der Kontakt zu ihrer Mutter ist mit den Jahren ihrer Ehe eingeschlafen. Tom hat ihr immer wieder verboten, mit ihrer Mutter Kontakt aufzunehmen - und sie hat sich daran gehalten. Sie war so dumm gewesen - naiv und leichtgläubig. Erneut kehren ihre Gedanken zu ihrem Noch-Ehemann zurück und sie fühlt einen immer stärker werdenden Druck auf ihrer Brust. Ihr Blick wird glasig und Angst spiegelt sich in ihren Augen - und plötzlich schweift ihre Seele in die Vergangenheit zurück.

Mia steht am Herd und brät Kartoffeln, als die Tür aufgeht und Tom im Rahmen erscheint. Kalte Schauer laufen ihr über den Rücken, als sie seine Anwesenheit bemerkt. Eben noch war sie beschwingt zu den munteren Klängen eines Liedes aus den achtziger Jahren, durch die große Küche getänzelt und hat sich vorgestellt, wieder einmal frei und glücklich zu sein. Das Lied hat sie schon immer gerne gehört und auch der Songtext, den sie sich aus dem Internet herausgesucht hat, sprach ihr aus der Seele. Laut und voller Emotion hat sie mitgesungen und die Kartoffeln im Takt gewendet. Wie gerne hätte sie einen Mann an ihrer Seite gehabt, den ihr Lächeln verzaubert und der sie zu eben jenem verleitet. Einen Mann, der sie von Herzen liebt und sie nicht wie seine Sklavin behandelt ... Doch durch das Erscheinen von Tom wird dieses Glück jäh unterbrochen.

»Was stinkt denn hier so? Ist das Essen angebrannt? Schon wieder? Den Scheiß kannst du selber fressen! Dass du aber auch gar nichts richtig machen kannst! Du dreckiges Miststück. Den ganzen Tag faul rumhängen und am Abend noch nicht einmal ein ordentliches Essen zubereiten können. Ach, wie ich dich hasse! Ich gehe auswärts essen!« Mit diesen Worten tritt er hinter sie, schubst sie unsanft vom Herd und betrachtet die goldbraunen Kartoffelscheiben in der Pfanne - keine einzige ist verbrannt. Auch die Zwiebeln sind glasig und der Duft lässt ihm das Wasser im Munde zusammen laufen. Doch das hätte er nie zugegeben. Er will sie verletzten, will sie demütigen, will ihr jegliche Freude nehmen ... und daher nimmt er die Pfanne vom Herd, schüttet alles in den Ausguss und lässt Wasser darüber laufen.

»Los! Mach das sauber. Sonst geht die teure Pfanne auch noch kaputt - und schalte den Herd aus. Was glaubst du eigentlich, wer den Strom bezahlt? Du ja sicher nicht. Du hast ja kein Geld. Liegst mir nur auf der Tasche. Jetzt kannst du sehen, was du frisst. Am besten gar nichts - bist eh zu fett!« Die letzten Worte hat er noch gebrüllt, nachdem er die Küche bereits verlassen hat. Wenige Sekunden später fällt die Tür mit einem Knall ins Schloss und Tom dreht den Schlüssel von außen herum, so dass sie die Wohnung nicht mehr verlassen kann. Ihren eigenen Schlüssel hat er auch dieses Mal wieder mitgenommen. Mia kennt das bereits und trotzdem trifft es sie wie ein Faustschlag in die Magengrube. Entkräftet sinkt sie an der Küchenwand entlang zu Boden und stumme Tränen rollen ihr über die Wangen. Wie zum Hohn spielt der Moderator im Radio ein Lied von einer sehr bekannten, blonden Sängerin in dem es von Schönheit und Selbstbewusstsein handelt. Sie fühlt sich nicht schön, verdammt. Sie fühlt sich wie ein Häufchen Elend, wie ein Nichts – weniger als das. Die Tränen sammeln sich auf dem Küchenfußboden zu einem kleinen, salzigen See und eine wohl bekannte Stimme in Mias Gedanken flüstert ihr zu. Automatisch greift sie in die Besteckschublade, die sie von ihrem Platz aus erreichen kann, tastet darin herum und zieht ein scharfes Küchenmesser heraus. Dann kriecht sie über den frisch geputzten Linoleumfußboden ins Bad. Die Tränen zeichnen ihren Weg und bald ergießt sich ein roter Blutstrom über ihre Arme …

»Mia …? Frau Falter …? Hallo? Wo sind Sie denn wieder mit Ihren Gedanken? Noch sind Sie nicht in ihrem neuen zu Hause - und auch nicht in Ihrer Vergangenheit! Noch sitzen Sie hier auf meinem Sessel, in meinem Büro. Kommen Sie zurück! Mensch Mia! Hier … hier bin ich! Schau mich an, Mädchen …« Die Psychologin ist aufgesprungen und schüttelt Mia an den Schultern. Diese schaut sie mit großen, leeren Augen an und Tränen laufen über ihre Wangen.

»Ich glaube, wir sollten noch einmal eine Hypnose Sitzung machen. Jetzt!« Frau Pescado lässt Mia los, tritt an den Schreibtisch und holt eine kleine, blaue Flasche daraus hervor.

»Mach den Mund auf Mia, und lass die Tropfen langsam auf der Zunge zergehen - und dann schau mir tief in die Augen. Du kennst das doch! Ich werde bis zehn zählen und dann wirst du tief und fest schlafen und nur noch meiner Stimme lauschen.« Mia starrt in Katharina Pescados blaue Augen und lauscht ihrer Stimme. Sie will die Vergangenheit endlich vergessen. Sie will sich wehren ... sie will ... sich fallen lassen - will nicht mehr denken, nicht mehr fühlen ... nur noch schlafen und der Stimme ihrer Vertrauten lauschen. Sie lässt sich in die warme Umarmung der Hypnose fallen. Alles wird gut ... alles ... wird ... gut ...

- 2 -

Zwei Wochen später ist es endlich soweit. Der Tag der Abreise ist gekommen und Mia steht mit gepackten Koffern vor dem Eingang der Klinik. Es ist früh am Morgen und alle Mitpatientinnen sitzen noch beim Frühstück. Sie kennt die Abläufe der Klinik genau und hat sich bereits zu so früher Stunde auf den Weg gemacht, damit sie noch ein letztes Mal das Flair und die Ruhe genießen kann. Wie oft hat sie hier, in der kleinen Sitzgruppe mit ihren Freundinnen gesessen und geredet, gelacht und auch manchmal geweint. Unzählige Tassen Kaffee haben sie hier zusammen getrunken und ab und zu auch mal ein Glas Wein. Letzteres wurde zwar von der Nachtwache nicht gerne gesehen, doch es geschah nicht allzu oft.

Sie erinnert sich mit Wehmut an die Abende, die sie mit Sandrine, Hilde und weiteren Mitpatientinnen im nahegelegenen »Cafe Reuter« verbracht hat. Mindestens zwei Mal die Woche waren die Freundinnen dort gewesen, um sich vom Klinikalltag zu erholen und zu feiern. Dort wurden sie nicht als »psychisch Kranke« behandelt, sondern wie ganz normale Gäste. Mia lässt ihre Gedanken schweifen und die Melodie eines ihrer Lieblingslieder kommt ihr in den Sinn. Ein Lächeln schleicht sich auf ihre Lippen, als sie daran denkt, wie sie vor wenigen Wochen mit der kleinen Band des Tanzcafés auf der Bühne gestanden und dort dieses Lied zum Besten gegeben hat. Nicht immer hat sie die Töne getroffen, doch Mia hat all ihre Leidenschaft und Emotion vor den Zuhörern ausgebreitet. Schon immer war dieses Lied etwas ganz Besonderes für sie gewesen, da es sie tief in ihrem Inneren berührte und sie an die schöne Zeit vor ihrer Ehe erinnerte. Der sympathische Sänger der kleinen Band, ein junger Mann mit strahlend blauen Augen, hat sie an jenem Abend einfach so auf die Bühne geholt und mit ihr zusammen gesungen. Seine Stimme hat sie durch das Lied begleitet und über die hohen Stellen getragen. Nachdem die letzten Töne verklungen waren, hat sie tosenden Applaus geerntet und war mit zittrigen Knien von der Bühne gestolpert. Ihr Herz hat gerast, doch sie war glücklich gewesen. So glücklich, dass sie diesen Augenblick nie wieder vergessen wird - da ist sich Mia sicher. Denn dieser Mann hat, ohne dass er es auch nur im Geringsten ahnte, Mia einen ihrer größten Wünsche erfüllt.

Noch weitere Situationen, die sie in den letzten fünf Monaten ihres Aufenthaltes erlebt hat, schießen ihr in den Sinn und Mia schließt die Augen. Sie hat so viele Höhen und Tiefen erlebt, dass sie nun diese letzten Minuten in ihrem »Zuhause« genießen will. Ja, diese Klinik war in den letzten Wochen und Monaten zu ihrem Zuhause geworden - mehr, als sie es jemals vermutet hätte. Sie hört die vertrauten Vogelstimmen, riecht den Duft der nahen Blumenwiese und spürt die wärmenden Sonnenstrahlen, die ihre Haut wie zu einem aufmunternden Gruß streicheln.

»Ich werde dir immer dankbar sein und die Zeit hier nie vergessen«, murmelt sie leise vor sich hin und bemerkt eine dicke Träne, die ihr die Wange hinunterrollt und sie kitzelt. Plötzlich mischt sich Angst zwischen die Freude des Neubeginns. Wie eine dunkle Wolke schiebt sich diese Furcht vor ihr inneres Auge und Mia hätte am liebsten all ihre Sachen genommen und wäre wieder zurück in ihr altes Zimmer gelaufen. Was sollte sie nur ganz alleine in dieser feindlichen Welt außerhalb der Klinik? Es wird keinen mehr geben, der ihr fröhlich einen guten Morgen wünscht, keinen, der sie liebevoll in den Arm nimmt und keinen, mit dem sie sich unterhalten kann. Natürlich hat sich Mia einen Plan für »die Zeit danach« zurechtgelegt, doch dieser scheint ihr in diesem Augenblick unerreichbar.

Genau in dem Moment, als die Angst sie zu übermannen droht, hört sie die vertraute Stimme von Sandrine, die schreiend auf sie zugelaufen kommt.

»Mia! Geh noch nicht! Warte!«, hört sie die Freundin rufen und muss nun doch lächeln. Die dunklen Schleier der Angst ziehen sich zurück und das lichtvolle Strahlen kehrt in ihre Augen zurück. Ach, wie sehr sie das gleichaltrige Mädchen doch liebt und vermissen wird.

»Schrei doch nicht so, Sandy. Ich bin doch hier. Du glaubst doch nicht, dass ich einfach so die Fliege mache, ohne mich von meiner Rasselbande zu verabschieden«, grinst Mia und wischt sich flink die Tränen von den Wangen, bevor Sandrine ihr in die Arme fällt. Sie halten einander, als gäbe es kein Morgen mehr und die Welt würde sie auf der Stelle verschlingen.

»Ich vermisse dich jetzt schon«, flüstert Sandy ihr ins Ohr, drückt sie noch ein weniger fester an sich und Mia kann nur nicken. Dann zieht Sandy einen Zettel aus ihrer Tasche und presst ihn Mia in die Hand.

»Damit du mich nicht vergisst und die schöne Zeit immer in deinem Herzen tragen kannst.« Mia faltet das Papier auseinander und liest die handgeschriebenen Zeilen, die ihr in wunderschöner Schrift auf einem bunten Papier entgegen springen - natürlich erkennt sie das Gedicht sofort. Sie selbst hat es eines Abends, als beide Frauen gemeinsam auf dem Balkon saßen und die Sterne betrachteten, für Sandy geschrieben. Mit Tränen in den Augen und belegter Stimme liest sie es leise vor. Dieser Moment erscheint den beiden Freundinnen magisch.

Ich lieg auf'm Balkon
und schaue nach oben.
Dort seh' ich den Mond,
wie er friedlich von droben

auf uns beide
hernieder blickt -
und seine Strahlen
auf die Erde schickt.

Auch tausend Sterne
kann ich erkennen -
doch zwei davon
will ich benennen,

denn sie sind
besonders schön -
kannst auch du
sie leuchten sehen?

Es sind unsere Sterne!

Wenige Minuten später brummt es auf dem kleinen Platz vor der Klinik wie in einem Bienenstock. Das Frühstück ist beendet und Mias Freundinnen haben sich um sie versammelt, um sich von ihr zu verabschieden. Mia ist gerührt, schüttelt zahlreiche Hände und umarmt ihre »Leidensgenossinnen« noch ein letztes Mal, bevor sich die Versammlung auflöst und alle zu ihren Terminen aufbrechen. Alle, bis auf die gleichaltrige Sandrine und ihre mütterliche Freundin Hilde – die beiden, die ihr am Meisten ans Herz gewachsen sind.

»Oh, meine Kleine! Wir werden dich so sehr vermissen! Pass gut auf dich auf und lass dich nicht ärgern, verstanden?« Hilde steht vor ihr und dicke Tränen rollen an ihren, vom Alkohol zerfurchten Wangen, hinunter. Mia kann nur nicken, denn ein dicker Klos schnürt ihr in die Kehle zu.

«Mensch Mia. Hör auf zu heulen. Wir sind ja nicht aus der Welt. Du kommst uns einfach besuchen - und wir dich. So schnell wirst du uns nicht los. Ich hab deine Nummer und werde dich bestimmt auch mal nachts um drei anrufen, wenn ich nicht schlafen kann.« Sandrine hat sich zwischen Hilde und Mia gedrückt und schüttelt ihre lieb gewonnene Freundin sanft an den Schultern. Nun muss Mia lachen und weinen zugleich.

»Untersteh dich, du Nuss. Lass mir bloß meinen Schlaf. Du weißt, wie ich sein kann, wenn ich nicht genug davon bekomme ...« Die drei unterschiedlichen Frauen liegen sich in den Armen und ihre Tränen vermischen sich zu einem salzigen Tropfen. Mia hofft so sehr, dass sich die Worte von Sandrine bewahrheiten und sich die drei nicht so schnell aus den Augen verlieren ...

»Wenn ich die Damen mal eben unterbrechen dürfte? Kann ich Sie kurz sprechen, Frau Falter?« Die dominante Stimme von Frau Dr. Pescado unterbricht die rührende Szene.

»Na, dann geh mal mit Frau Doktor«, kichert Sandy und Mia löst sich schweren Herzens von ihren Freundinnen.

»Wir sehen uns gleich nochmal«, bekräftigt sie auch Hilde und Mia dreht sich seufzend um. Sie folgt Frau Pescado, schließt nach wenigen Schritten zu ihr auf und geht schweigend ein paar Schritte neben der Psychologin die Straße hinunter. Nachdem sie außer Sichtweite der Klinik sind, bleibt Katharina Pescado abrupt stehen, dreht sich zu ihrer Patientin um und ergreift deren Hand. Diese vertrauliche Geste irritiert Mia ein wenig, doch sie lässt es geschehen, um ihr nicht vor den Kopf zu stoßen. Sekundenlang blicken sich die beiden Frauen, die sich einerseits so ähnlich und anderseits so unterschiedlich sind, in die Augen. Mia hat das Gefühl, als würde die Psychologin versuchen, ihr durch die Augen in die Seele zu blicken und … Doch als Katharina zu sprechen beginnt, verflüchtigt sich dieses vage Gefühl wie Nebel bei Sonnenlicht.

»Mia, ich habe hier noch ein kleines Geschenk für Sie. Nichts Großes, aber ich hoffe, Sie freuen sich darüber. Um Ihnen den Anfang ein bisschen leichter zu gestalten, möchte ich Ihnen einen Wunsch erfüllen. Ich weiß, dass Sie noch nie in einem Wellness Hotel waren. Daher habe ich bei der Freundin meiner Tante, die ein solches Hotel betreibt, einen Aufenthalt gebucht. Nur zwei Nächte, nichts Besonderes, aber es soll Ihnen dort gut ergehen. Ein Drei-Gänge-Menü ist inklusive und auch eine Massage habe ich für Sie bestellt. Genießen Sie es in vollen Zügen.« Die leise und doch kräftige Stimme erreicht einen Punkt in Mias Seele und ein kalter Schauer läuft ihr über den Rücken. Erschrocken über das unerwartete Geschenk schaut sie Frau Pescado an.

»Aber, das kann ich doch nicht annehmen! Das ist viel zu teuer! Ich ...«, stottert Mia und ihre Stimme bricht. Was soll das? Was bezweckt diese Frau?

»Doch, das können Sie. Nehmen Sie es als eine Art Therapie, die ich Ihnen verschreibe. Machen Sie sich keine Sorgen. Alles ist gut. Fahren Sie und freuen Sie sich einfach darüber«, beruhigt sie die Psychologin und hält noch immer Mias Hände in ihren. Die sanfte, beharrliche Stimme, der Blick aus den blauen Augen – Mia nickt automatisch. Ja, sie wird dorthin fahren und ja, sie wird sich freuen.

»Danke«, murmelt Mia.

»Ich habe noch ein kleines Päckchen für Sie. Aber bitte, öffnen sie dieses erst im Bus. Ich mag die Abschiedsszenen nicht. Kopf hoch Mia und bis ganz bald.« Augenblicklich lässt Frau Pescado die Hände ihrer Patientin los, greift in die Tasche ihres weißen Mantels und reicht Mia ein kleines, blaues Päckchen. Dann umarmt sie die junge Frau kurz und herzlich, dreht sich auf dem Absatz um und verschwindet schnellen Schrittes im Hauptgebäude. Fassungslos starrt Mia der Frau, die nur wenige Jahre älter ist als sie, hinterher. Der Unterschied zwischen den beiden hätte nicht größer sein können. Mia, die psychisch Kranke, mit ihren langen, braunen Haaren und Katharina Pescado mit einem frechen, blonden Kurzhaarschnitt, die bereits viel im Leben erreicht hat. Die eine, die offen über ihr Leben und ihre Vergangenheit erzählt und die andere, die nie Gefühle zeigt – außer gerade eben. Was war das denn? Im diesem Moment versteht sie das alles zwar noch nicht - doch vielleicht irgendwann? Mia beschließt spontan, sich ab jetzt keine Gedanken mehr zu machen und sich stattdessen über die Geschenke zu freuen. Vielleicht war es wirklich nur eine nette, freundschaftliche Geste von dieser Frau, die ihr so sehr ans Herz gewachsen ist. Sie ist gespannt auf den Inhalt ihres Päckchens, das sie, noch bevor sie wieder im Kreise ihrer Lieben steht, in ihre Handtasche steckt. Dann huscht ein Lächeln über ihre Lippen. »Mein Schatz. Mein ganz besonderen Schatz«, flüstert Mia glücklich und ihre Augen strahlen.

Kurze Zeit später besteigt Mia den Bus, der sie von der psychosomatischen Klinik viele Kilometer quer durch die Stadt, zu ihrer neuen Wohnung bringen wird - ihr neues Leben kann beginnen.

- 3 -

Es staut sich wie üblich auf den Hauptstraßen der City. Lange Autoschlangen drängen sich durch die Innenstadt und Stoßstange an Stoßstange quält sich die Blechlawine vorwärts - und der Bus steht mittendrin. Doch Mia stört das nicht. Sie hat Zeit. Die helle Frühlingssonne schickt ihre wärmenden Strahlen von einem überwiegend blauen Himmel und die Temperaturen sind angenehm. Viele Berufstätige und Schüler drängeln sich mit Rucksäcken und Taschen bepackt an den Haltestellen. Es wird immer voller und Mia ist froh, dass sie einen Fensterplatz im hinteren Teil des Busses ergattern konnte. Einige Fahrgäste lachen und schwatzen, andere starren stumm in die Luft oder versuchen ihre Morgenzeitung zu lesen. Der Lärmpegel ist hoch und Mia hat sich gerade die Kopfhörer ihres Handys in die Ohren gesteckt, um etwas Musik zu hören, als sich eine Frau, mit ihrem Kaffeebecher in der einen und einer Sandwichtüte in der anderen Hand, neben sie auf den letzte freien Sitz quetscht. Ihren schweren, dicken Koffer hat Mia in den Fußraum vor ihrem Sitz gepresst, damit sie keinen der begehrten Plätze belegt. Da sie nun aber keine Bewegungsfreiheit mehr für ihre Beine hat, hat sie die Schuhe ausgezogen und ihre Füße dicht an ihren Körper gepresst. Etwas unbequem ist das schon, aber sie liebt es sehr, sich so zusammenzufalten. In der Position fühlt sie sich weniger angreifbar. Die langen Ärmel ihres Pullis hat sie bis über den Handrücken gezogen und die Kapuze über ihre Haare. Wie ein kleiner Igel kommt sie sich vor.

Die braune Handtasche, die sie sich neulich erst gekauft hat, und die alles Wertvolle beinhaltet, was sie besitzt, hält sie dicht an sich gepresst. Viele Dinge musste sie sich neu kaufen, denn Tom hat ihr nur das Nötigste in die Klinik gebracht. Er hat sie in der ganzen Zeit nicht einmal besucht oder sich um sie gekümmert - allerdings ist Mia froh darüber. Was hätte sie mit diesem Mann noch zu besprechen gehabt. Sie ist sich nicht einmal sicher, ob Tom weiß, dass sie heute entlassen wurde und wo sie nun zukünftig wohnt. Sie weiß, dass sie sich in den nächsten Tagen um die Ummeldung kümmern muss und auch einigen Ämtern einen Besuch abstatten sollte. Vieles hat sie bereits von der Klinik aus erledigt - doch eben nicht alles.

Mia geht gerade in Gedanken die nächsten Tage durch, als die Töne des Liedes erklingen, das ihr Herz sehr berührt und dessen Zeilen sie nachdenklich stimmen. Ja, früher oder später wird auch sie endlich frei sein, ihr Leben in geordnete Bahnen gelenkt haben und wieder ein akzeptierter Teil der Gesellschaft sein. Sie hat sich so viel vorgenommen, dass sie ganz fest daran glaubt. Sie singt den Text leise vor sich hin, als die schrille Stimme ihrer Sitznachbarin durch ihre imaginäre Mauer dringt.

»… das wieder voll heute Morgen und diese Hitze! Wie kann man nur so dick eingepackt sein wie Sie? Ich verstehe das nicht«, richtet sie ihre Worte an Mia, die genervt einen ihrer Ohrstecker herausnimmt - schließlich will sie nicht unhöflich erscheinen. Doch gerade, als sie etwas erwidern will, fährt die Frau mit ihrer Ansprache fort. »Wissen Sie, ich muss dringend zum Arzt. Meine Tochter macht mir schon lange die Hölle heiß, dass ich mich untersuchen lassen soll. Sie meint, ich könnte Probleme mit der Schilddrüse haben und daher ...«. Mia betrachtet die sehr korpulente Frau näher und bemerkt, dass diese ein ärmelloses, neongrünes Shirt und eine dazu passende bunte Hose mit Blumenmuster trägt. Sehr vorteilhaft sieht das zwar nicht aus, soll aber wohl modisch sein. Noch dazu hat die Dame einen hochroten Kopf und schwitzt, trotz der angenehmen Temperaturen, aus allen Poren – was bei dieser Körperfülle auch kein Wunder ist. Die Frau redet ohne Unterlass weiter und bemerkt dabei nicht einmal, dass Mia überhaupt nicht mehr zuhört. Was soll sie dieser Frau denn antworten? Auf eine Diskussion hat sie keine Lust und so schiebt sie ihren Kopfhörer wieder ins Ohr, dreht ihren Kopf zum Fenster und schaut auf die belebten Straßen der Stadt. Sie kann die Geschäftsleute sehen, die in ihren dunklen Anzügen und mit hektischen Blicken auf ihre teuren Armbanduhren über die Gehsteige hetzen. In diesem Viertel befinden sich viele Banken und Finanztempel, so dass Mia schmunzeln muss. »Ja, ja … time is money, oder so...«, nuschelt sie und freut sich darüber, dass sie sich heute nicht beeilen muss. Sie hat alle Zeit der Welt - und genau diese Welt muss sie erst wieder erkunden. Sie hat so lange nichts davon gespürt, dass sie ganz aufgeregt ist. Alles wird sie neu entdecken müssen, sich dem Rhythmus der Zeit anpassen und mit dem Strom schwimmen. In der Klinik laufen die Uhren anders. In diesem, in sich geschlossenen, sicheren Bereich, dreht sich die Welt um Krankheit, Gespräche, und innerste Gefühle. All das hat in der realen Welt keinen Platz, denn dort geht es nur ums Geld. Die Körper müssen funktionieren und die Seele bleibt dabei auf der Strecke. Zwischenmenschliche Beziehungen werden in den Hintergrund geschoben und es regieren Neid, Hass und Missgunst. Mia weiß das und es macht sie traurig. So will sie nicht werden. Sie will die Liebe und Freundschaft in ihrem Herzen bewahren.

Der Bus schiebt sich weiter die Hauptstraßen entlang und das Bild, das vor der schmutzigen Fensterscheibe vorbei zieht, ändert sich allmählich. Mia kann jetzt einige Geschäfte erkennen, in denen sie bereits vor Jahren mit ihrer Mutter einkaufen war. Der schmucke Bäckerladen hatte damals die besten Rosinenbrötchen der ganzen Stadt. Ob das heute noch immer so ist? Allein durch die Erinnerung steigt ihr der Duft eines solchen Gebäckstückes in die Nase und sie bekommt plötzlich Hunger. Soll sie an der nächsten Station aussteigen und sich eins gönnen? Doch der Zauber des Augenblicks verfliegt so schnell, wie er gekommen ist, denn ein streitendes Liebespärchen erregt die Aufmerksamkeit der Businsassen.
»Wie oft soll ich dir noch sagen, dass ich keinen Bock habe, in einem stinkigen, versifften Campingwagen zu übernachten. Auch, wenn du das ja soooo romantisch findest. Es kotzt mich einfach nur an, dass wir wieder das machen müssen, was du willst. Immer nur geht es nach dir. Ich habe dieses scheiß Meer so satt. Ich will in die Berge, will wandern und klettern und nicht immer nur faul am Strand liegen. Du kannst ja allein verreisen - oder du suchst dir gleich eine Neue, die das alles mitmacht.« Die junge Frau, die Mia um die Zwanzig schätzt, hat sich in Rage geredet und schreit ihren gleichaltrigen Freund in Grund und Boden. Dessen Gesicht nimmt immer mehr Farbe an und er schaut sich erschrocken und peinlich berührt um.
»Ja, Claudia. Es ist gut - dann eben kein Camping. Aber bitte schrei hier nicht so ...«

»Was? Du willst mir verbieten zu reden? Das wird ja immer besser!«, brüllt die junge Frau weiter und ihr scheint es vollkommen egal zu sein, was die anderen Fahrgäste über sie denken. Irgendwie bewundert Mia diese Frau. Sie hätte sich das damals nie getraut. Sie hat immer getan, was Tom von ihr verlangte, um dem Gewitter aus dem Weg zu gehen - das sich trotzdem über ihr entlud. Heute weiß sie genau, dass sie sich hätte wehren müssen, aber sie hatte damals einfach keine Kraft. Ihr einziger Trost war das Messer gewesen. Die Momente, in denen sie sich schnitt, waren die, in denen sie fühlte, dass sie noch lebte. Auch mit Tom war sie nie weiter weg gefahren als auf den Campingplatz am Meer - keine fünfzig Kilometer von ihrem Zuhause entfernt. Sie kannte diesen Ort wie ihre Westentasche. Jenen Platz, an dem sie jeden Urlaub verbracht haben und auf dem sich Tom später mit seinen Geliebten getroffen hat. Insgeheim hat sie das alles gewusst und doch nichts dagegen unternommen. Sie war damals nur noch ein Schatten ihrer selbst gewesen. Wie hat sie nur so dumm und naiv sein können? Heiße, brennende Wut über sich selber - und auch auf Tom - beginnt in ihr zu lodern. Ihre Hände beginnen zu schwitzen und sie kann die Musik, die sie doch eigentlich beruhigen sollte, nicht mehr ertragen. Am liebsten hätte sie Tom angerufen und ihn genauso angebrüllt, wie die Kleine ihren Freund. Doch noch bevor Mia weiter in ihre Gedankenwelt absinken kann, stupst die dicke Frau sie an und lächelt ihr zu. Dieses Lächeln ist so herzlich und ehrlich, dass Mias Wut wie ein mit Wasser übergossenes Feuer erlischt und nur graue Dunstschwaden zurück bleiben, die sich in Sekundenbruchteilen auflösen. Erleichtert seufzt Mia auf.

»Ganz schönes Drama, was?«, flüstert die Dicke Mia zu und diese nickt zustimmend. »Überlege dir gut Kindchen, wen du mal heiraten willst. Du bist noch so jung.

Lass dich bloß nie von einem Mann ärgern. Liebe ist wahrlich das höchste Gut auf Erden - denk daran«. Wieder nickt Mia. Doch bevor sie der Dame erklären kann, dass sie diesen Fehler bereits begangen hat, ist der magische Moment auch schon wieder vorbei. Mit den Worten »So, hier muss ich aussteigen. Einen schönen Tag wünsche ich dir«, quält sich die Frau aus dem Sitz, schiebt sich mit den anderen Fahrgästen aus dem Bus und hinterlässt eine sehr nachdenkliche, junge Frau.

Endlich hat Mia Platz, streckt ihre eingeschlafenen Beine aus und reckt sich. Sie will sich ablenken, nicht mehr in der Vergangenheit wühlen und ihren Gedanken nachhängen. Alles wird gut, der Satz geht ihr immer und immer wieder durch den Kopf, als ihr Blick auf ihre Handtasche fällt. Plötzlich beginnt ihr Herz schneller zu schlagen und klopft ihr bis zum Hals. Ihr Puls rast und sie nimmt das blaue Päckchen vorsichtig heraus. Fast zärtlich dreht sie es wie einen wertvollen Diamanten in ihren Händen und betrachtet es von allen Seiten. Frau Pescado hat gesagt, dass sie es im Bus öffnen soll, oder? Oder soll sie lieber warten, bis zu Hause … Doch Mias Neugier ist viel zu stark um noch länger zu warten und so beginnt sie ganz automatisch die Klebestreifen zu entfernen. Dann hebt sie mit zitternden Fingern den Deckel ab und faltet fast zärtlich das blaue Seidenpapier auseinander. Im Inneren des kleinen Kästchens sieht sie einen Briefumschlag auf dem in dicken, roten Buchstaben »Zuerst lesen« geschrieben steht. Mia legt das kleine Kästchen auf ihren Schoß, öffnet den Briefumschlag, faltet das weiße Papier auseinander und beginnt zu lesen.

»Meine liebe Mia,
ich wünsche dir für die nächsten Tage alles erdenklich Gute und viel Kraft für deinen weiteren Lebensweg. Ich

danke den Engeln dafür, dass du nach deinem Aufenthalt in der städtischen Psychiatrie bei uns deinen Platz gefunden hast. In all den Wochen, in denen ich dich begleiten durfte, ist zwischen uns ein zartes Band der Freundschaft entstanden. Ich hoffe und denke, dass du es genau so siehst – daher auch die vertrauliche Anrede. Leider können wir nicht offiziell befreundet sein, solange wir uns in einem »Arzt – Patienten Verhältnis« befinden. Ich hoffe, du verstehst das und verhältst dich bei unserem nächsten Treffen dementsprechend. Doch auch unsere Zeit wird irgendwann kommen, da bin ich mir ganz sicher.
Ich will, dass du weißt, dass ich dich für deine Kraft und Stärke bewundere. Ich werde dir jederzeit zur Seite stehen, wenn du mich brauchst.
Ruf mich an, wenn du einen dunklen Moment hast, oder die Vergangenheit dich zu überrollen droht - ich bin für dich da.

Meiner Freundschaft zu dir will ich mit einem kleinen Geschenk Ausdruck verleihen. Bei unserem letzten Ausflug, mit der Gruppe zum Meer, habe ich an einem kleinen Stand diesen wundervollen, blauen Schal entdeckt. Ich weiß, dass du deinen Lieblingsschal damals zurücklassen musstest. Nun hoffe ich, dass dieser dir neues Glück und neue Hoffnung bringen wird.
Des weiteren findest du noch ein kleines, blaues Fläschchen, dessen Inhalt dir während unserer Sitzungen immer sehr geholfen hat. Solltest du in eine schwierige Situation geraten, nimm ein paar Tropfen und ruf mich an. Bitte vergiss das nicht! Ich vertraue dir und glaube an dich.
In tiefer Verbundenheit
Katharina Pescado«

Mia lässt den Zettel sinken und ihre Emotionen fahren Achterbahn. Einerseits ist sie glücklich über die offenen Worte ihrer Psychologin, andererseits machen sie ihr Angst. Wie soll sie sich das nächste Mal verhalten, wenn sie sich gegenüber stehen und welche Situation meint Katharina? Die Nummer, die sie auf dem Brief gefunden hat, speichert Mia als erstes in ihrem Handy ab. Ob sie die Psychologin wirklich anrufen wird, bezweifelt sie zwar, aber man kann ja nie wissen. Nachdem Mia ein paar Mal tief durchgeatmet hat, beschließt sie, die Gedanken an das nächste Treffen beiseite zu schieben und sich einfach über den blauen Schal zu freuen, den sie aus dem Kästchen nimmt. Zärtlich streichen ihre Finger über den blauen, weichen Stoff und sie lässt ihn durch ihre Hände gleiten, bevor sie ihn sich um den Hals bindet. Ein wundervolles Gefühl der Zuneigung durchströmt sie und sie fühlt sich plötzlich voller Energie. Mit diesem Schal kann ihr nun nichts mehr passieren – da ist sich Mia sicher. Das blaue Fläschchen lässt sie in ihre Handtasche gleiten.

»Wir sind an der Endhaltestelle, junge Frau. Wenn ich Sie bitten dürfte nun auszusteigen.« Die Worte des Busfahrers reißen Mia aus ihren Gedanken. Schnell schlüpft sie in ihre Schuhe, zerrt den Koffer aus der Sitzreihe, bindet sich den Schal fester um den Hals und eilt mit einem »Sorry« auf den Lippen aus dem Bus. Ihre Handtasche hat sie sich unter den linken Arm geklemmt und zieht mit der Rechten den Koffer hinter sich her. Aufrecht und voller Tatendrang begibt sie sich leise singend auf den Weg zu ihrer neuen Wohnung. Die Melodie eines sehr kraftvollen Liedes ertönt aus ihrem Handy und dringt direkt in ihr Bewusstsein. Ja, sie ist eine Kämpferin – dank Katharina. Sie fühlt sie sich leicht, beschwingt und geliebt. Alles wird gut - das fühlt sie einfach.

- 4 -

Mia sitzt auf ihrem kleinen Balkon in der Nachmittagssonne, hat eine dampfende Tasse Cappuccino vor sich auf den Tisch gestellt und ein leeres Blatt Papier danebengelegt. Seit ihrem Einzug vor einigen Wochen hat sie so viel zu erledigen gehabt, dass die Zeit wie im Flug vergangen war. Ein Termin hat den nächsten gejagt und sie keinen Moment zur Ruhe kommen lassen. Doch für die kommenden Tage hat sie sich selbst ein Entspannungsprogramm verordnet. Die Stereoanlage in ihrem Wohnbereich hat sie auf halbe Stärke aufgedreht und die tiefe, wohlklingende Stimme eines sehr alten Sängers versetzt sie in romantische Stimmung. Das Lied geht ihr so tief unter die Haut, dass sie die Augen schließt und sich von der Musik tragen lässt. Gedankenfetzen schweben wie buntes Konfetti durch ihr Bewusstsein. Blutendes Rot, leuchtendes Gelb und hoffnungsvolles Grün vermischen sich zu einem bunten Regenbogen und kleine schwarze Buchstaben formen sich zu Wörtern – doch sie kann sie nicht greifen, nicht festhalten. Sie hat Katharina versprochen, wieder mit dem Schreiben zu beginnen, doch jedes Mal, wenn sie versucht Klarheit in das Chaos zu bringen, entschlüpfen ihr die Gedanken wieder. Mühsam öffnet sie ihre Augen, als die letzten Töne des Lieds verklungen sind und sich ihre Gedankenblase in Luft aufzulösen beginnt. Sie freut sich auf die nächsten Tage, an denen sie keine Termine hat. Sie will nicht raus gehen, sich nicht mit Menschen abgeben, sondern einfach nur in ihrer Wohnung sitzen und entspannen - vielleicht ein bisschen Fernsehen, oder Musik hören, ein gutes Buch lesen und einfach das Hier und Jetzt genießen. So lange hat sie das nicht mehr gekonnt. Früher war Tom immer derjenige gewesen, der sie zur Hausarbeit gezwungen hat.

Doch nie war sie seinen Ansprüchen gerecht geworden - egal, wie sehr sie sich auch Mühe gegeben hat. Mias Gesicht verfinstert sich, als sie an Tom denkt. Warum muss dieser Kerl auch immer wieder in ihren Gedanken auftauchen? Wann kann sie sich endlich von ihm lösen? Wie selbstverständlich nimmt Mia den bereitgelegten Stift zur Hand und beginnt wahllos Wörter auf das Papier zu schreiben. Es bilden sich Sätze, Reime und der Inhalt wird immer klarer ...

Hinfallen, aufstehen, weiter gehen -
so sagt man leicht dahin.
Doch werde ich es je verstehen?
Wo ist dabei der Sinn?

Die Zeiten ändern sich
und nichts bleibt, wie es war.
Doch, was bedeutet das für mich?
Wann wird mir das nur klar?

Viele Gedanken überall -
sie drehen sich nun rundherum.
Was ist nur, wenn ich fall?
Schreie ich? Oder bleib ich stumm?

Musik dringt leise an mein Ohr,
erinnert mich an eine frühere Zeit.
Ewig vergangen kommt sie mir vor.
Bin für Veränderung ich jetzt bereit?

Loszulassen wäre wichtig,
doch es ist nun mal so schwer.
Aber ich weiß, es wäre richtig.
Warum leid ich dann so sehr?

Neues tut der Seele gut!
Die Vergangenheit lass ich nun ruhen.
So nehme ich zusammen all meinen Mut
und stehe auf um es zu tun.

Als sie fertig ist, liest sie alles noch einmal durch und ist ein wenig stolz auf ihr Werk. Mit einem Lächeln auf dem Gesicht legt sie den Stift beiseite und nimmt einen großen Schluck Cappuccino aus ihrer Tasse. Es ist kurz vor achtzehn Uhr und der Tag ist noch lange nicht vorbei.

Gerade als Mia beschließt, sich mit einem lustigen Roman in ihr Bett zurückzuziehen, klingelt es an der Tür. Mias Herz schlägt hart in ihrer Brust und plötzlich hat sie Angst. Wer kann das sein? Wer kennt ihre Adresse? Tom? Hat er sie herausgefunden und wird nun …? Kann eigentlich nicht … und trotzdem … Mit feuchten Händen und zittriger Stimme nimmt sie den Hörer der Gegensprechanlage ab und haucht »Ja, bitte?« hinein.

»Moin, Post«, nuschelt eine unbekannte Männerstimme und sie betätigt automatisch den Türöffner. Dann lauscht sie auf die Schritte im Treppenhaus, die klappernde Fahrstuhltür und lugt durch den Spion. Was ist, wenn das nur ein Vorwand ist? Wenn es gar nicht der Postzusteller ist? Hätte sie nicht aufmachen sollen? Dann hätte ein anderer Mitbewohner des Hauses die Tür geöffnet - ganz bestimmt. Die Worte »Post« oder »Paketdienst« lassen die Menschen unvorsichtig werden. Erst neulich hat sie etwas davon gelesen. Doch durch den Spion entdeckt sie tatsächlich einen kleinen, jungen Mann, der in gelber Uniform die Namensschilder absucht. Mia hat nur unten am Briefkasten und an der Klingel ihr neues Schild angebracht. An der Wohnungstür gibt es noch keinen Hinweis auf ihre Existenz. Also hängt sie die robuste Sperrkette, die ihr in diesem Moment Sicherheit vorgaukelt, ein und öffnet die Tür einen Spalt.

»Sind Sie Frau Falter? Ich habe hier ein Einschreiben. Wenn Sie bitte unterzeichnen würden?« Der junge Mann klingt ein wenig genervt und Mia beeilt sich, die Tür zu entriegeln. Es ist spät und der Mann will nach Hause - dass die Post zu so später Stunde überhaupt noch unterwegs ist …? Schnell nimmt sie den Stift, den er ihr entgegenstreckt und unterzeichnet mit zittrigen Fingern. Wie sie ihren Namen hasst! Es wird Zeit, dass sie sich auch davon trennt und ihren Geburtsnamen wieder annimmt – Peterson. Der Postbote drückt ihr den Brief in die Hand und verschwindet eilig. Mia schließt langsam die Tür und betrachtet den Umschlag genauer. Von wem der wohl stammt? Viele ihrer Bekannten kennen die neue Adresse noch nicht. Es kann also nur ein Brief von … und da entdeckt sie den Absender - Dr. Rechtsanwalt Peter Schreiber. Der Name ist ihr unbekannt. Vorsichtig öffnet sie den Umschlag, zieht das gefaltete Papier heraus und liest.

Als sie geendet hat, lässt sie sich auf einen der neuen Balkonstühle fallen und nimmt einen großen Schluck aus ihrem Thermobecher. Der Inhalt ist noch immer so heiß, dass sie sich fast den Mund verbrennt - doch das spürt Mia nicht.

»Scheidung«, liest sie - das versteht sie, und auch, dass ihr Mann keinen Unterhalt für sie bezahlen will, dass er ihr überhaupt kein Geld geben wird, dass sie schauen muss, wo sie bleibt und doch umgehend unterzeichnen soll, damit das Ganze schnell geregelt werden kann. Sie bräuchte auch keinen Anwalt, müsse nur allem zustimmen und dann wäre sie in wenigen Wochen geschieden. Mia weiß nicht, wie sie sich verhalten soll. Sie ist in einem Strudel ihrer Gefühle gefangen und schwankt zwischen Lachen und Weinen, zwischen Wut und Aufgabe. Doch sie wird nicht aufgeben. Ganz bestimmt nicht. Sie wird Tom zur Rede stellen. Jetzt sofort. Das kann er nicht mit ihr machen. So nicht! Sie streift ihren gemütlichen Jogginganzug ab und steigt in ihre Jeans. Dann schlüpft sie in ein weiches Shirt und einen warmen, dicken Pulli, zieht ihre alten, bequemen Schuhe an und greift nach ihrer Jacke. Sie weiß, dass sie dringend neue Kleidung braucht, doch für diesen Anlass wird es genügen. Der Schal - der neue Schal muss mit. Unbedingt. Der wird ihr Glück bringen, das weiß Mia genau. Wenn sie diesen Schal trägt, dann ist sie unverwundbar - na, oder zumindest so stark, dass sie sich nicht von Tom einschüchtern lässt. Einen genauen Plan, was sie ihm sagen will, hat sie nicht, als sie die Wohnungstür ins Schloss zieht und sich auf den Weg macht. Doch wo soll sie nach ihm suchen? Freitagabend wird er kaum bei sich zu Hause auf dem Sofa liegen - das hat er während ihrer ganzen Ehe nicht gemacht. Am Wochenende war er immer unterwegs - auf Partys, Vernissagen oder Essen mit Kollegen. Anfangs hat er sie noch mitgenommen, doch nach einiger Zeit ging er immer öfter allein. Später wusste sie auch, warum. Er traf sich mit seinen Geliebten in Bars, in Restaurants oder auch … auf dem Campingplatz. Der Streit, den sie vor ein paar Tagen im Bus gehört hat, erinnert sie an diese Zeit. Natürlich! Bestimmt ist er dort und lässt es sich gut gehen. Jetzt hat er freie Bahn und kann seiner Wollust frönen. Natürlich hätte er sich auch ein teures Hotelzimmer leisten können - aber sie kannte

Tom besser. Für unnütze Geldausgaben war er noch nie zu haben gewesen.

»Warum für etwas zahlen, wenn man es auch kostenlos haben kann«, war sein Leitspruch gewesen. Das bezog sich nicht nur auf das Leben im Allgemeinen, sondern besonders auf sein Sexualleben. Er wäre nie nicht auf die Idee gekommen, zu einer Käuflichen zu gehen, um seine Lust zu befriedigen. Lieber sprach er Frauen in Discotheken oder Kneipen, ja, sogar in Kaufhäusern an. So haben sie sich damals auch kennen und später lieben gelernt. Mia schüttelt sich bei dem Gedanken.

»Dem werde ich seinen Spaß heute Abend verderben! Der wird sich noch wünschen, mir nie so einen Brief geschickt zu haben!«, flucht sie vor sich hin, während sie in den Bus einsteigt, der sie zum Campingplatz am Meer bringt.

Es ist bereits dunkel, als sie aussteigt und die wenigen Schritte zum Deich hinunter läuft. Die Saison hat gerade wieder begonnen und die Busse fahren jede volle Stunde in die Innenstadt und wieder zurück. Vielen Freizeitcampern genügt die kleine Kneipe auf dem Gelände nicht, und so fahren sie Gruppenweise in die Stadt, um dort zu feiern. Schon vor langer Zeit haben auch die Verantwortlichen der Stadt das erkannt und nützen die Kaufkraft der Besucher. Mia soll es Recht sein, denn so ist sichergestellt, dass sie auch spät am Abend wieder von hier fortkommt und nicht auf diesem Platz übernachten muss. Vor langer Zeit hat sie sich geschworen, das nie wieder zu machen.

Den Weg über den Deich hinunter zu den Campern kennt sie wie im Schlaf. Sie weiß genau, wohin sie gehen muss, um zu dem blau-weißen Wagen zu gelangen, in dem sie Tom vermutet. Mia treibt die Wut voran. All die jahrelangen Entbehrungen, Enttäuschungen und Vorwürfe steigen in ihr hoch und ihre Schritte werden immer schneller und kräftiger. Plötzlich hört sie Stimmengewirr und Musikschwaden dringen an ihr Ohr. Die kleine Gaststätte liegt genau vor ihr. Ob Tom auch dort ist? Vorsichtig schleicht sie sich an und schaut durch die dreckigen Fensterscheiben ins Innere. Die salzige Meeresluft hat das Holz angegriffen und der ehemals weiße Anstrich der Hütte hat seine besten Tage hinter sich – ebenso wie die komplette Inneneinrichtung. Nichts scheint sich in all den Jahren geändert zu haben. Sie kann ein paar Männer und Frauen, die lachend und schwatzend am Tresen stehen und sich lautstark zuprosten, erkennen. Auch eine Blondine, die aufreizend auf einen Mann, den sie nicht genau erkennen kann, zutanzt, kann sie durch die dreckigen Scheiben erblicken. Die Stimmung wirkt so fröhlich und ausgelassen, dass Mia einen Stich in ihrem Herzen spürt. Die ganze Szene kommt ihr so unwirklich - und doch so vertraut vor. Früher war sie diejenige gewesen, die zu genau dieser Musik ausgelassen getanzt hat. Damals, als ihre Liebe noch frisch und leidenschaftlich gewesen war und sie Tom mit ihrem akrobatischen Hüftschwung in Ekstase versetzen konnte. In diesem Augenblick ertönt ein bekannter Schlager und Tränen schießen Mia in die Augen. Wütend wischt sie diese weg und konzentriert sich auf ihr Vorhaben.

»Jetzt nur keine Schwäche zeigen«, murmelt sie und beißt sich auf die Lippen. Als der metallische Geschmack ihres eigenen Blutes ihre Zungenknospen erreicht, kehrt ihre Wut auf Tom mit voller Wucht zurück. Plötzlich hört Mia das dumpfe Vibrieren ihres Handys in der Handtasche, die sie unter ihren Arm geklemmt hat.

»Verdammt«, zischt sie genervt und duckt sich. Sekundenlang verharrt sie in dieser Position, drückt die Tasche an ihren Körper, um das Vibrieren zu unterdrücken und hofft, dass es verstummt - doch der Anrufer lässt nicht locker. Unendlich genervt, und doch vorsichtig, damit sie nicht entdeckt wird, schleicht Mia ein paar Schritte von der Hütte fort, kauert sich hinter einen Busch und kramt wütend in ihrer Handtasche. Der Hausschlüssel, eine Packung Taschentücher, das kleine Fläschchen von Katharina … alles kann sie ertasten, nur … doch da, das Handy. Sie zieht es heraus, drückt hektisch die grüne Taste und meldet sich flüsternd, ohne auf das Display zu blicken …

Ich nehme ein paar Tropfen aus der blauen Flasche - ich weiß, dass sie mir helfen werden, meine Angst zu unterdrücken - dann stecke ich sie, zusammen mit meinem Handy wieder ein, erhebe mich und blicke mich um. Genau in diesem Moment sehe ich Tom, wie er mit der Blondine, die ihn vor wenigen Minuten noch so aufreizend angetanzt hat, im Arm aus der Bar tritt. Sie scheinen sich über irgendetwas zu streiten und ich gehe hinter einem Baumstamm in Deckung. Ich will wissen, um was es geht, doch ich bin zu weit entfernt. Nur ein paar Wortfetzen dringen an mein Ohr.

»… dann geh doch, wenn du nicht ficken willst, du Hure!« Das ist eindeutig die wütende Stimme von Tom. Die würde ich überall erkennen. Er scheint schon ein paar Bier zu viel gehabt zu haben und schubst seine Begleiterin rüde von sich. Dann erhebt er die Hand zum Schlag. Ich kenne seine Kraft nur zu gut und meine Wut ist grenzenlos, doch ich traue mich nicht dazwischen zu gehen. Allerdings scheint die Blondine nicht so doof zu sein, wie sie in ihrem knappen Röckchen und der offenen Bluse aussieht. Sie stellt ihm ein Bein und er fällt mit einem lauten Schrei auf seine Knie - sie kann sich selber helfen. Kluges Ding. Ich kann mir ein kurzes, schadenfrohes Grinsen nicht verkneifen. Doch der Moment währt nur kurz. Als ich sehe, wie Tom sich mühsam wieder aufrappelt und fluchend in die Kneipe zurück torkelt verlasse ich die Szene. Die Blondine stakst erhobenen Hauptes in ihren hohen Schuhen in die ande-

re Richtung davon und Toms wütende Beschimpfungen verhallen in der Nacht. Ich habe einen Auftrag, einen Plan, einen Befehl, der tief in meinem Inneren lodert und den ich sofort umsetzen muss. Es ist nicht weit - nur die Straße hinunter, an der alten, dicken Eiche links vorbei und dann noch ein paar Schritte … Der blau-weiße Campingwagen steht direkt vor mir. Ich weiß, dass er ihn nie abschließt. Früher schon nicht und heute - ich ziehe meinen blauen Schal vom Hals, wickle ihn um meine Finger und drücke die Klinke hinunter - heute auch nicht. Mein Glück. Ein bekannter Geruch nach kaltem Rauch, Alkohol, abgestandenem Essen und Aftershave empfängt mich. Übelkeit macht sich in meinem Magen breit und ich schlucke die bittere Galle hinunter, die sich in meinem Mund sammelt. In dem grauen Zwielicht kann ich nur die Umrisse der Einrichtung erahnen, doch ich kenne mich gut aus. Es hat sich wirklich nichts geändert. Mit wenigen, raschen Handgriffen habe ich die Tür unter dem Herd geöffnet und meine Finger ertasten die Gasflasche. Noch immer habe ich den Stoff des Schals um meine Finger gewickelt, um bloß keine Abdrücke zu hinterlassen - sicher ist sicher. Dabei sind in diesem Wagen Millionen von DNA-Spuren vorhanden – auch meine. Egal. Meine Finger tasten weiter und ich erfühle den Gashahn - genau den brauche ich. Ich weiß, dass die Flasche immer voll ist. Nur ein einziges Mal ging damals das Gas aus - und die Beschimpfungen und Schläge, die ich über mich ergehen lassen musste, dringen wie durch Watte in mein Bewusstsein. Das schürt meine Wut noch mehr und entschlossen drehe ich den Hahn auf - vollkommen geruchlos entweicht es aus der Flasche. Schnell halte ich mir den Schal vor Mund und Nase, um nichts von diesem giftigen Gemisch einzuatmen und erhebe mich wieder. Mit einem einzigen Blick erkenne ich, dass alle Fenster verschlossen sind – wie eh und je - und auf dem Herd noch ein Topf mit Erbsensuppe steht. Er liebt Erbsensuppe. Aus der Dose. Wenn ich sie frisch kochte, aß er sie nie. Idiot! Links neben dem dreckigen Topf steht ein halbvoller Aschenbe-

cher - wie ekelig - und daneben liegen eine Packung Zigaretten und sein teures Feuerzeug. Er raucht also immer noch. Perfekt. Froh, dass ich keine weiteren Details wissen muss, schleiche ich mich wieder hinaus. Meine Arbeit ist getan. Alles Weitere bleibt dem Schicksal und der Dummheit meines Noch-Ehemanns überlassen. In ein paar Stunden, oder vielleicht schon früher, wird er zurückkehren, sich eine Zigarette anstecken und dann ... Mit einem zufriedenen Lächeln auf den Lippen schließe ich leise die Tür hinter mir und gehe den Weg zur Bushaltestelle zurück.

- 5 -

»Guten Morgen an diesem wunderschönen, sonnigen Tag. Die Temperaturen sind angenehm warm und die Sonne strahlt von einem wolkenlosen Himmel. Was will man mehr? Genießt das Leben, die Liebe und das Licht. Denkt immer daran, jeder Tag ist das, was wir daraus machen - und damit der Tag mit Liebe beginnt, hört ihr jetzt ... «. Die ersten Töne des schwungvollen Liedes erklingen aus dem Radio, das direkt neben ihrem Bett steht und Mia seufzt genervt auf – sie hat vergessen den Wecker auszuschalten. Mit geschlossen Augen greift sie nach links, tastet nach dem Radiowecker und drückt die »Off« Taste. Ruhe! So viel gute Laune am Morgen verträgt sie heute noch nicht. In ihrem Kopf brummt es wie in einem Bienenstock und langsam kehrt sie aus ihrem eigenartigen Traum in die morgendliche Realität zurück. Mühsam richtet sich Mia auf, öffnet ihre Augen einen Spalt und streift sich ihre langen Haare aus dem Gesicht. Irgendwas ist anders. Krampfhaft versucht sie sich an ihren Traum zu erinnern, doch die Gedanken schlüpfen ihr wie glitschige Fische davon. Als sie den weichen Stoff ihres Schals, den sie noch immer um den Hals gebunden hat, ertastet, reißt sie die Augen komplett auf und blickt sich um. Alle Kleidungsstücke, die sie gestern getragen hat, liegen verstreut in der Wohnung. Warum …? Normalerweise legt sie diese immer sorgfältig auf die Couch. Nur ihre Unterwäsche hat sie noch an. Sehr seltsam. Was ist nur passiert? Sie kann sich einfach nicht erinnern, warum sie das gemacht haben soll. Seufzend steigt Mia wie gerädert aus dem Bett, tapst in die Küche und betätigt den Wasserkocher.

»Erstmal einen Kaffee und eine heiße Dusche, dann sieht die Welt schon wieder anders aus«, spricht sie sich selber Mut zu. Auf dem Weg ins Bad schaltet sie auch das Radio wieder an - so ganz ohne Musik geht es dann doch nicht.

Als das warme Wasser über ihren Körper rinnt, breitet sich neue Lebensenergie in ihr aus. Jede Zelle scheint sich zu entspannen und langsam kehren die Erinnerungen zurück. Sie hat sich selber einen entspannten Abend verordnet, wollte Cappuccino trinken und hat dann … richtig, das Gedicht. An das kann sie sich noch erinnern. Ein zartes Lächeln huscht über ihre Lippen. Doch, was war danach passiert? Sie hat lesen wollen … hat sie? Oder … So sehr sie sich auch anstrengt - alles weg. Der Abend scheint wie aus ihrem Gedächtnis gelöscht zu sein. Frustriert klettert Mia aus der Duschwanne, trocknet sich ab, föhnt ihre Haare und schlüpft in ihren bequemen Jogginganzug, der zusammengelegt im Wohnzimmer auf dem Sofa liegt. Auf dem Weg in die Küche hebt sie die verstreuten Klamotten auf und stopft alles in die Waschmaschine. Nachdem sie die Maschine zum Laufen gebracht hat, schüttet sie heiße Wasser auf das Instand-Kaffeepulver, rührt um und nimmt einen großen Schluck. In der Klinik hat sie sich diese Art des Kaffeekochens angewöhnt und bei jedem Schluck, den sie nun trinkt, denkt sie automatisch an die Zeit zurück. Vielleicht sollte sie Sandy anrufen und ihr von ihrem Traum erzählen. Noch einmal füllt sie ihre Tasse auf, geht in den Wohnbereich zurück und schnappt sich ihr Handy, das neben ihrem Bett liegt - wie immer. Noch immer dudelt das Radio im Hintergrund und Mia hört gar nicht richtig hin. Doch als sie die rockige Stimme des Sängers, der etwas über brennendes Feuer singt, erkennt, läuft ihr ein kalter Schauer über den Rücken. Sie liebt dieses Lied und normalerweise hätte sie sich gefreut – doch irgendwas ist heute entschieden anders. Sandy. Sie wollte doch Sandrine anrufen. Mia schüttelt leicht ihren Kopf, um die Gedanken zu verscheuchen, lässt sich auf ihre Couch fallen und stellt die Kaffeetasse vor sich auf den Tisch. Dann blickt sie auf das Display ihres Handys – und erstarrt erneut. Zehn Anrufe in Abwesenheit? Was hat das zu bedeuten? Sie erkennt die Nummer der Klinik und drückt automatisch auf die Wahlwiederholung. Da muss etwas passiert sein.

»Station 3, Schwester Beate, was kann ich für Sie tun?«, hört sie die vertraute Stimme einer der Schwestern.

»Beate, ich bin's, Mia. Weißt du, ob Sandrine mich angerufen hat?« Mia hofft innständig, dass Beate ihr helfen kann. Sie kennt die Schwester gut und beide hatten ein nettes, fast freundschaftliches Verhältnis.

»Mia ... Du ... Sie ...? Weißt du es denn noch nicht? Hat dir denn keiner ...? Warte, ich hole Sandrine«. Erneut läuft Mia eine Gänsehaut über den Rücken und sie schnappt sich mit einer Hand die Decke, die am anderen Ende der Couch liegt, um sich darin einzuwickeln. Eine eiskalte Hand scheint ihr Herz zu umklammern. Was soll sie wissen? Verdammt! Was ist nur passiert? Geht es Sandrine gut? Oder ist was mit Hilde? Mia's Herz rast und ihre Hand beginnt zu zittern. Wenn einer der beiden was zugestoßen ist, während sie selig geschlafen hat … das würde sie sich nie verzeihen. Wenige Sekunden später hört sie Sandrines Worte in ihrem Ohr. Die Freundin redet wie ein Wasserfall auf sie ein, doch die Sätze dringen nur sehr langsam in Mias Bewusstsein.

»... in den Nachrichten gehört! Tom! Tom Falter ist tot! Eine Explosion im Campingwagen. Hörst du mir zu...?« Immer wieder drehen sich die Worte »Tom« und »Tod« in ihrem Kopf. Das kann doch nicht sein ...?

»Wie..?«, stottert Mia angsterfüllt, bevor ihr die Stimme versagt und sie den Hörer fallen lässt. Alles um sie herum wird schwarz und sie bricht bewusstlos auf der Couch zusammen.

- 6 -

Mia verlässt das Taxi, das sie bis vor die verglasten Eingangstüren des Hotels gebracht hat und zieht ihren blauen Schal enger um den Hals. Sie ist Katharina so dankbar, dass sie ihn ihr als Glücksbringer geschenkt hat, dass sie ihn immer bei sich trägt. Der Wind ist erstaunlich kühl für die Jahreszeit und sie fröstelt.

»Nimm dir jetzt deine Auszeit. Geh in das Wellnesshotel und lass es dir gut gehen«, hat ihre Therapeutin vor einigen Tagen in einem privaten Telefonat zu ihr gesagt - und sie war gefahren. Die Therapeutin weiß schließlich am Besten, was gut für Mia ist.

Nach Toms Tod vor knapp vier Monaten war alles in ihr zusammengebrochen. Sie hat nur noch funktioniert und alle Gefühle, die versucht haben an die Oberfläche zu treten, vehement verdrängt. Wie ein Zombie hat sie sich in den letzten Monaten gefühlt – und genau so hat sie in ihrer schwarzen Kleidung und dem fahlen Teint auch ausgesehen. Nur ein einziges Mal war sie mitten in der Nacht in ihrem Bett erwacht und eine Flut von Gedanken war über ihr wie eine schwarze Welle zusammengebrochen. Eine Mischung aus unsagbarer Wut und tiefer Trauer hat sie aufschreien lassen und sie hat ihren Tränen freien Lauf gelassen. Tief in ihrem Inneren nagte die Verzweiflung über den Verlust dieses Menschen, den sie so sehr geliebt und später so sehr gehasst hat, immer weiter. Doch sie wollte stark sein und sich ihre wiedergewonnene Freiheit nicht zerstören lassen – und schon gar nicht von Tom oder den Medien. Die Polizei war an jenem schicksalshaften Vormittag bei ihr gewesen und hat sie gründlich befragt. Doch die Beamten haben schnell gemerkt, wie schlecht es der trauernden Witte ging und sie nach wenigen Stunden, die sie im Verhörzimmer auf dem Revier verbracht hat, wieder gehen lassen. Glaubhaft hat sie immer wieder versichert, in dieser Nacht alleine in ihrem Bett geschlafen und erst durch den Anruf von Sandrine von dem grausamen Unglück erfahren zu haben. Die Beamten haben Mia ihr Beileid bekundet und sie sogar im Streifenwagen zu Katharina Pescado, ihrer Psychologin, in die Klinik gefahren. Alle waren sich einig, dass Mia Falter dort am besten aufgehoben ist. Sie haben sich sogar mit den Worten, »Reine Routine, Frau Falter. Ich hoffe, Sie verstehen das«, bei ihr entschuldigt - man müsse schließlich in alle Richtungen ermitteln und dürfe nichts von vornherein außer Acht lassen. Die Untersuchungen waren dann auch nach wenigen Tagen abgeschlossen und der Vorfall wurde zu den Akten gelegt.

»Ein dramatischer Unfall mit Todesfolge«, hat in den Zeitungen gestanden und die Medien haben das Unglück, das es für sie war, zum Anlass genommen, um wieder einmal darüber zu berichtet, wie schnell doch so eine Gasflasche in einem Camper explodieren kann, wenn man sie nicht richtig anschließt. Der Tod des reichen Geschäftsmannes Thomas Falter war für alle ein gefundenes Fressen gewesen. Mia hat sich, so gut es eben als Witwe möglich war, vor der Öffentlichkeit versteckt und ihre kleine Wohnung nur selten verlassen. Der Lieferdienst war in dieser Zeit einer der wenigen Kontakte gewesen und sie hat auch nicht viel von diesen Berichten gelesen. Sie hat es tunlichst vermieden noch mehr als unbedingt notwendig mit dem Geschehen konfrontiert zu werden. Selbst die Beerdigung, die sie unter Ausschluss der Öffentlich im kleinsten Kreis zu organisieren versucht hat - als Erbin ihres Mannes war sie ihm das einfach schuldig - hat sie alle Kraft gekostet. Keiner der Anwesenden hat jemals erfahren, wie Tom wirklich gewesen war und nur wenige kannten den wahren Grund ihrer Trennung. Offiziell hat sie einen »Burnout« gehabt und man hätte sich auf eine »Auszeit« geeinigt - von Scheidung war nie die Rede gewesen. Alles blieb unter dem Mantel der Verschwiegenheit, bis Gras über die ganze Sache gewachsen war. Mittlerweile kann Mia sich wieder frei bewegen, denn die Medien haben das Interesse an ihr verloren. Jetzt hat sie keine Geldprobleme mehr - im Gegenteil. Als reiche Witwe hätte sie sich eine neue, teure Wohnung kaufen können, doch daran denkt Mia in dieser Zeit nicht. All die Dinge, die mit Geld zu tun haben, hat sie dem Anwalt ihres verstorbenen Mannes überlassen, der nun für sie arbeitet. Der loyale und verschwiegene älter Mann, den Mia gut kennt, stand ihr in dieser Zeit mit Rat und Tat zur Seite und gab sein Bestes, um alles in geregelte Bahnen zu lenken. Neben Katharina Pesacdo war er ihre größte Stütze und sie ist beiden sehr dankbar. Sie hat nicht die Kraft und auch nicht die Nerven, sich darum zu kümmern. Sie will selbstständig sein, ihre Vergangenheit endgültig hinter sich lassen und ihr neues Leben beginnen - und darum ist sie auch Katharina Pescados Rat gefolgt und in dieses Wellnesshotel gefahren.

Wellnesshotel? Mia schaut sich zweifelnd um. Das Gebäude ist winzig. Wie viele Zimmer dort wohl vermietet werden? So einen Wellnesstempel hat sie sich wahrlich anders vorgestellt.

»Schaut mir eher nach Stundenhotel aus«, kichert Mia vor sich hin, bevor sie die wenigen Meter zum Eingang in ihren roten Highheels zurücklegt, die sie sich extra für ihren Aufenthalt gekauft hat. Noch ist sie diese Art von Schuhwerk nicht gewohnt, aber sie wird es lernen müssen, denn bald ist Schluss mit Turnschuhen und legerer Kleidung. Das hat ihr jedenfalls ihr Anwalt neulich erklärt, als sie ihm erzählt hat, dass sie für ein paar Tage in ein Wellnesshotel fahren würde.

»Mia, ich bin froh, dass Sie sich endlich wieder unter Menschen wagen. Damit ist ein weiterer Schritt in Ihr neues Leben verbunden, das wissen Sie, oder? Nur ihren alten Kleiderstil müssen Sie ändern. Die legere Kleidung gehört sich nicht für eine Dame mit Geld und Niveau - und das sind Sie nun«, hat er ihr mit einem Zwinkern erklärt und dabei herzhaft gelacht. Zuerst war Mia schockiert gewesen und hat sich geweigert, ihre geliebten Jeans und ihre Lederjacke zu verbannen. Doch der Anwalt hat ihr erkläret, dass sie das nicht zwangsläufig müsse - jedoch sei eine hochwertigere Auswahl der Kleidungsstücke angebracht. Mia mag den älteren Herren, der sie irgendwie an ihren Vater erinnert, sehr und schon allein deswegen hat sie sich vorgenommen sich darüber Gedanken zu machen - ist ja auch irgendwie ganz lustig und gehört wohl zu ihrer Lebensveränderung dazu. Mia muss endlich lernen, erwachsen zu werden und sich selbst zu behaupten. Vielleicht hilft ihr diese Maskerade dabei.

Automatisch öffnet sich die kleine, einfache Glastür und Mia steigt vorsichtig die fünf Treppenstufen zur Rezeption hinauf. Dann steht sie mit ihrer Tasche in der Hand vor dem winzigen Tresen. Ein Wellnesshotel hat sie sich definitiv anders vorgestellt, auch wenn sie noch nie in einem gewesen ist. Dafür hat Tom schließlich nie Geld ausgegeben – jedenfalls nicht für sie.

»Guten Tag«, sagt die junge Frau hinter der Theke sehr freundlich und Mia erwidert den Gruß. Dann nennt sie ihren Namen und ihr Anliegen.

»Ich habe für die nächsten beiden Tage bei Ihnen ein Zimmer reserviert«. Das geschminkte Gesicht hinter dem Bildschirm nickt, scheinbar eine Auszubildende, denn sie ist wirklich noch sehr jung, und reicht ihr einen Zettel, den Mia unterschreiben muss. Dann legt sie Mia die Zimmerkarte auf den hölzernen Tresen und wünscht ihr einen schönen Aufenthalt.

Der gelbe Teppich, mit dem der Boden des Flurs ausgelegt ist, scheint ihr ein wenig abgenutzt. Auch die Rahmen der Spiegel und die Regale mit den Büchern an den Wänden, die den Flur verschönern sollen, haben ihre besten Tage bereits hinter sich. »Mehr Schein als Sein«, murmelt Mia vor sich hin und ist froh, als sie ihr Zimmer findet. Nummer sechsunddreißig. Sie hält die Chipkarte vor den Sensor und drückt die Klinke hinunter. Die Tür schwingt auf und Mia trägt ihre Tasche die wenigen Meter zum Bett. Dann lässt sie sich erschöpft darauf fallen, um die Stabilität der Matratze zu testen. Sie ist weich. Unheimlich weich. Ein Wasserbett?

»Na spitze. Da werde ich morgen Rückenschmerzen haben«, seufzt sie und steht ächzend wieder auf. Gegenüber dem Bett steht eine weiße, abgewetzte Ledercouch und ein kleiner Glastisch befindet sich davor. Beides hat bereits einige Gäste gesehen und ist nicht mehr neu – aber sauber. Das ist für Mia das Wichtigste. Auch das winzige

Bad, mit der noch kleineren Dusche, ist alt aber gepflegt. »Stundenhotel«, denkt sie wieder und seufzt. Ob Katharina Pescado weiß, in welchem Etablissement sie untergebracht ist? Wahrscheinlich nicht - und, sie wird es ihr auch nicht sagen. Schließlich war es ein sehr liebevoll gemeintes Geschenk.

Durch die großen Fensterscheiben hat sie eine schöne Aussicht auf den nahegelegenen Wald und auch die Sonne hat sich einen Weg durch die dicke Wolkendecke gebahnt und wirft nun einen breiten Strahl helles Licht in ihr Zimmer. Schlagartig bessert sich Mias Laune.

»Zwei Tage Erholung, mal auf andere Gedanken kommen und einfach nur entspannen«, redet sie sich selber gut zu - denn genau das ist der Plan. Sie öffnet die Balkontüren und betritt die betonierte Fläche, auf der sie einen Tisch und zwei Stühle, sowie einen Aschenbecher, findet. Perfekt. Wenigstens darf sie hier rauchen. Sie hat sich zwar vorgenommen aufzuhören, aber wenn schon ein Aschenbecher da steht ... Nach Toms Tod hat sie damit angefangen. Warum, kann sie gar nicht sagen. Sie hat den Gestank immer verabscheut und auch das Geld war ihr stets zu schade gewesen. Doch irgendwann hat ihr irgendwer eine angeboten und sie hat aus reiner Verzweiflung zugegriffen. Die Erste hat wirklich scheußlich geschmeckt - auch die Zweite und Dritte. Aber sie war in die Abhängigkeit gerutscht und schon bald hat sie ihre Wohnung nie ohne Zigaretten verlassen. Immer und überall hat sie geraucht und sich dabei gehasst. Sie will wieder aufhören – irgendwann.

Sie lässt sich in den metallischen Stuhl fallen, streckt die Beine aus und hält ihr Gesicht der Sonne entgegen. Mit geschlossenen Augen zieht sie ihre Packung Zigaretten und das billige Feuerzeug aus der rechten Hosentasche, fingert einen der Glimmstängel heraus und steckt ihn sich zwischen die Lippen. Als das Feuerzeug aufflammt und die Spitze brennt, zieht sie genüsslich daran. Jegliche Gedanken an die Vergangenheit oder die Zukunft verschwinden für einen Moment aus ihrem Kopf. Sie ist im Hier und Jetzt angekommen. Diese fünf Minuten der Entspannung will sie genießen. Als sich erneut eine dicke Wolke vor die Sonne schiebt und ihre Zigarette fast aufgeraucht ist, öffnet sie ihre Augen wieder, richtet sich in ihrem Stuhl auf und schaut auf die Uhr. Kurz nach sechzehn Uhr. Der Abend ist noch lang. Sehr lang.

»Was mach ich nur?«, fragt Mia sich und steht auf, da es auf dem Balkon mittlerweile empfindlich kühl geworden ist. Der Herbst lässt bestimmt nicht mehr lange auf sich warten. Als sie ihr Zimmer wieder betritt, fällt ihr Blick auf den Zettel der Anmeldung. Morgen, dreizehn Uhr, hat sie einen Massagetermin. Mia muss lächeln. Ihre Therapeutin hat wirklich an alles gedacht.

»Katharina«, flüstert Mia leise und bedächtig den ihr zwischenzeitlich so wohl bekannten Namen. Katharina Pescado war in den vergangenen Wochen für sie da gewesen – und das nicht nur in der Praxis. Kein anderer Kontakt war ihr in dieser Zeit so wichtig gewesen wie dieser – nicht einmal Sandrine hat sie an sich herangelassen. Die beiden Frauen haben lange Spaziergänge unternommen und sich einfach nur unterhalten – fast wie gute Freundinnen. Mia ist ihr wirklich dankbar und hat versprochen, es irgendwann wieder gut zu machen.

»Du bist hier und du bist gesund. Das ist doch schon mehr, als du dir noch vor einem halben Jahr zugetraut hast, oder? Irgendwann kannst du auch mit deiner Vergangenheit abschließen. Lass dir Zeit. Alles im Leben braucht seine Zeit. Denk daran, du bist das Licht. Lerne zu leuchten und erhelle die Welt mit deinem Lächeln und deiner Liebe. Du bist auf einem guten Weg, meine Kleine. Du wirst sehen, alles hat einen Grund und du wirst gestärkt daraus hervorgehen, glaube mir«, hat die Psychologin ihr auf das Versprechen geantwortet und Mia hat nur genickt. Sie will es versuchen, denn Katharina hat, wie immer, Recht.

Noch immer steht Mia mit dem Informationszettel in der Hand neben der Balkontür und versucht verzweifelt, die aufkeimenden Gedanken an Katharina, an die letzten Monate, an Tom und an ihre Ehe, zurückzudrängen. Immer und immer wieder schießen ihr die unterschiedlichsten Bilder durch den Kopf, auf die sie keinen Einfluss hat. Die liebevollen und freundschaftlichen Gedanken an Katharina wechseln sich mit den wütenden Gedanken an Tom ab. Die Trauer über seinen Tod hat sie vollkommen abgelegt. Katharina hat ihr glaubhaft versichert, dass sie nicht traurig über seinen Verlust sein soll, sondern glücklich über ihre neugewonnene Freiheit.

»Wenn du nicht mehr weiter weißt, dann schreib alles auf - das hilft«, war der Rat ihrer Therapeutin gewesen und genau das versucht Mia nun. Sie kramt in ihrer Tasche nach einem Kugelschreiber und ihrem Notizbuch. Dann setzt sie sich auf die weiße Couch, zieht die Beine auf die Sitzfläche und beginnt wieder einmal wahllos die Wörter aus ihrem Gehirn aufs Papier zu bringen.

Ich will keine Angst mehr haben!
Angst vor all den Alltagsfragen.
Angst, aus meinem Leben nichts zu machen,
und niemals mehr so herzhaft lachen.

Angst, das Glück zu übersehen
und mir selbst im Weg zu stehen.
Angst, dass man mich nicht versteht,
und dass die Traurigkeit nie mehr vergeht.

Angst, keine Ruhe mehr zu finden,
und Sorgen nicht zu überwinden.
Bitte Angst, lass meine Seele frei!
Ich helfe dir auch gern dabei.

Ich möchte einfach glücklich leben,
ohne Ängste - oh, welch ein Segen!

Als sie den Stift beiseitelegt und alles noch einmal durchliest, merkt sie, dass Tränen über ihre Wange fließen. Die Angst hält sie noch immer gefangen und sie kann sich nicht daraus befreien. Schwer atmend steht Mia von der Couch auf, wischt sich ihre Tränen mit dem blauen Schal, den sie wie üblich um den Hals trägt, aus den Augen und legt sich aufs Bett. Ruhe. Sie braucht einfach etwas Ruhe und Schlaf. Vielleicht sollte sie das Radio neben ihrem Bett anschalten um eine freundliche, ungezwungene Moderatoren Stimme anstatt ihrer eigenen Gedanken zu hören. Auch die Musik wird ihr guttun, das weiß Mia genau. Mit wenigen Handgriffen hat sie das kleine Radio eingeschaltet und einen Sender mit entspannender Musik gefunden. Während sie der tiefen, angenehmen Stimme des Radiosprechers lauscht, zwingt sie ihre Gedanken in eine andere, unabhängige Richtung. Wo wohl diese Massage stattfinden wird, die auf dem Informationszettel beschrieben ist und welche Art wird das sein? Vielleicht mit Aroma Ölen? Sie liebt Massagen, seit sie das erste Mal vor einem knappen halben Jahr in den Genuss gekommen ist. Damals, in der Klinik hat es ein Seminar zu diesem Thema gegeben und sie hat sich sehr wohl gefühlt. Mit aller Gewalt versucht sie sich diesen Zustand der Entspannung in ihren Kopf zu rufen. Sie versucht das Öl zu riechen und die warmen, heilenden Hände auf ihrem Nacken zu fühlen - doch ihre Gedanken kennen kein Erbarmen und schweifen weiter zurück in die Vergangenheit. Als genau in diesem Moment auch noch die sanften Klänge einer schwedischen Rockband erklingen, ist es mit ihrer erzwungenen Stärke vorbei. Dieses Lied, das sie früher so gerne gehört hat, treibt ihr jetzt die Tränen in die Augen. Wie in Zeitlupe rollt sich Mia zusammen und zieht die dünne, schneeweiße Decke bis über ihren Kopf. Ihr ist so kalt - so schrecklich kalt. Sie friert und zittert am ganzen Leib. Die Wellen der Vergangenheit schlagen wieder einmal über ihr zusammen - und dieses Mal kann sie sie nicht aufhalten.

»Du blöde Ziege! Kannst du denn nicht aufpassen?« Die Stimme ihres Mannes dröhnt in ihren Ohren. Wütend starrt er sie an. Wie ein verängstigtes Häschen steht Mia am Herd und wischt hektisch mit einem Lappen die übergekochte Milch vom Ceranfeld. Es stinkt entsetzlich und Tränen stehen ihr in den Augen.

»Aber ... ich ... «, stottert sie und will nicht weinen. Nur keine Schwäche zeigen. Nicht vor ihm. Nicht vor Tom.

»Geh weg! Du machst alles nur noch schlimmer! Du bist wirklich zu nichts zu gebrauchen! Warum habe ich dich nur geheiratet?« Er schubst sie zur Seite und Mia stolpert über ihre eigenen Füße.

»Aber ich wollte doch nur ... «, beginnt sie wieder, doch er unterbricht sie erneut.

»Das ist mir scheißegal, was du wolltest. Schau, dass du hier verschwindest. Ich koche mir meinen Pudding selber.« Er öffnet das Päckchen mit dem Vanillepulver und kramt in der Schublade nach dem Schneebesen. »Was für ein Saustall! Nichts findet man! Räum endlich auf!«, brüllt er und wirft die Schublade mitsamt dem Inhalt auf den Boden. Klirrend fallen Messer, Gabeln und Löffel herunter und verteilen sich in der Küche. Sehnsüchtig starrt Mia auf eines der Messer – doch sie traut sich nicht danach zu greifen. Schritt für Schritt zieht sie sich zurück, bis die offene Küchentür, die sie in ihrem Rücken spürt, sie innehalten lässt.

»Nur weg hier«, flüstert eine warnende Stimme in ihrem Inneren und Mia gehorcht. Sie schüttelt die lähmende Angst so gut es geht ab und dreht sich herum. Dann eilt sie ins Badezimmer, schließt die Tür hinter sich ab und lässt sich auf den Badewannenrand sinken. Eine Mischung aus Wut und Angst schnürt ihr die Kehle zu, bis die Verzweiflung über ihre Situation, über ihr Leben, die Oberhand gewinnt.

»Warum bin ich nur immer noch hier? Warum … lebe ich noch?«, seufzt Mia mit Tränen in den Augen. Die Schleusen öffnen sich und dicke Tropfen fallen auf den flauschigen Teppich vor der Badewanne. Sie schluchzt leise in sich hinein - laut traut sie sich nicht. Er könnte es hören und sie dann wieder … allein bei dem Gedanken schießt ihr noch mehr Wasser in die Augen. Ihre Nase läuft und sie greift nach einem Stück Klopapier. Wütend tupft sie sich ihre Tränen ab und richtet sich ein Stück auf. Ihr gegenüber hängt der Badezimmerspiegel, aus dem ihr ein verheultes Gesicht entgegen starrt. Ihre ehemals wunderschönen, dichten, langen, braunen Haare hängen strähnig herab und auf ihrer blassen Nase kann sie einen dicken, roten Pickel entdecken.

»Na super. Auch das noch. Ich schaue aus wie eine Leiche. Was ist nur aus mir geworden? Was hat er bloß aus mir gemacht? Das ist doch keine Liebe, kein Leben.« Ein neuer Schwall Tränen schießt ihr in die Augen und sie lässt sie fließen. Ihr Selbstmitleid ist grenzenlos. Als ein zarter Sonnenstrahl sich einen Weg durch das Badezimmerfenster bahnt und bunte Kreise auf den Teppich wirft, schießt Mia plötzlich eine Melodie in den Kopf, die immer lauter und lauter wird und ihren Tränenstrom versiegen lässt. Ganz leise beginnt sie den Text des Liedes, in dem der deutsche Sänger von Liebe und Licht schwärmt, vor sich hin zu murmeln. Sie kennt jedes Wort auswendig.

»Ja, verdammt! Ich muss etwas ändern. Das kann doch so nicht weiter gehen. Ich werde etwas ändern! Jetzt …«, spricht Mia ihrem Spiegelbild entschlossen Mut zu und richtet sich erneut auf. Doch die Quelle der Kraft in ihrem Inneren versiegt schlagartig, als genau in diesem Moment Tom gegen die verschlossene Badezimmertür hämmert.

»Heulst du schon wieder?« brüllt er und seine wütende Stimme lässt Mia zusammenzucken.

»Nein … ich …«, stottert sie eingeschüchtert und steht ruckartig auf. Vor ihren Augen beginnt sich alles zu drehen und sie sinkt geschwächt auf den Badewannenrand zurück. Ihr Kreislauf nimmt ihr die zu schnelle Bewegungen übel und zwingt sie, langsamer aufzustehen. Ihr Puls rast, ihre Hände sind feucht und ihre Knie zittern. Sie hat Angst. Schreckliche Angst. Wenn sie die Tür aufschließt, dann wird er wieder die Hand gegen sie erheben - wie jedes Mal.

»Mach die Tür auf, Drecksstück!« Tom hämmert so kräftig mit seinen Fäusten gegen die Holztür, sodass diese gefährlich knirscht. Mia drückt sich mit beiden Händen vom Wannenrand ab und erhebt sich so schnell sie kann. Trotz ihrer nackten Angst dreht sie den Schlüssel im Schloss. Sie kann einfach nicht anders. Wenn Tom die Tür zerstört, hat sie keinen Fluchtort mehr - also lässt sie lieber die Schläge über sich ergehen, die unweigerlich folgen werden. Die Tür fliegt mit einem Ruck auf und knallt gegen die weiße Wand. Mit hochrotem Kopf und geballten Fäusten steht Tom im Türrahmen.

»Warum musst du mich nur immer so reizen? Du bist doch selber schuld dran«, schnaubt er und der erste

Schlag trifft sie in die Magengrube. Stöhnend klappt sie wie ein Taschenmesser zusammen, als der zweite Schlag auf ihrem Rücken landet. Ihr Magen rebelliert und die Tränen sind wieder da. Leise summt sie die lichtvolle Melodie vor sich hin und versucht sich zu entspannen – dann schmerzen die Schläge, die auf ihren Körper prasseln nicht so sehr. Wie viele Tränen hat ein Mensch? Wie viel Leid kann ein Körper ertragen bis die Seele zerbricht? Mia weiß es nicht, doch scheinbar ist es eine ganze Menge. Immer weiter prügelt Tom auf ihren schwachen Körper ein – und plötzlich trennt sich ihre Seele von ihrem Körper und sie kann sich selber beobachten. Immer wieder verfällt sie in diesen Zustand, wenn Tom die Hand gegen sie erhebt. Ein Schutzmechanismus - hat sie mal irgendwo gelesen - um die grausamen Schmerzen zu ertragen und nicht in Ohnmacht zu fallen. Nur mühsam und mit enormer Willenskraft kann sie später Körper und Geist wieder vereinen - wenn sie unter der Dusche steht und sich ihren Körper blutig schrubbt, wenn ihre Haut brennt und sie alle Spuren seiner Hände von sich wäscht. Doch soweit ist es noch lange nicht. Noch befindet sich ihre sterbliche Hülle zusammengekrümmt auf dem weichen Badezimmerteppich und Tom tritt auf sie ein. Sie spürt den Schmerz überall, doch es ist, als wenn es nicht ihr Köper wäre, der geschunden am Boden liegt. Plötzlich durchzuckt ein scharfer Stich ihren Brustkorb und sie hört ein Knacken. Das war meine Rippe, vermutet Mia. Hoffentlich durchbohrt sie meine Lunge. Dann bin ich endlich erlöst! Tom scheint das widerliche Geräusch auch gehört zu haben, denn plötzlich hält er inne und starrt auf Mia hinab. Wie eine kleine Ewigkeit kommt ihr dieser kurze Moment vor, in dem er sie einfach nur anstarrt. Dann bückt er sich, greift nach ihren Händen und zerrt sie in seine Arme. Nicht mein Körper, nur eine Hülle - diese Gedanken kreisen immer wieder durch ihr Bewusstsein. Tom hält den Leib der zitternden Mia in seinen Armen, streichelt über ihren Rücken und redet beschwörend auf sie ein.

»Liebling! Bitte ... Mia, das wollte ich nicht! Bitte, verzeih mir! Das wird nie wieder vorkommen.« Seine Stimme hat einen weinerlichen Ton angenommen, den Mia gut kennt. Wie oft hat sie diese Worte in den letzten Tagen, Monaten, Jahren schon gehört und ihm immer wieder verziehen - ihm verzeihen müssen. Was ist sie denn schon ohne ihn? Ein Nichts! Ein Niemand. Genau das sagt er doch mehrmals täglich zu ihr, wenn sie wieder einmal einen Fehler gemacht hat - und in seinen Augen macht sie eine Menge Fehler. Sie ist dumm, unreif und unfähig ein eigenes Leben zu führen. Deswegen hat er sie ja bei sich aufgenommen und ihr ein Dach über dem Kopf gegeben. Sie sollte dankbar sein für so viel Großherzigkeit und sich nicht ständig beschweren. Dabei beschwert sie sich gar nicht. Sie versucht ihm alles recht zu machen, ihm jeden Wunsch von den Augen abzulesen und ihm eine gute und treue Ehefrau zu sein. Sie hat sich vor knapp drei Jahren dazu entschieden ihn zu heiraten und nun war es eben so. Bis der Tod uns scheidet. Der Tod. Der gnädige Tod. Wie sehr wünscht sie sich diesen herbei. Er scheint ihr immer mehr die einzige Möglichkeit zu sein, um aus ihrem Leben auszubrechen und das Martyrium hinter sich zu bringen. Mittlerweile hat er sie auf seine Arme genommen und ins Schlafzimmer getragen. Dort legt er sie sanft ins Bett und sie krümmt sich unter Schmerzen zusammen wie ein Embryo. Wenigstens ist es für dieses Mal vorbei. Der Rippe sei Dank.

»Soll ich dir einen Pudding bringen? Oder einen Tee? Ja, ein Tee ist bestimmt gut für dich. Ich bin gleich wieder da«, mit diesen Worten verlässt er das Schlafzimmer und Mia seufzt erleichtert auf. Ihre Knochen schmerzen, ihre Haut brennt und der Kopf dröhnt. Sie hat kein Fett mehr auf den Rippen, das die Schläge abgefangen hätte. Schon seit Wochen isst sie nur das Nötigste - ihr Magen verträgt die Speisen einfach nicht mehr. Der Genuss, den sie früher beim Essen hatte, ist ihr auch vergangen. Wenigstens beschimpft er sie nicht mehr als »fette Sau«. Das hat auch seine Vorteile, wenn man nur noch ein Knochengerüst mit Haut ist.

Während dieser Gedanken muss sie eingeschlafen sein, denn als sie wieder erwacht, befindet sie sich nicht mehr im ehelichen Schlafzimmer, sondern in einem Bett in einem fremden Zimmer. Das Hotel. Schlagartig ist sie wach. Der Rippenbruch ist schon lange verheilt, auch wenn der Knochen noch ab und zu schmerzt - doch sie lebt und ist dankbar dafür - und Tom ist tot. Er wird sie nie wieder schlagen, ihr nie wieder Schmerzen zufügen.

Ihr Blick fällt auf die Uhr an der Wand gegenüber und sie reibt sich den Schleier von den Augen, um die Zeiger besser erkennen zu können. Kurz nach zwanzig Uhr. Hat sie so lange geschlafen? Mühsam rappelt sie sich auf – das Wasserbett beschert ihr wirklich Rückenschmerzen – schlägt die Decke zur Seite und krabbelt aus dem Bett. Für eine erfrischende Dusche ist es jetzt zu spät. Also muss es so gehen. Im Restaurant des Hotels erwartet sie in Drei–Gänge–Menü - das will sie sich nicht entgehen lassen. Genau in diesem Moment beginnt ihr Magen zu knurren.

»Vergangenheit ist vorbei! Jetzt ist die Zukunft«, sagt sie laut und spricht sich selber Mut zu. Das hat sie so in der Klinik gelernt – und es hilft. Als ob der Moderator des kleinen, regionalen Senders ihre Gedanken gelesen hätte, ertönt in diesem Moment die kraftvolle Stimme einer Sängerin aus den siebziger Jahren. Mia muss lachen.

»Na, das passt doch. Ja! Ich habe überlebt - und ich werde weiter machen und mich nicht mehr unterdrücken lassen!« Ihre eigenen, laut ausgesprochenen Worte schenken ihr Kraft und zaubern ihr ein Lächeln ins Gesicht, während sie lauthals mitsingt. Als das Lied verklungen ist, schaltet sie das Radio aus, strafft ihre Schultern, drückt den Rücken durch und zieht ihr schwarzes, bodenlanges Kleid aus ihrer Tasche. Die enganliegenden Ärmel verdecken ihre Narben und der Schnitt betont ihre schlanke Hüfte. Elegant und doch nicht zu fein - genau das Richtige. Es steht ihr wunderbar, das weiß sie.

Sandrine und sie haben es damals in einer kleinen Boutique entdeckt und Mia hat sich sofort in dieses Kleid verliebt. Doch damals hatte sie noch kein Geld. Sandrine hat es ihr zu ihrem Neuanfang geschenkt.

»Es steht dir so ausgezeichnet, meine Liebe«, hat die Freundin damals gesagt. »Du weißt, was wir in den Therapiestunden gelernt haben – auch einfach mal ein Geschenk anzunehmen. Du erinnerst dich«? Mia hat lachend genickt und war Sandy um den Hals gefallen. In diesem Augenblick war sie so unbeschreiblich glücklich gewesen, dass ihre Augen gestrahlt haben. Schon allein dieser Moment war für die beiden jungen Damen mehr wert gewesen, als alles Geld dieser Welt.

Mia seufzt auf bei dem Gedanken an ihre ehemals beste Freundin. Wie hat sie nur so lange ohne sie auskommen können? Was war sie doch selber für eine schlechte Seelenschwester? Die aufsteigenden Tränen wischt Mia mit einer raschen Handbewegung beiseite, schlüpft in das Kleid und nimmt sich fest vor, Sandy am Abend anzurufen - sie vermisst sie sehr. Danach kramt Mia aus ihrer Reisetasche ein kleines, schwarzes Kästchen hervor, das sie liebevoll öffnet. In seinem Inneren befindet sich ein wundervolles Schmuckstück, das sie sehr liebt. Der runde Kettenanhänger hat die Form einer Schneeflocke und ist aus echtem Silber gefertigt. In seiner Mitte erstrahlt ein kleiner, blauer Topas, der ihr helfen soll, ein positives Lebensgefühl zu entwickeln. Des weiteren soll er Mias verborgene Talente zu Tage fördern und ihr mehr Selbstvertrauen schenken – jedenfalls sagte das die sympathische Verkäuferin in dem kleinen Schmuckladen, in dem Mia das Juwel der Schmuckfirma »Heartbreaker« vor ein paar Monaten gekauft hat. Es war ihr erstes Schmuckstück, in das sie sich auf den ersten Blick verliebt hat und die Symbolik war ausschlaggebend. Diese Schneeflocke, so rein und zart und doch so kraftvoll in ihrer Darstellung, sollte für sie den Neuanfang symbolisieren. Es war gerade neuer, weißer unschuldiger Schnee gefallen, als sie in die Klinik am Meer eingeliefert wurde und ihr neues Leben beginnen konnte. Lächelnd legt Mia das lange Lederband um ihren Hals und streichelt liebevoll über das glänzende Silberstück, das etwas unterhalb ihrer Brüsten zum Liegen kommt, auf dem Solar Plexus.

»Ja, da bist du perfekt«, sagt Mia leise, bindet sich mit raschen Bewegungen den Schal um, schlüpft zurück in ihre roten Highheels, schnappt sich ihre braune Handtasche und macht sich auf den Weg ins Restaurant. Früher hätte sie sich nicht getraut, so auffallende Schuhe zu tragen - doch früher ist vorbei. Heute ist heute - und heute fühlt sie sich gut. Sie setzt ein eisernes Lächeln auf, nimmt die Chipkarte vom Glastisch und verlässt das Zimmer. Sie hat Hunger.

- 7 -

Am Eingang des kleinen Speisesaals erwartet Mia eine junge Dame in einem schwarzen Rock, einer weißen Bluse und einem dunklen Blazer - sehr schick diese Uniform, findet Mia. Dann wird sie freundlich nach ihrer Zimmernummer gefragt und danach zu einem Tisch in der hintersten Ecke geführt - klar, denn sie ist allein. Alle anderen Tische sind bereits für Pärchen gedeckt. Mit kleinen, stilvollen Kerzen und roten, schwimmenden Blumenkelchen in runden Schälchen, mit Stoffservietten und silbernem Besteck haben sich die Hotelbesitzer wahrlich Mühe gegeben, die Tische romantisch einzudecken. Die rot-weißen Tischdecken runden das Bild perfekt ab. Auf dem ihr zugewiesenen Platz gibt es nur ein Gedeck und auch die kleine, schwimmende Blume fehlt. Schade eigentlich, denkt Mia, aber es stört sie nicht wirklich. Der Platz mit dem Rücken zur großen Fensterfront ist ihr jedoch recht, denn so kann sie die Menschen im Saal wunderbar beobachten. Offenbar ist das kleine Hotel gut besucht, denn die meisten Tische sind bereits besetzt. Stolz und mit hoch erhobenem Kopf schreitet sie hinter der »Pinguindame«, wie Mia die Kellnerin in Gedanken nennt, zu ihrem Platz, lässt sich den Stuhl zurechtrücken und bestellt sich ein großes Wasser. Auf Wein oder Bier hat sie im Moment noch keine Lust. Wozu soll sie sich auch betrinken? Alleine? In diesem Wellnesstempel?

Vor ihr liegt eine in rotes Leder eingebundene Speisekarte. Als sie diese in die Hand nimmt und aufschlägt, findet sie ein einzelnes Blatt mit den Gerichten des heutigen Abends. Einfach aber sehr gut, wie sie beim Studieren feststellt. Mia ist gespannt auf die Kartoffel-Cremesuppe, die sie als Vorspeise gewählt hat - sie liebt Suppen. In ihrer Ehe durfte sie nie selber welche zubereiten. Tom wollte nur Erbsensuppe - aus der Dose.

»Deine Suppen schmecken wie Babykost«, hat Tom gesagt, wenn sie es doch versucht hat und nach »etwas Ordentlichem« verlangt. Gemüse und Obst waren für ihn Tierfutter. Er wollte Fleisch. Das war für ihn das Wichtigste und musste jeden Tag auf dem Tisch stehen. In allen möglichen und unmöglichen Varianten hat sie versucht, es ihm zuzubereiten. Anfangs hat er es auch gegessen, doch oft nur hinunter geschlungen und sich danach bei ihr beschwert - egal, wie sehr sie sich auch bemüht hat. Irgendwann hat sie ihm nur noch Steak zubereitet – halbroh, mit Bratkartoffeln. Das war sein Lieblingsessen und das konnte sie gut. Mia hingegen aß viel lieber Obst und Gemüse, wenn sie überhaupt etwas aß. Oft machte sie sich heimlich ihre Salate und ließ Tom sein Stück Fleisch alleine verzehren. Dann gab es weniger Ärger.

»Du willst mich wohl vergiften, was? Nie isst du das Gleiche wie ich!«, hat er sie eines Tages angeschrien und Mia hat tatsächlich über diesen Vorschlag nachgedacht. Nun ist er tot.

Mia schüttelt ihre Gedanken an sein grausames Schicksal ab und widmet sich wieder der Karte. Als Hauptgericht wählt sie die »frische Forelle mit Mandelkartoffeln und Buttersauce« und als Nachtisch »feines Mousse au Chocolat mit frischen Früchten«. Sie entschließt sich nun doch für einen kühlen, trockenen Weißwein, denn der rundet das Mahl, ihrer Meinung nach, ab. Nachdem sie ihre Bestellung aufgegeben hat, lehnt sie sich in ihrem Stuhl zurück und lässt ihren Blick durch den Saal schweifen. Die Pärchen, die sie bei diesem gedämpften Licht erkennen kann, unterhalten sich leise und diskret. Klassische Musik dringt sanft aus versteckten Lautsprechern und das dumpfe Klappern des Bestecks stört nicht im geringsten. Die Wände sind in dunkelgelber Farbe gestrichen und kleine Lampen an der Decke symbolisieren einen Sternenhimmel. Es hätte so schön sein können – wäre da nicht dieses hohe, grelle Lachen gewesen. Mia schaut sich suchend um, kann aber zu diesem Zeitpunkt nicht sicher sagen, wem dieses nervige Gekicher gehört und beschließt es einfach zu überhören ...

Während Mia versucht, ihre Suppe zu genießen, wandert ihr unsteter Blick immer wieder durch den Raum, angezogen von diesem Gekicher, das immer lauter zu werden scheint. Langsam zerrt es an ihren Nerven, doch den übrigen Gästen scheint es nichts auszumachen. Reagiert sie über? Während sie den Löffel langsam zum Mund führt und peinlich darauf achtet, sich nicht zu bekleckern, fällt ihr Blick immer wieder in die gegenüberliegende Ecke, aus der das hohe Kichern zu ihr herüber schallt. Ignorieren ist mittlerweile unmöglich geworden. Das junge Ding, das diese quietschenden Laute ausstößt, hat ihre langen, blonden Haare zu einer künstlerischen Hochsteckfrisur aufgetürmt und ihr kleines, schwarzes Kleidchen rutscht ihr immer wieder über die nackten Schenkel nach oben. Trotz des schwachen Lichtes kann Mia alles ganz genau erkennen - zu genau für ihren Geschmack. Doch sie kann sich von dem Anblick einfach nicht losreißen. Die Kleine biedert sich dem älteren Mann ihr gegenüber regelrecht an. Wahrscheinlich der Chef mit seiner Sekretärin, mutmaßt Mia. Wie sie das hasst. Tom hat das auch gerne praktiziert. Diese jungen Dinger wissen doch gar nicht, auf was sie sich da einlassen. Wahrscheinlich ist er verheiratet und wird dieses Essen als Geschäftsessen absetzen ...

Plötzlich schmeckt Mia die feine Suppe nicht mehr und sie legt den Löffel beiseite. Bittere Galle schießt ihr in die Mundhöhle und sie muss die aufkommenden Tränen hinunter schlucken. Warum ist sie nur so dämlich gewesen und hat das alles über sich ergehen lassen? Was hat Tom nur mit ihrem Körper und ihrer Seele gemacht, dass sie ihm so hörig war? Warum ist sie nicht einfach gegangen ...? Warum ...?

»Kann ich abräumen?«, reißt sie die Stimme der Kellnerin aus ihren Gedanken. Ihr freundliches Lächeln vertreibt den Kloß in Mia's Hals und sie lächelt zurück.

«Ja, bitte. Es war wunderbar, nur leider etwas zu viel«, antwortet sie entschuldigend. Was hätte sie auch anderes sagen sollen?

Nachdem die Kellnerin den Suppenteller abgeräumt hat, nimmt Mia einen großen Schluck Wein aus ihrem Glas. Nie wieder würde sie sich so behandeln lassen! Von keinem Mann! Sie ist schließlich auch ein Mensch - und keine seelenlose Marionette. Mia versucht die Wut, die in ihr aufsteigt, zu unterdrücken und presst ihre langen Fingernägel in ihre Handballen.

»Nicht aufregen, nicht schon wieder in die Vergangenheit zurückfallen«, redet sie sich selber leise Mut zu und versucht sich abzulenken, indem sie sich auf ein anderes Pärchen konzentriert. Dieses feiern offenbar gerade einen Jahrestag oder ähnliches, denn auf dem Tisch befindet sich ein besonderes Blumenbouquet und die beiden stoßen zum wiederholten Male mit einem Glas Champagner an. Sie sehen so glücklich aus, dass es Mia einen tiefen Stich ins Herz versetzt. Wie schön wäre es jetzt, wenn ihr gegenüber auch jemand säße, der sie mit so verliebten Augen betrachten würde. Doch diesen Jemand gibt es in Mias Leben nicht - noch nicht – denn im Moment ist sie noch nicht bereit für eine neue Beziehung, da ist sie sich ganz sicher.

Während Mia versucht sich mit positiven Gedanken abzulenken, erhebt sich plötzlich die blonde Schönheit von ihrem Stuhl und Mias Blicke richten sich sofort auf ihren Begleiter.

»Bin gleich wieder da, Liebster. Muss nur eben schnell mein Näschen pudern«, säuselt sie ihm zu, doch Mia, deren Nerven bis zum zerreißen gespannt sind, hallen diese Worte wie Donnerschläge in den Ohren. Dann wirft sie ihrem Begleiter noch ein Küsschen zu und verlässt leicht schwankend auf ihren hohen Absätzen den Raum. Jetzt kann Mia den Mann, der sich heute Nacht mit der Blonden vergnügen wird, genauer betrachten. Er ist Ende Fünfzig, hat einen Bierbauch und eine beginnende Glatze. Der ganze Typ ist einfach nur widerlich und auch das süffisante Grinsen, das er ihr in dem Moment, als sich ihre Blicke begegnen, zuwirft, lässt ihr eine Gänsehaut über den Rücken laufen. Was die Barbie nur an dem findet …?, fragt sich Mia. Der muss entweder ein super Typ im Bett sein oder eine sehr dicke Brieftasche haben – oder beides. Doch warum schielt er immer wieder zu ihr herüber? Will er sie etwa auch …? Nie im Leben.

Als genau in diesem Augenblick die Forelle gebracht und vor ihr auf den Tisch gestellt wird, ist Mia froh. Auch die Barbie hat den Raum wieder betreten und zieht mit ihrem albernen Verhalten alle Blicke auf sich. Nur mühsam kann sich Mia abwenden und versucht ihren Blick auf ihrem Teller zu fixieren, denn der Fisch schmeckt wirklich ausgezeichnet. Endlich kann sie das Essen wieder genießen. Lange hat es gedauert, bis sich ihr Magen und ihre Geschmacksnerven wieder an exzellentes Essen gewöhnt haben - auch ein Verdienst des Klinikaufenthaltes.

Kurze Zeit später kann Mia beobachten, wie der schmierige Typ seinen Stuhl zurück schiebt, die zerknüllte Servierte achtlos auf seinen Teller wirft und aufsteht, um mit seiner Barbie den Speisesaal zu verlassen. Arm in Arm torkeln sie lachend durch die Tür. Er hat seine Hand auf ihrem Hintern fixiert und sie schmiegt sich eng an seinen Hals. Nach außen wirken sie tatsächlich wie ein verliebtes Pärchen - hätte er Mia nicht einen letzten dich-hol-ich-auch-noch Blick zugeworfen. Was bildet sich dieser Typ eigentlich ein? Mia schüttelt sich innerlich. Am Ende hat sie den Sex mit Tom gehasst – nicht, dass sie prüde gewesen wäre - denn am Anfang, als die Leidenschaft noch in ihr brannte, hätte sie es am liebsten immer und überall getan. Doch mit der Zeit wurde er brutal und schließlich war es unerträglich geworden. An Zärtlichkeit hat es von jeher gänzlich gemangelt und das schnelle rein-raus war ihr bald lästig geworden. Immer wieder hat sie sich neue Ausreden einfallen lassen, doch ihr Exmann verlangte nach ihren ehelichen Pflichten - und so hat sie es über sich ergehen lassen. Oft hat sie nur auf dem Bett gelegen und gedankenverloren an die Decke gestarrt, während er sich auf ihr abmühte - gefühlt hat sie nie etwas, weder Schmerz noch Befriedigung. Es waren einfach fünf Minuten am Tag, in denen sie völlig abgeschaltet hat, um nicht durchzudrehen. Sobald er fertig war und sich ächzend von ihr herunter rollte, war sie aufgestanden und für eine längere Zeit im Bad verschwunden. Sie wollte sich den Schmutz von der Haut schrubben, seinen Gestank entfernen und einfach wieder sie selbst sein.

Kurz bevor Mia vollständig in ihre Gedankenwelt abdriften kann, beginnt sie langsam von fünf an rückwärts zu zählen. Eine Übung, die ihr Frau Pescado gezeigt hat, um sich im Hier und Jetzt zu halten. So schafft sie es erneut, ihre Gedanken an die Vergangenheit in die hinterste Ecke ihres Bewusstseins zu drängen und sich lieber auf die leckere Schokoladencreme zu konzentrieren, die mittlerweile serviert worden ist. Sie soll, will, muss genießen - muss es lernen. Hier. Jetzt. Wann sonst, wenn nicht in einem Hotel mit hervorragendem Menü …?

Der Speisesaal hat sich mittlerweile fast geleert und auch ihr Weinglas enthält nur noch wenige Tropfen der klaren Flüssigkeit. Das Abendessen ist vorüber. Mia ist müde und will nur noch auf ihr Zimmer, um den Abend dort ausklingen zu lassen. Sie hat keine Lust, sich noch ins Dorf zu schleppen oder gar einen Spaziergang bei Dunkelheit zu machen. Hier ist kein Meer, hier sind nur Felder, Wiesen und Wälder. Sie ist hier - nicht zu Hause in ihrer eigenen, kleinen Wohnung. Doch es ist nur ein kleiner Schritt zurück in ihren Alltag, zurück zu ihren Problemen, den Gedanken und Sorgen. Sie will nicht denken - dafür ist sie nicht hier. Sie will den Abend genießen, vielleicht noch mit Sandrine telefonieren und früh schlafen gehen.

»Eine Flasche Rotwein, bitte«, ordert sie bei der netten Kellnerin, die ihr die Flasche und ein Glas mit auf ihr Zimmer gibt und den Betrag auf die Rechnung setzt. Das wird sie alles bei der Abreise zahlen. Jetzt zählt der Augenblick.

Ich beende das Gespräch und lege mein Handy zurück auf den Nachttisch, neben mein Bett. Die Flasche mit den Tropfen, die ich gerade genommen habe, verstaue ich sorgfältig in meiner Handtasche. Dann ziehe ich den Gürtel meines weißen Bademantels fester um meine Hüften und verlasse mein Zimmer. Ich muss meinen Auftrag erfüllen. Jetzt. Ich habe keine Zeit mehr, um mich umzuziehen. Wozu auch. Das, was ich vorhabe, geht auch mit Bademantel und Hausschuhen. Beides ist Eigentum des Hotels. Nur meinen blauen Schal, den ich immer trage, binde ich mit einem Knoten enger um den Hals und betrete den Flur. Ich weiß genau, wohin ich gehen muss. Das Licht im Gang ist gedämpft und ich suche die Zimmernummer 37. Dort wohnt der schmierige Typ aus dem Speisesaal. Ob er wohl schon fertig ist mit seiner Blondine? Oder ob ich sie beim Liebesspiel überrasche? Aber das ist mir egal. Ich habe einen Auftrag, den ich erledigen muss. Jetzt. Es muss ein Ende haben. Mein inneres Feuer brennt heiß und ich werde es befriedigen - egal wie. Mir wird etwas einfallen, ganz bestimmt. Ich habe das Zimmer erreicht und klopfe an die Tür. Es dauert nicht lange, da höre ich aus dem Inneren dumpfe Schritte und die Türklinke wird hinunter gedrückt. Wieder dieses Kichern. Galle steigt meine Speiseröhre hinauf, doch ich schlucke sie erfolgreich hinunter. Nicht jetzt. Lächeln! Ich muss lächeln und einen freundlichen Eindruck machen. Ich will da hinein. Muss meine Aufgabe erfüllen. Der alte Mann, der mir öffnet, trägt nur einen winzigen Slip, der sein mächtiges Körperteil gerade so verdeckt. Die Haare auf Brust, Rücken, Beinen und Bauch lassen ihn wie ein hässliches Tier erscheinen. Ich töte keine Tiere. Oder doch? Hier werde ich eine Ausnahme machen. Ich brenne. Ich werde. Jetzt. Süffisant lächelt er mich an und lässt mich mit den Worten »na, schöne Frau - habe ich es doch geahnt«, herein. Die piepsige Stimme der Blondine, die sich vollkommen nackt zwischen den weißen Laken des Bettes räkelt, überhöre ich geflissentlich. Sie ist nicht mein Opfer. Er ist es. Aber wenn sie auch dran glauben muss, dann soll es eben so sein. Ich stelle mich vor ihn und öffne den Gürtel meines Bademantels. Darunter trage ich nur meine schwarze Spitzenunterwäsche. Er weiß genau, was ich von ihm will und fährt sich genüsslich mit seiner Zunge über die Lippen. In diesem Moment fällt mein Blick auf die Sauna, die das große, elegante Luxuszimmer als Sonderausstattung hat. Mein Plan manifestiert sich in meinen Gedanken und nun weiß ich, was ich zu tun habe. Mit heiserer Stimme, die mir vollkommen fremd in meinen Ohren widerhallt, schlage ich beiden vor, dass man sich doch ein wenig in der Sauna aufwärmen könnte, bevor es im Bett heiß werden wird. Blondi schaut immer noch ziemlich pikiert, aber sie erkennt, dass sie sich fügen muss, wenn sie jetzt nicht das Zimmer verlassen will. Sehr gut. Er hat sie unter Kontrolle - und ich ihn. Mittlerweile stehe ich in BH und Tanga vor ihm. Nur mein blauer Schal spielt noch um meine Brüste und lässt erahnen, was er hofft bald berühren zu dürfen. Irrtum! Dann reicht er mir ein Glas Champagner. Wie nobel.

»Zur Auflockerung«, lächelt er. Ich bin locker. Sehr locker. Aber das muss er nicht wissen. Ich freue mich auf mein Vorhaben. Ein Schwein weniger auf dieser Welt. Ein Schwein, der seine Frau mit seiner Sekretärin betrügt. Die weiße Stelle an seinem rechten Ringfinger springt mir ins Auge und wieder schießt Galle meine Speiseröhre hinauf. Wozu er seinen Ring *abgelegt hat, ist mir nicht verständlich. Wahrscheinlich meint er, damit sein schlechtes Gewissen zu beruhigen. Was für ein Narr. Ich trinke mein Glas aus und reiche es ihm.*

»Wir wollten ohnehin gerade in die Sauna gehen«, fängt er an zu berichten. »Ich habe sie schon vorgeheizt. Also Mädels, nichts wie hinein.« Das Blondchen hat ungefähr mein Alter und es scheint ihm sehr zu gefallen, von zwei Frauen, die beide viele Jahre jünger sind als er, begehrt zu werden. Wenn er wüsste … aber er weiß nichts. Ahnt nicht einmal etwas. Melanie, so hat sich die junge Frau unterdessen auch bei mir vorgestellt, bindet sich ein Handtuch um die Hüften und öffnet die Glastür. Dann setzt sie sich auf die hölzerne Bank und wartet auf ihren Liebhaber - und zwangsweise auch auf mich. Ich lasse ihm den Vortritt. Er breitet sein Handtuch neben ihr aus und zeigt auf den Platz über ihm. Die Zimmersauna ist relativ klein, aber ich hätte noch Platz … würde ich eintreten. Aber das habe ich nicht vor. Ich schließe die Glastür und versperre sie mit einem hölzernen Keil. Dieser liegt als Türstopper auf allen Zimmern und mir kommt das jetzt zu Gute. Ich schiebe ihn mit meinem Fuß - bloß nichts berühren, keine DNA hinterlassen - vor die dicke Glasscheibe der Sauna und versperre ihnen so den Ausgang. Beide verstehen nicht, warum ich draußen vor der Tür stehe und zu ihnen hinein blicke. Doch dann entdeckt Melanie den Keil und versucht hektisch, die Tür von innen aufzuschieben. Es bleibt bei dem Versuch. Sie hat keine Chance. Wie lange werden sie darin schmoren? Wie lange werde ich das Schauspiel genießen können? Zeit ist relativ. Ich habe Zeit. Die ganze Nacht. Ich greife nach dem Glas, auf dem meine Finger und Lippenabdrücke zu erkennen sind, wische es mit meinem blauen Schal sauber und stelle es zurück in die Minibar. Kurz riskiere ich noch einen Blick in das Innere der Kabine, in der Melanie und der Klops wütend gegen die Glasscheibe trommeln. Sein Kopf ist mittlerweile rot angelaufen und er greift sich plötzlich ächzend an die Brust. Ob er einen Herzinfarkt bekommen wird? Dann wird sein Tod schneller

eintreten als ihrer. Dann wird sie neben einer Leiche sitzen müssen, während sie an Dehydrierung verstirbt. Welch grausame Vorstellung. Doch auch ich muss warten, bis alles vorbei ist und sie sich nicht mehr bewegen. Dann werde ich den Keil wieder an seinen ursprünglichen Platz zurückschieben. Keiner wird darauf kommen, was wirklich passiert ist. Ich lasse mich auf dem Fußboden nieder und starre ins Innere der Kabine wie ein Besucher im Zoo. Die Schreie hallen dumpf in meinen Ohren wieder und klingen dennoch wie Musik für mich. Kein Ton dringt auf den Flur hinaus, denn das Zimmer ist schallisoliert - verständlich bei diesem Raum der hauptsächlich für Liebesspiele genutzt wird. So werden die anderen Gäste nicht belästigt. Das Zimmer Nummer 37 ist die Hochzeitssuite. Für einen kurzen Moment erlaube ich mir die Augen zu schließen. Als ich sie wieder öffne, liegen beide auf dem Boden und rühren sich nicht mehr. Wunderbar. Meine Arbeit ist getan, mein Auftrag erfüllt. Ich stehe auf, schiebe den Keil zurück und lächle zufrieden. Dann wickle ich mir meinen blauen Schal um die rechte Hand, drücke die Klinke der Zimmertür hinunter und verlasse den Ort des Geschehens.

- 8 -

Der Lärm dringt bis an Mias Ohren und reißt sie aus ihrem tiefen Schlaf. Müde wischt sie sich mit dem Handrücken den Schleier von den Augen und blickt auf die Uhr ihres Handys, das neben ihr auf dem Nachttisch liegt. Die Ziffern zeigen kurz nach elf Uhr. Erschrocken richtet sie sich auf.

»So spät schon?«, ruft Mia. Sie hat noch nie so lange geschlafen. Was ist nur los mit ihr? Als sich ihr Magen knurrend zu Wort meldet, wird ihr bewusst, dass sie das Frühstück verschlafen hat. Die hektischen Stimmen vor der Tür werden immer lauter und plötzlich klopft es. Wer will denn jetzt was von ihr? Wer weiß denn, dass sie hier ist? Bestimmt nur der Zimmerservice, denkt Mia und schwingt ihre Beine aus dem Bett. Ein Fehler. Plötzlich dreht sich alles um sie und vor ihren Augen wird es schwarz. Seufzend lässt sie sich wieder aufs Bett sinken. Zu lange geschlafen, eindeutig. Das Klopfen an der Tür wird lauter und aufdringlicher.

»Ja! Ich komme«, ruft sie genervt. Diesmal steht sie vorsichtiger auf, fährt mit den Füßen in die hauseigenen Puschen, wirft sich den weißen Bademantel über und schlurft Richtung Tür. Als sie den Gürtel ihres Mantels zuschnürt, wundert sie sich kurz, dass sie nur in Unterwäsche geschlafen hat. Doch für lange Überlegungen bleibt ihr keine Zeit. In dem Moment, als sie die Hand nach der Türklinke ausstreckt, wird sie von außen geöffnet und ein Mann, den sie auf den ersten Blick auf etwas über Dreißig schätzt, betritt ihr Zimmer.

»Der ist eindeutig nicht vom Zimmerservice«, grübelt Mia und tritt einen Schritt zurück.

»Guten Tag. Entschuldigen Sie bitte die Störung, aber ich muss Sie leider belästigen. Sie haben die Nacht in diesem Zimmer verbracht?« Mia nickt automatisch.

»Ja, habe ich. Sagen Sie mir bitte, wer Sie sind und was Sie von mir wollen?« Die strahlend blauen Augen des Mannes, der sie freundlich anlächelt, stimmen sie milde. Normalerweise duldet sie so ein Verhalten in keinster Art und Weise - und schon gar nicht, wenn sie nur im Bademantel im Zimmer steht. Doch von diesem Mann geht eine Anziehung aus, die sie nicht zuordnen kann. Eine Mischung aus Autorität, Vertrautheit und … Erotik, denn er sieht phantastisch aus in seinen Jeans und dem grauen Pullover. Als er an ihr vorbei ins Zimmer geht, sieht sie über seinem knackigen Hintern … eine Waffe? Er ist also Polizist, schlussfolgert sie richtig.

»Mein Name ist Wolf, Sven Wolf, und ich bin der diensthabende Kommissar in diesem Mordfall«. Mord? Wieso denn Mord …? Was ...? Wo …? Mia wird blass und wieder wird alles schwarz vor ihren Augen.

»Wer ...?«, fragt sie mit leiser Stimme und schwankt zurück aufs Bett.

»In Zimmer Nummer Siebenunddreißig ist heute Nacht ein Paar ermordet worden. Sie haben nichts gehört, oder?«, fragt er sie eindringlich. Mia schüttelt den Kopf. Der Druck hinter ihren Schläfen wird immer schlimmer und sie fasst sich stöhnend mit der Hand an die Stirn.

»Ist Ihnen nicht gut?«, fragt Wolf erschrocken.

»Ja … nein … ich …«, stottert Mia und im gleichen Moment bricht eine schwarze Welle der Ohnmacht über ihr zusammen.

Als sie nach wenigen Minuten wieder zu sich kommt, sieht sie Sven Wolf mit einem Glas Wasser in der Hand neben sich auf der Bettkante sitzen. Lange kann ihre Bewusstlosigkeit nicht gedauert haben, denn ein Blick auf die Uhr zeigt kurz vor halb zwölf.

»Sie haben heute noch nichts gegessen, stimmt's?«, fragt der Kommissar mitfühlend und reicht ihr das Glas. Vorsichtig richtet sie sich auf und trinkt in kleinen Schlucken. Die schwarzen Schatten in ihrem Kopf ziehen sich langsam zurück. Was ist nur mit ihr los...?

»Ja … nein. Also ich meine ja, das Frühstück habe ich verschlafen...«.

»Vielleicht sollten Sie dann bald etwas zu Mittag essen. Mir würde eine Pause auch ganz gut tun. Haben Sie Lust, mich in den Speisesaal zu begleiten?«, fragt Wolf und Mia nickt spontan.

»Ja, gern. Aber erst muss ich mich anziehen. Im Bademantel ist das schlecht.« Mia versucht die Situation, die ihr sehr peinlich ist, mit einem Witz aufzulockern und zwingt sich zu einem Lächeln, das Wolf auch prompt erwidert.

»Sehr gut. Ich habe auch noch einiges zu erledigen. Treffen wir uns in einer halben Stunde im Speisesaal? Da lässt es sich besser reden. Vielleicht fällt Ihnen bis dahin doch noch etwas ein …«, bemerkt er nachdenklich.

»Ja, gern«, bestätigt Mia und ist froh, als sie wieder alleine ist. Sie versteht das alles nicht. In den letzten vierundzwanzig Stunden ist so viel passiert, dass sie sich erst einmal sammeln muss. Die gedanklichen Reisen in die Vergangenheit haben sie scheinbar doch mehr mitgenommen, als sie gedacht hat - und das alles nur, weil sie gestern beim Abendessen den Mann mit seiner Blondine gesehen hat, die … plötzlich fallen ihr Erinnerungsstücke aus ihrem Traum wieder ein. Sie hat von den beiden geträumt. Sie hat sie in der zimmereigenen Sauna gesehen … und nun sind sie tot? Wieder dreht sich alles um sie. Hat sie von ihrem Tod geträumt? Hat sie vielleicht doch etwas gehört, das sich dann in ihrem Traum niedergeschlagen hat? Diese Gedanken machen sie fast wahnsinnig. In genau diesem Moment klingelt das Telefon auf ihrem Nachtisch. Ein interner Anruf der Rezeption. Sie streckt sich aus, lehnt sich über das Bett und nimmt den Hörer ab.

»Ja, bitte?«, meldet sie sich mit krächzender Stimme.

»Guten Tag, Frau Peterson. Entschuldigen Sie die Unannehmlichkeiten. Ich muss Ihnen leider mitteilen, dass Ihre Massage für heute abgesagt wurde. Auch wird unser Hotelbetrieb für einige Zeit eingestellt, bis dieses bedauerliche Unglück aufgeklärt wurde. Ich möchte Sie daher bitten, baldmöglichst Ihr Zimmer zu räumen. Natürlich entstehen Ihnen keine Kosten für Ihren Aufenthalt.« Mia bestätigt das Gehörte automatisch und legt den Hörer wieder auf die Gabel. Peterson? Wie … Aber … Falter?

Da fällt Mia wieder ein, dass sie seit einiger Zeit wieder ihren Mädchennamen angenommen und auch mit diesem hier eingecheckt hat. Sie ist so durcheinander, dass sie das in all der Aufregung vollkommen verdrängt hat. Dabei wollte sie jede Verbindung in ihr altes Leben hinter sich lassen - und nun das. Wieder ein Mord in ihrer Umgebung. Zieht sie den Tod magisch an, weil sie ihm vor Monaten entkommen ist? Mia hat plötzlich schreckliche Angst und zittert am ganzen Leib. Jetzt eine warme Dusche. Das hilft. Von ihrem Unterbewusstsein geleitet steht sie auf, schwankt ins Bad und stellt sich unter den heißen Strahl. Sie muss die Gedanken an den Tod vertreiben. Tom ist tot. Das Pärchen ist tot. Alle sind tot.

Blut fließt über ihre Arme, vermischt sich mit den salzigen Tränen und tropft auf den Boden der Dusche. Jetzt erst bemerkt Mia, dass sie ihren Rasierer in den Fingern hält und sich mit diesem in den rechten Unterarm geschnitten hat. Schockiert lässt sie ihn fallen und hält die verletzte Stelle unter das fließende Wasser. Der hellrote Blutstrom tropft auf die Kacheln der Dusche und verschwindet mit dem Wasserstrom im Abfluss. Stumm und wie gelähmt schaut sie dem Wasserspiel einige Minuten zu, bis sie sich wieder konzentrieren kann. Mit großer Mühe beginnt sie langsam zu zählen und sich so aus der Starre zu befreien, in der sie sich befindet. Dann dreht Mia den Wasserhahn kalt auf und sofort breitet sich eine Gänsehaut auf ihrem Körper aus. Der Schnitt, den sie sich zugeführt hat, kann nicht tief gewesen sein, denn er hat bereits aufgehört zu bluten und nur eine kleine Wunde ist noch sichtbar.

Nach ein paar Minuten stellt sie das Wasser ab und steigt fröstelnd aus der Dusche. Nun friert sie mehr als vorher, aber immerhin ist sie jetzt wach und wieder einigermaßen bei klarem Verstand. Vorsichtig tupft sie ihre

Haut ab und kramt aus ihrer Handtasche ein Pflaster, das sie sich auf die trockene Wunde klebt. Der Schnitt ist zwar kaum noch zu sehen, doch sie will kein Risiko eingehen. Nachdem sie sich ihre langen Haare geföhnt und zu einem Pferdeschwanz zusammengebunden hat, zieht sie sich flink an. Jeans, T-Shirt, Lederjacke, Turnschuhe und zum Schluss der blaue Schal – das muss passen. Sportlich und leger, wie sie nun einmal ist, fühlt sie sich am wohlsten. Außerdem ist es kühl draußen und sie friert noch immer. Die roten Schuhe, das Kleid und ihren geliebten Schmuck stopft sie in ihre Reisetasche und zieht den Verschluss zu. Mit einem kurzen Blick vergewissert sie sich, dass sie nichts vergessen hat. Irgendwie freut sie sich jetzt auf ihr Date, das eigentlich gar keines ist. Schließlich war sie sich bis noch vor wenigen Stunden sicher, dass sie keine Beziehung braucht – und genau so ist es auch. Es ist nur ein Essen mit dem Kommissar, redet sich Mia ein, in dem es hauptsächlich um den Mord gehen wird, der letzte Nacht geschehen ist. Doch die Ablenkung wird Mia gut tun und so ein bisschen flirten hat noch keinem geschadet. Trotzdem hat sie Angst. Was wird der Kommissar von ihr wissen wollen? Sie weiß doch nichts, hat gar nichts gehört … Oder doch? Aber was ist mit ihrem Traum …? Was ist, wenn ihr Unterbewusstsein doch mehr weiß? Nervös kaut Mia auf ihrer Lippe, bis sie Blut schmeckt. So kann sie dem Mann, der sie bestimmt durchschauen wird, nicht unter die Augen treten. Sie braucht Hilfe. Sofort. Hoffend, dass Katharina erreichbar ist, setzt sie sich auf die weiße Couch und wählt die Nummer ihrer Psychologin - sie wird wissen, was zu tun ist.

»Schade, dass ich nicht länger hier sein und meinen Aufenthalt genießen konnte«, sagt Mia eine halbe Stunde später mit leiser Stimme und schluckt. So schön hat sie sich ihren Urlaub im Wellnesshotel vorgestellt. »Aber ich werde wieder kommen«, verspricht sie sich selbst, als sie die Tür hinter sich ins Schloss fallen lässt. Dann trägt sie ihre Tasche die Treppe hinunter und geht in Richtung des Speisesaals, in dem sie gestern Abend diniert hat. Ein hektisches Treiben herrscht um sie herum. Mia sieht einige Polizisten, die geflissentlich ihrer Arbeit nachgehen, abreisende Gäste, die ihre Koffer und Taschen zum Ausgang tragen und auch die nette Kellnerin vom vergangenen Abend rennt aufgeregt hin und her. Als sie den Speisesaal betritt, erkennt sie ihn kaum wieder. Bei hellem Sonnenschein, der nun durch die verglasten Scheiben des kleinen Raums fällt, hat sich die romantische Stimmung des gestrigen Abends vollkommen aufgelöst. Auch die Tische sind nur mit weißen Deckchen belegt. Fast wie in einer Bahnhofsgaststätte kommt sie sich vor. Doch dann entdeckt sie Kommissar Wolf, der an einem der hinteren Tische sitzt und eine Tasse Kaffee vor sich stehen hat. In diesem Moment muss Mia lächeln. Sie will auch einen Kaffee, will zu diesem gut aussehenden Mann, will … dass alles normal ist. Dass SIE normal ist. Doch das ist es nicht, ist sie nicht … und ihr Lächeln gefriert. Nervös schiebt Mia sich ihre Handtasche hoch auf die Schulter und durchquert den kleinen Raum, bis sie Sven Wolf erreicht. Dieser hat sie bis jetzt noch nicht bemerkt, da er tief in seiner Arbeit versunken ist. Jede Menge Zettel liegen vor ihm ausgebreitet und er hat einen Stift zwischen seine vollen, sinnlichen Lippen geklemmt.

»Hallo, Herr Kommissar«, begrüßt Mia ihn und streckt ihm ihre Hand entgegen. Das Pflaster, das sie auf ihren Unterarm geklebt hat, erscheint ihr in diesem Moment wie ein rotes Leuchtfeuer. Rasch zieht sie ihren Arm zurück, schiebt den Ärmel ihrer Jacke darüber und hofft, dass er es nicht bemerkt hat. Wie dumm von ihr.

»Schön, dass Sie gekommen sind«, begrüßt Wolf sie freundlich und bedeutet ihr, sich zu setzten. »Was möchten Sie essen? Trinken? Frau ... ähm ... ich habe Sie noch gar nicht nach Ihrem Namen gefragt«, stottert er und wird ein bisschen rot. Hektisch kramt er in seinen Unterlagen und sucht fieberhaft nach ihrem Namen.

»Frau Peterson, richtig?«, fragt er beinahe triumphierend, als er den gesuchten Zettel hochhält. Den Rest der Unterlagen schiebt er in seinen Ordner zurück und klappt ihn zu. Sehr sympathisch und so menschlich, gar nicht wie ein typischer Ordnungshüter - findet Mia, muss schmunzeln und ihr Herz schlägt eine Spur schneller. Dabei hat sie sich doch geschworen, nie wieder Interesse an einem Mann zu zeigen. Aber dieser Wolf ...

»Ja, sehr richtig, Herr Wolf«, sagt Mia und lässt sich auf den Stuhl fallen. »Ich heiße Mia Peterson, bin dreißig Jahre alt und habe meinen Mann vor ein paar Wochen durch einen tragischen Unfall verloren. Meine Psychologin hat mir geraten, ein paar Tage Auszeit zu nehmen und mich in dieses Hotel geschickt. Hier wollte ich mich einfach nur entspannen, mir das gute Essen – und ja, das Abendessen gestern war wirklich fantastisch – schmecken lassen und eigentlich wollte ich heute noch eine Massage genießen. Das ist zwar nun nicht mehr möglich, weil wir alle abreisen müssen wegen dem Mord und ...«, plaudert sie wie ein Wasserfall drauflos und merkt plötzlich, dass sie viel zu schnell viel zu viel von sich erzählt. Erschrocken hält sie inne, schlägt sich die Hand vor den Mund und starrt Wolf verwundert an. Als sich ihre Blicke begegnen, ist es, als würde Mia, die seit jeher Probleme hat fremden Menschen in die Augen zu schauen, in einen kühlen, klaren Bergsee eintauchen. Auch Wolf scheint es nicht anders zu ergehen, denn er hält ihren Blick fest. Seine Augen scheinen, durch das Lächeln darin, zu leuchten. Alles um sie herum ist in diesem Moment der Ewigkeit vollkommen unwichtig und verschwimmt zu einem grauen Schatten. Nur Wolf ist wichtig. Es ist, als würden sich ihre Seelen berühren und – erkennen. Eine tiefe innere Verbindung, die Mia nicht begreifen oder gar in Worte fassen kann, entsteht zwischen ihnen und macht sie nervös. Ihre Hände werden feucht und ihr Herz rast. Diese Augen, die in diesem Moment bis in ihre Seele zu blicken scheinen, machen die Situation, in der sie sich befindet, wahrlich nicht besser – und Mia läuft rot an. Wer ist dieser Wolf? Wie kann es sein, dass er mit einem Blick ihre Seele berührt und ihr Herz höher schlagen lässt. So etwas ist ihr noch nie passiert!

»Reden Sie ruhig weiter«, sagt Wolf leise und ihre Hände berühren sich flüchtig. Doch der Zauber des Augenblicks verfliegt, als in diesem Moment die nette Bedienung vom vergangenen Abend erscheint und geschäftig nach ihren Wünschen fragt. Schnell senkt Mia ihren Blick, zieht ihre Hände vom Tisch zurück und wischt sie sich an der Jeans ab. Dann atmet sie ein paar Mal tief durch und versucht ihr klopfendes Herz zu beruhigen. Mit mäßigem Erfolg, denn das zarte Band, das ihre Seelen miteinander verbindet, besteht weiter - das spürt sie einfach.

»Zwei Mal das große Frühstück mit einer doppelten Portion Kaffee«, bestellt Wolf und Mia nickt zustimmend. Obwohl sie es nicht mag, wenn man über ihren Kopf hinweg bestimmt, ist sie froh, dass er die Situation beherrscht und sie nicht reden muss – das könnte sie auch gerade nicht.

»Ich hoffe, Sie mögen Rühreier mit Schinken und Speck«, fragt er charmant und sucht erneut ihren Blick. Doch dieses Mal schaut sie bewusst an ihm vorbei - sie will jetzt nicht die Beherrschung verlieren, die sie noch nicht einmal komplett wiedererlangt hat.

»Ja, sehr gerne«, sagt sie daher mit belegter Stimme, räuspert sich dezent und lehnt sich seufzend in ihrem Stuhl zurück. Was hat er nur mit ihr gemacht? Für ein paar Sekunden schließt Mia ihre Augen, lenkt ihre Konzentration auf ihr Innerstes und zählt langsam von fünf an rückwärts. In den letzten vierundzwanzig Stunden ist soviel passiert, dass sie sich erst einmal sortieren muss. Doch eine Frage schiebt sich vor alle anderen und beherrscht ihre Gedanken. Sie muss es einfach wissen.

»Können Sie mir erzählen, was eigentlich passiert ist …?«, fragt Mia, öffnet die Augen und schaut Wolf auffordernd an. Den Zugang zu ihrer Seele hat sie ihm in diesem Moment bewusst versperrt und eine hohe Mauer um sich herum aufgebaut. Sie will und muss jetzt stark sein.

»Ja, also, nach dem Stand der Ermittlungen ist es so, dass das Paar aus Zimmer Nummer Siebenunddreißig hier eine Nacht gemeinsam verbringen wollten. Die beiden haben gestern eingecheckt und nun … liegen sie bei uns in der Pathologie«, beginnt Wolf bedächtig um nur nicht zu viele Details zu verraten.

»Chef und Sekretärin?«, fragt Mia vorlaut dazwischen und Wolf nickt irritiert.

»Ja, genau. Woher wissen Sie …? Haben Sie die beiden gekannt? Ist Ihnen doch noch etwas eingefallen, was Sie mir sagen möchten?« Seine Stimme klingt hoffnungsvoll, doch Mia schüttelt den Kopf.

»Nein, leider nicht. Ich habe sie nur gestern beim Abendessen beobachten können - und daraus geschlossen, dass die beiden ein Verhältnis haben.«

»Kluge Frau«, kontert Wolf und fügt lachend »an Ihnen ist eine kleine Kommissarin verloren gegangen« hinzu. Mia merkt, dass er sie zum Lächeln bringen will - was er auch schafft. Erneut versucht er ihren Blick zu fixieren, doch Mia hält ihren gesenkt. Sie kann einfach nicht.

»Wie sind sie denn gestorben? Also … woher weiß die Polizei, dass es Mord war?«, bohrt Mia nach und Wolf schluckt. Auch er hat scheinbar mit der Situation zu kämpfen.

»Mia«, beginnt er und räuspert sich. »Ich darf Sie doch so nennen, oder? Sie wissen, dass ich Ihnen das eigentlich nicht erzählen darf - laufende Ermittlungen und so – aber, wir vermuten, dass die Herrschaften die zimmereigene Sauna nutzen wollten und …«, an dieser Stelle stockt Wolf erneut und schaut Mia durchdringend an. Was will er jetzt von ihr hören? Sie weiß doch nichts! Was soll sie nur sagen? Katharina hat sie vorhin nicht erreichen können. Was hätte die Psychologin ihr geraten? Katharina … warum ist sie jetzt nicht hier? Sie hätte gewusst, was zu tun ist. Sie hätte die Situation mit wenigen Worten gerettet und Mia beruhigt – so, wie sie es immer macht. Doch sie ist nicht hier. »Du musst dich zusammenreißen und stark sein. Lass dich nicht verunsichern. Es war doch nur ein Traum. Nicht mehr – und nicht weniger«, hätte sie ihr bestimmt geraten, da ist sich Mia fast sicher. Trotz Allem muss sie schlucken und greift nach den Enden ihres Schals, die sie nervös zwischen den Fingern knetet, bevor sie zum Angriff übergeht.

»Und …? Was ist dann passiert?«, fragt sie daher trotzig und versucht die Situation im Griff zu behalten.

»Genau wissen wir das auch nicht, daher sind wir auf jede Hilfe angewiesen. Mia, Sie haben wirklich nichts gehört?«, fragt er noch einmal und dieses Mal gelingt es ihm, ihren Blick festzuhalten.

»Nein, ich habe tief und fest geschlafen«, beteuert sie wieder und schüttelt den Kopf. »Aber, woher weiß die Polizei dann, dass es Mord gewesen ist?«, bohrt sie weiter und weiß im gleichen Augenblick, dass es ein Fehler ist.

»Wir wissen nur, dass der Mann im Inneren der Kabine einen Herzinfarkt erlitten hat und die junge Frau … Egal. Jedenfalls ist alles sehr mysteriös. Natürlich kann es auch ein Zufall gewesen sein, dass … aber wie schon gesagt, mehr Informationen darf ich Ihnen wirklich nicht geben«, stottert Wolf und ist sich bewusst, dass er schon zu viel verraten hat. Doch Mia schenkt seinen Worten keine Aufmerksamkeit mehr. Sie ist schockiert und alle Farbe weicht aus ihrem Gesicht. Wie in ihrem Traum. Genau wie … Verdammt! Was ist nur los? Sie kann ihm doch nicht erzählen, dass sie genau das geträumt hat. Hat sie wirklich nur geträumt …? Mittlerweile ist sich nicht mehr sicher. Ihre Mauer, mit der sie krampfhaft versucht Sven Wolfs Blick standzuhalten, beginnt zu bröckeln und sie schlägt die Augen nieder. Sie muss hier weg. Ganz schnell. Flucht! Hämmert es in ihren Gedanken und sie beginnt plötzlich am ganzen Leib zu zittern.

»Entschuldigen Sie mich einen Moment. Ich glaube, ich habe mein Handy auf dem Zimmer vergessen. Mir ist eben eingefallen, dass ich jemanden … Bin gleich zurück«, sagt sie fast panisch und steht ruckartig auf. Er soll und darf ihre Angst nicht bemerken. Aber macht sie es nicht nur noch schlimmer mit ihrer Reaktion? Egal! Sie muss weg!

Schnellen Schrittes durchquert sie den Saal und rennt die wenigen Stufen in den ersten Stock hinauf. Die Zimmerkarte hat sie noch immer bei sich. Natürlich hat sie ihr Handy nicht vergessen. Niemals würde sie ihr wichtigstes Spielzeug irgendwo liegen lassen, doch sie braucht einen Moment der Ruhe. Sie muss sich sammeln um wieder klar denken zu können. Katharina … Vielleicht sollte sie noch einmal versuchen, die Psychologin zu erreichen und ihr von ihrem Traum und ihrer Vermutung erzählen. Mia betritt das Zimmer, das sie erst vor wenigen Minuten verlassen hat und schließt die Tür sorgfältig hinter sich. Sie will nicht, dass sie einer der Menschen, denen sie auf ihrem Weg nach oben begegnet ist, belauschen kann. Dann setzt sie sich auf ihr Bett und wählt die private Nummer von Katharina.

»Ja, bitte?« Als Mia die gestresste Stimme am anderen Ende vernimmt, entscheidet sie sich kurzerhand um und schildert der Psychologin in knappen Sätzen ihren verrückten Traum - nur ihren Traum. Kein Wort verliert sie über Sven Wolf, den wahren Mord im Nebenzimmer oder über ihre eigentlichen Sorgen. Dafür hat die Psychologin keine Zeit - nicht jetzt.

»Mia, machen Sie sich keine Gedanken. Es war nur ein Traum. Bedenken Sie, was Sie alles durchgemacht haben in den letzten Wochen und Monaten. Da ist so ein Traum nichts Außergewöhnliches. Glauben Sie mir. Packen Sie Ihre Sachen und kommen Sie so schnell wie möglich in meine Praxis. Dann können wir uns in Ruhe darüber unterhalten. Sie wissen, ich habe Termine und kann Ihnen jetzt nicht mehr dazu sagen. Seien Sie mir bitte nicht böse, aber ich muss wieder weiter. Wir sehen uns hoffentlich sehr bald. Auf Wiedersehen.« Die Psychologin war nicht allein, das hat Mia an der Anrede gemerkt. Falscher Zeitpunkt - und trotzdem ist Mia erleichtert. Nur ein Traum. So etwas kann vorkommen. Beruhigt steckt sie ihr Handy in die Jackentasche und verlässt das Hotelzimmer. Dieses Mal für immer.

Wieder im Speisesaal angekommen lässt sich Mia auf ihren Stuhl zurücksinken und lächelt entschuldigend.

»Hab ich doch tatsächlich mein Handy vergessen. Aber hier ist es. Sie scheinen mich nervös zu machen, Herr Wolf ...«, lächelt Mia selbstbewusst und hält ihr Handy wie einen Beweis in die Luft. Dann steckt sie es zurück in die Handtasche und lehnt sich zurück. Sie hat die Kontrolle zurück.

»Ihr Handy ... Schon klar. Gut. Aber um nochmal auf die Nacht zurück zukommen. Sie haben nichts gehört oder gesehen?« Auch Wolfs Stimme klingt nun kühl und distanziert. Er glaubt ihr kein Wort. Bevor die Situation für Beide zu unangenehm wird, erscheint die Kellnerin genau in diesem Moment wie ein rettender Engel und bringt ihnen das bestellte Frühstück. Die Portion ist riesig, doch Mia hat Hunger. Die Ereignisse haben an ihren Kräften gezehrt und so fängt sie auch sofort an zu Essen. Katharina hat ihr die Sorgen genommen und die restlichen Zweifel schiebt Mia gekonnt in die hinterste Ecke ihrer Gedanken. Die Eier schmecken erstaunlich gut und auch der Schinken mundet ihr. So kaut sie betont lange darauf herum, um noch einen Moment Zeit um Nachzudenken zu gewinnen. Sven Wolf lässt sie stirnrunzelnd gewähren. Er rührt sein Essen kaum an und beobachtet ihr Handeln ganz genau. Nachdem sie den Teller bis auf den letzten Krümel geleert hat, legt sie Messer und Gabel beiseite, lehnt sich erneut zurück und trinkt einen großen Schluck ihres Kaffees.

»Na, satt? Sie hatten aber ordentlich Hunger«, sagt er nun doch schmunzelnd und Mia wird erneut rot. Sie wird einfach nicht schlau aus diesem Mann, der einerseits so charmant und andererseits so unnahbar ist. Aber wahrscheinlich bringt das der Beruf mit sich und er ist einfach nur nett zu ihr um an die gewünschten Informationen zu gelangen. Beinahe hätte er es ja auch geschafft. Wieder greift Mia nach ihrem Schal und lässt ihn verführerisch durch ihre Hände gleiten – dass sie in diesem Moment sehr anziehend auf Wolf wirkt, ist ihr nicht bewusst. Am liebsten hätte er die zarte, zerbrechlich wirkende Frau, mit den großen, braunen Rehaugen in den Arm genommen und sie einfach nur geküsst. Es tut ihm fast körperlich weh, dass er sie mit seinen Fragen so quälen muss – und doch ist er sich tief in seinem Inneren sicher, dass sie ihm irgendetwas verschweigt. Nur was?

»Nein, ich habe nichts gehört. Ich habe mir gestern nach dem Dinner noch eine Flasche Wein mit aufs Zimmer genommen und bin dann recht schnell eingeschlafen - und erst heute Morgen durch den Lärm auf dem Flur wieder aufgewacht.« Ihre Worte wirken wie einstudiert, doch er muss ihr glauben. Zumindest im Moment. Erneut treffen sich ihre Blicke und dieses Mal ist es Mia, die tief in seine Augen taucht und seine Seele berührt.

»Sehr bedauerlich, Frau Peterson. Sie wären meine beste Zeugin gewesen. Alle anderen Gäste des Hauses waren im zweiten Stockwerk untergebracht und haben somit auch nichts gehört. Leider gibt es in diesem Hotel keine Kamera, sodass ich nicht sehen kann, ob jemand Fremdes hier gewesen ist.« Mit diesen Worten hat er seinen letzten Trumpf aus dem Ärmel gezaubert, doch Mia reagiert nicht einmal. Noch immer vollkommen entspannt hält sie seinem Blick stand. Irgendetwas muss vorhin, als sie draußen war um ihr Handy zu holen, passiert sein. Wolf ist unsicher. Sollte er sich doch so sehr in ihr getäuscht haben?

»Kann ich Ihnen noch etwas bringen?«, fragt die Kellnerin, die sich wieder ihrem Tisch genähert hat und die leeren Teller abräumt.

»Nein, danke. Für mich nicht«, antwortet Mia sofort und ihre Blicke trennen sich. Dieses Mal nickt Wolf zustimmend. Das Gespräch zwischen ihnen ist an dieser Stelle beendet.

»So, ich werde mich dann mal auf den Weg machen. Mein Zug fährt bald und ich muss noch zum Bahnhof«, sagt Mia, schiebt ihren Stuhl zurück und steht auf.

»Ihre Adresse...!«, sagt Wolf schnell. »Die muss ich noch notieren. Oder hat das schon einer meiner Kollegen

…?« Mia schüttelt den Kopf, nennt ihm ihre Daten und greift nach ihrer Tasche.

»Falls Ihnen doch noch etwas einfällt, oder Sie mal jemanden zum Reden brauchen …? So ein Erlebnis kann sehr traumatisch sein«, sagt Wolf, steht auf und reicht ihr seine Hand, in der er eine Visitenkarte hält, zum Abschied. Einen Moment zu lange hält er ihre Finger in seinen und ihre Blicke treffen sich ein letztes Mal. Als sich ihre Seelen berühren, wird Mia warm ums Herz und ein paar Schmetterlinge beginnen in ihrem Bauch Samba zu tanzen. Hat sie sich verliebt?

- 9 -

»Schön, dass Sie so schnell kommen konnten, Mia.« Die Psychologin begrüßt ihre Patientin und kommt gleich zur Sache. »Wie war das mit Ihrem Traum? Erzählen Sie mir genau, was vor ein paar Tagen passiert ist …?« Katharina verwendet wieder die förmliche Anrede - klar, sie befinden sich auch in der Praxis. Mia hat es sich in dem weichen, braunen Ledersessel bequem gemacht und schaut die vertraute Person ihr gegenüber seufzend an.

»Tja, wie soll ich anfangen? Zuerst war es ganz nett – die Angestellten waren alle sehr freundlich und das Essen ausgezeichnet. Allerdings habe ich mir von Wellness etwas mehr erhofft. Die Zimmer waren winzig und …«, stottert sie und hält inne, als sie den fragenden Blick von Katharina sieht. Die Psychologin will sich nicht über das Hotel, sondern über ihre Traum unterhalten. Mia atmet tief durch, schließt die Augen einen Moment und beginnt dann zu berichten.

»Also, in der Nacht, als ich dort war, ist ein Mord passiert. Im Nebenzimmer. In Wirklichkeit. Nicht nur in meinem Traum ...« Jetzt ist es raus. Frau Pescado runzelt die Stirn und schaut etwas ungläubig.

»Wie meinst du … ähm ... wie meinen Sie das … ein Mord? Ich dachte, das hätten Sie nur geträumt ...«, fragt sie skeptisch und hat Mühe die Distanz zu wahren. Während Mia über die Begebenheiten, an die sie sich erinnert, ausführlich berichtet, steht die Psychologin von ihrem Schreibtischstuhl auf und tigert einige Schritte durchs Zimmer. Sie wirkt sehr nachdenklich.

»Haben Sie etwas mitbekommen von dem Mord? Was hat die Polizei gesagt?« Mia druckst ein wenig herum. Sie will die zarten Gefühle, die sie zu dem jungen Polizisten hegt, nicht vor ihrer Psychologin ausbreiten. Irgendwie hat sie in diesem Moment kein gutes Gewissen dabei. Auch Frau Pescado ist geschieden und nicht sehr gut auf Männer zu sprechen.

»Ja, wissen Sie … ich hatte in der Nacht diesen sehr merkwürdigen Traum, von dem ich Ihnen berichtet habe. Ich kann mich leider nur noch bruchstückweise daran erinnern, aber ich meine, von dem Mann mit seiner Geliebten geträumt zu haben.« Wieder runzelt Frau Pescado die Stirn und eine tiefe Falte bildet sich zwischen ihren Augenbrauen. Krampfhaft sucht sie nach einer logischen Erklärung für Mias Traum.

»Sie haben die beiden in dem Restaurant gesehen, das haben Sie mir erzählt - und vielleicht … kamen da alte Erinnerungen wieder hoch. Vielleicht haben Sie Ihren Mann in dem Herren wiedererkannt und … und daher diese Träume …?« Die Souveränität, die Katharina sonst an den Tag legt, vermisst Mia in diesem Moment. Was ist nur mit ihr los? Sie kennt doch sonst für jedes Problem, das Mia hat, die Lösung. Warum glaubt ihr Mia in diesem Moment ihre Worte nicht? Irgendetwas hat sie geändert. Dennoch nickt Mia zögerlich.

»Ja, so etwas in der Art habe ich mir auch schon gedacht.« Für einige Zeit herrscht ein unangenehmes Schweigen zwischen den beiden Frauen und jede hängt ihren Gedanken nach.

»Aber der Polizei habe ich nichts davon erzählt«, greift Mia das Gespräch wieder auf und ein kräftiger Ruck durchfährt Frau Pescado, so, als ob diese vollkommen abwesend gewesen wäre.

»Wie bitte …? Sie haben was …?«

»Ich habe dem netten Kommissar nichts von meinem Traum erzählt, obwohl ...«, sie stockt. Beinahe hätte sie von dem gemeinsamen Frühstück berichtet. Doch gerade noch rechtzeitig schluckt sie den restlichen Satz hinunter und beendet ihn anders als geplant. »Ich meine, weil Sie mir das doch geraten haben. Also, ich meine nichts davon zu erwähnen.« Was für eine komische Situation, denkt Mia und schüttelt sich innerlich. Doch die Psychologin scheint noch immer ihren eigenen Gedanken Vorrang zu geben, denn sie geht noch nicht einmal auf das Gestotter ihrer Patientin ein.

»Sie haben nichts gesagt? Das ist gut. Sehr gut. Denn wenn man dahinter kommt, dass Sie in einer psychosomatischen Klinik waren, dann glaubt man Ihnen ohnehin kein Wort. Dann wird man Sie für verrückt halten und alles auf den Unfall … also ich meine auf den Tod ihres Mannes schieben – und vielleicht kommt dann alles ans Licht. Also, ich meine, vielleicht werden dann die Medien wieder auf Sie aufmerksam.« Schweißperlen glänzen auf Dr. Pesacdos Stirn und sie wischt sie mit dem Ärmel ihres weißen Kittels beiseite. Geht es Katharina nicht gut? Was ist nur los mit ihr? Wird sie krank? Mia beginnt sich Sorgen zu machen, traut sich aber in diesem Moment nicht nachzuhaken. »Also halten Sie sich bedeckt - das war bestimmt nur ein Traum«, bekräftigt Katharina noch einmal ihre Aussage und lenkt Mias Gedanken in eine andere Richtung.

»Das ist wohl wahr«, bestätigt Mia und fühlt sich plötzlich wieder klein und schwach. »Wer glaubt schon einer Irren? Dabei kann ich doch gar nichts dafür. Schließlich war es doch Tom, der mich so weit getrieben hat. Tom ist schuld daran, dass ich zu Hause sitze und keinen Job bekomme – trotz der vielen Bewerbungen. Es geht mir nicht um das Geld. Davon habe ich nun wirklich genug und ich könnte bestimmt auch durch Beziehungen an einen Job kommen. Aber, ich will es aus eigener Kraft schaffen und nicht, weil jemand Mitleid mit mir hat. Ich will der Welt beweisen, was ich im Stande bin zu schaffen, wenn man mich nur endlich lassen würde.« Mia hat sich in Rage geredet und dicke Tränen der Hilflosigkeit rollen an ihren Wangen hinunter. In diesem Moment merkt sie selbst, dass sie noch nicht stark genug für das Arbeitsleben, das Leben im Allgemeinen, ist. Welcher Arbeitgeber stellt schon eine psychisch Kranke ein, die sich noch vor einigen Monaten das Leben nehmen wollte und immer noch bei jeder Kleinigkeit in Tränen ausbricht. Unbewusst reibt sie sich in diesem Moment über ihre Arme. Die tiefen, roten Narben sind immer noch zu erkennen – und wahrscheinlich werden sie nie wieder völlig verschwinden. In der kalten Jahreszeit kann sie die Ärmel ihres Pullovers über die Wunden ziehen, doch im Sommer ist es schlimm - der blanke Horror. In der Klink haben alle gewusst, was sie getan hat und warum. Das blieb natürlich nicht aus, denn sie musste ihre Geschichte immer und immer wieder erzählen. Was sie dabei gefühlt hat, warum sie es getan hat, warum sie nicht einfach gegangen ist ... Verdammt. Wie hätte sie einfach gehen sollen? Sie war von ihm abhängig. Was hätte sie machen sollen? Ganz ohne Geld, ohne Wohnung, ohne Arbeit oder Freunde? Früher, ganz früher hat sie Freunde gehabt -

jede Menge sogar. Sie war beliebt gewesen in der Schule. Ein freches, junges Mädchen mit langen Zöpfen und großer Klappe – und auch später im Studium hat sie keine Party ausgelassen und war der Traum eines jeden Mannes gewesen. Nie hat sie sich auf eine feste Beziehung eingelassen, denn sie wollte ich Leben genießen und frei sein. Warum sie sich dann ausgerechnet auf Tom eingelassen hat, weiß sie heute nicht mehr. Gut, er hat bei ihrem ersten Treffen in der kleinen Discothek wirklich fantastisch ausgesehen, hat ihr Komplimente gemacht und ihr einen Drink nach dem anderen spendiert. Es war lustig gewesen, sie haben viel gelacht und zusammen getanzt. Einfach ein traumhafter Mann, mit traumhaften Körper. Doch, dass sich dieser Mann später als Alptraum herausstellen sollte, damit hat sie nicht rechnen können. Systematisch hat er ihr alle Kontakte zur Außenwelt verboten. Am Anfang schob er noch die Liebe und Zweisamkeit vor, die man als junges Paar genießen will. Sie hätte es merken müssen, denn schon ab diesem Moment distanzierten sich einige Freundinnen von ihr.

»Du hängst ja nur noch mit dem Typen rum. Nie hast du Zeit für uns. Das geht nie gut, wirst sehen«, haben sie ihr prophezeit, doch Mia hat das als Neid und Eifersucht auf ihre Liebe und ihr Glück abgetan - wie falsch sie doch gelegen hat. Selbst zu ihrer Hochzeit, die schon wenigen Monat nach der ersten Begegnung stattgefunden hat, waren nur eine Handvoll treuer Freunde erschienen. Auch das hätte ihr zu denken geben sollen. Doch sie war blind vor Liebe und vor Verlangen nach ihm gewesen. Kurz nach der Eheschließung hat sich das Blatt dann gewendet, denn ab diesem Zeitpunkt gab es keine Komplimente, keine Liebe und auch keinen Sex, jedenfalls keinen zärtlichen, mehr. Ihr Studium hat sie aufgegeben und war zum Hausmütterchen verkommen. Den ganzen Tag hat sie in ihrer Wohnung geputzt, gekocht und aufgeräumt. Vom freien Vögelchen zur Sklavin – das war ihr Lebenslauf.

»Ich will eine schöne, saubere Wohnung haben, wenn ich nach Hause komme. Am Abend will ich, dass das Essen auf dem Tisch steht und du dich um mich kümmerst«, hat er gesagt und sie hat es als Liebe empfunden. Ganz langsam hat er sie immer mehr und mehr eingesperrt und schließlich gar nicht mehr vor die Tür gelassen. Jeden ihrer Schritte hat er kontrolliert.

»Wo warst du?«, hat er sie eines Tages missgelaunt gefragt, als sie beim Einkaufen gewesen und sich etwas in der Zeit vertan hat. Wahrheitsgemäß hat sie ihm geantwortet – doch er hat es als Lüge abgetan. Er hat ihr vorgehalten einen Liebhaber zu treffen und sich mit diesem zu vergnügen. An diesem Abend war ihm das erste Mal die Hand ausgerutscht - nicht fest. Eher eine leichte Ohrfeige - und es hat ihm sofort wieder leid getan. Er hat sich entschuldigt und am nächsten Tag war er mit Blumen in der Hand vor ihr gestanden. Einem riesigen Strauß roter und weißer Rosen. Natürlich hat sie ihm verziehen. Es war ja ihre eigene Schuld gewesen. Warum war sie auch nicht früher nach Hause gekommen, hat sich herumgetrieben, anstatt die Wohnung zu putzen und das Essen zuzubereiten. Sie hat ihn gerne bekocht. Am Anfang. Da hat er ihre Speisen auch verzehrt. Ganz egal, was sie gezaubert hat. Mal war ihr der Spinat angebrannt, mal waren die Rühreier zu weich ... immer hat er sie gelobt und sie ermutigt weiter zu machen – vor der Ehe. Danach war alles anders. Einmal hat er ihr ein Kochbuch vor die Füße geschmissen und sie angeschrien, dass es jetzt genug sei mit dem »Fraß«. Ab jetzt wollte er nur noch vernünftiges Essen. Sie hätte doch den ganzen Tag Zeit, um Kochen zu lernen. Also sollte sie es auch machen - und so hat sie es gelernt. Sie war gut gewesen. Richtig gut sogar. Am Anfang hat sie alle Liebe in ihre Speisen gelegt, den Tisch perfekt gedeckt – mit weißer Tischdecke, Kerzen und dem silbernen Besteck seiner Mutter. Doch nie hat er sie gelobt und ihre Mühen zu schätzen gewusst. Immer hat er etwas an ihr auszusetzen gehabt. Mal war das Essen zu heiß, dann wieder zu kalt – wenn er sich wieder im Büro verspätet hat. Das kam immer wieder vor und zum Ende hin übernachtete er sogar teilweise im Büro - im Büro! Ha! Sie hat genau gewusst, dass er eine Geliebte hat, mit der er die Nächte verbrachte, während sie weinend im Bett lag. Einmal hat sie gewagt, ihn darauf anzusprechen. Die Folgen des Gespräches waren ein gebrochenes Handgelenk, eine blutige Nase und unzählige blaue Flecken am ganzen Körper. Dem Arzt im Krankenhaus hat sie erklärt, dass sie unglücklich von der Leiter gefallen war. Ob er ihr wirklich geglaubt hat, wusste sie nicht. Natürlich hat sie keine Anzeige gegen ihren eigenen Ehemann erstattet. Wie hätte denn das ausgesehen? Was hätten die Leute gesagt? Sie hätten mit dem Finger auf sie gezeigt und ihr die Schuld gegeben. Da war sie sich sicher. So hat sie geschwiegen und einfach weiter gemacht. Bis ... bis eben zu jedem Abend, an dem sie in diese Klink eingeliefert worden war. Sie hat für sich die Notbremse gezogen.

All diese Gedanken gehen ihr durch den Kopf, als sie bei Frau Pescado auf dem weichen Ledersessel sitzt, ihren Kaffee in der Hand hält und vor sich hin starrt. Diese Frau hat sie damals aufgefangen, als sie neu in die Klink eingeliefert worden war. Sie haben das erste gemeinsame Gespräch geführt und bei ihr hat sich Mia seit langem wieder sicher und geborgen gefühlt. Die Psychologin hat sie verstanden, hat ihr zugehört, ihre Tränen getrocknet und sie auch in den Arm genommen, wenn es ganz schlimm geworden war. Ihr hat sie all ihre Träume, Ängste und Sehnsüchte erzählt. In all den Monaten in der Klinik, war Katharina Pescado mehr als eine Freundin geworden - eine Vertraute. Ein blinkender Leuchtturm in der rauen See des Lebens, ein Fels in der Brandung, ein blinkender Stern am Horizont. Sie hat die Leere in ihr gefüllt und ihr Herz geöffnet. Sie hat ihr während Toms Beerdigung die Hand gehalten, sie in all den Alltagsfragen beraten und ab und zu auch lustige Gespräche geführt. Doch immer nur war es um Mia gegangen. Nur sehr selten hat Katharina eine private Frage beantwortet und danach gleich wieder das Gespräch auf andere Dinge gelenkt. Am besten haben Mia die Hypnosesitzungen gefallen. Am Anfang, als sie gerade in die Klinik gekommen war, hat sie sich nicht getraut, über all das zu berichten, was ihr zugestoßen ist. Ein Schalter in ihrem Innersten hat sich umgelegt und sie hat in dem Moment, als sie sich die Pulsadern aufgeschnitten hat, alles in die hinterste Ecke ihres Bewusstseins gedrängt. Kein Wort hat sie in den ersten Wochen über ihre Ehe gesprochen, hat Frau Pescado nur das Nötigste mitgeteilt und ansonsten eisern geschwiegen. Tom hat sie gefunden, sie einliefern lassen und sie mit den Worten »Wer will schon so eine gestörte Alte haben? Ich reiche die Scheidung ein! Mir langts! Du hörst von meinem Anwalt«, in ihrem weißen Krankenhausbett alleine gelassen. Nur mit Hilfe der Hypnose war es der Psychologin gelungen, immer weiter in Mia vorzudringen und ihre Mauern einzureißen.

»Mia? Frau Peterson? Hören Sie mich …?« Die Stimme von Katharina Pescado dringt von Ferne an Mia's Ohren, bahnt sich einen Weg durch ihre Mauern und erreicht langsam ihr Bewusstsein. Mia taucht aus der Welt ihrer Vergangenheit auf, kehrt langsam in die Realität zurück und schaut die Psychologin mit großen, braunen Augen an.

»Ja … ich …«, stottert sie und bemerkt, wie die Tasse in ihrer Hand zittert. Wieder einmal ist ihr Arm nass von den vielen geweinten Tränen, die sie sich unbewusst von den Wangen gewischt hat. Langsam stellt sie das mittlerweile kalte Getränk zurück auf den Glastisch.

»Sie waren in ihrer Vergangenheit gefangen, stimmt's?«, fragt die Psychologin mit der gewohnt sanften Stimme und alles scheint wieder normal zu sein. Mia nickt zögerlich und will sich entschuldigen - doch die Psychologin winkt ab.

»Kein Wunder nach den vergangenen Tagen. Ich sehe schon, wir haben noch eine Menge Arbeit vor uns, bis wir Sie wieder auf die Männerwelt loslassen können«. Sie zwinkert Mia zu und diese lacht befreit auf. Sie muss sich nicht erklären, nicht entschuldigen und auch nicht rechtfertigen.

»Ja, ich glaube auch«, antwortet sie und ihr Herz macht einen kleinen Hüpfer, als sie in dieser Sekunde an Sven Wolf denkt. Vielleicht wird alles gut? Vielleicht wird sie irgendwann wieder ganz normal sein und eine tiefe, innige Beziehung zu diesem Mann, der ihre Schmetterlinge vor wenigen Tangen das Erste Mal zum Tanzen gebracht hat, aufbauen können. Vielleicht …

»Mia, was halten Sie davon, wenn wir das nächste Mal noch eine hypnotische Sitzung machen? Vielleicht bringt Sie das wieder ein wenig zu ihrem alten Ich zurück. Ich weiß, dass sie eine starke Frau sind. Nur sind ihr Selbstbewusstsein und ihre Stärke noch immer tief vergraben. Aber keine Angst. Wir beide schaffen das schon. Du vertraust mir doch?» Als die Psychologin wieder die vertraute Anrede verwendet. spürt Mia einen warmen Schauer über ihren Rücken laufen. In diesem Moment fühlt sie sich geliebt, verstanden und beschützt. Ja, sie vertraut Katharina – mehr, als sie irgendjemand sonst vertraut.

»Trotzdem muss ich unsere Sitzung jetzt beenden. Die Zeit ist schon lange überschritten und die nächsten Patienten warten bereits ungeduldig vor der Tür«, sagt Katharina und beide erheben sich seufzend aus den weichen Sessel. Die Situation ist für Mia so lustig, dass sie kichern muss.

»Wir stöhnen wie zwei alte Frauen«, sagt sie und die Psychologin stimmt in das helle, befreiende Lachen mit ein.

»Stimmt. Da hast du Recht. Ich glaube, wir werden alt, was?«, scherzt sie und streckt Mia die Hand entgegen, die diese ergreift.

»Danke für deine Hilfe. Jetzt und ... überhaupt«, sagt Mia mit einem Lächeln auf den Lippen und Tränen in den Augen. »Was würde ich nur ohne dich machen? Danke, dass es dich in meinem Leben gibt«, flüstert sie leise und die Psychologin nimmt sie tröstend in die Arme.

»Alles wird gut, mein Vögelchen. Vertraue mir. Alles wird gut«, flüstert Katharina zurück und in diesem Moment sind sich die beiden Frauen ganz nah. Viel zu nah.

»Was hältst du davon, wenn du mal wieder ausgehst? Tanzen oder so? Einfach lustig und ungezwungen. Gibt es jemanden, mit dem du den Abend verbringen möchtest? Eine Freundin aus alten Zeiten? Oder ... vielleicht Frau Reiber? Sandrine Reiber? Du hast dich doch immer so wunderbar mit ihr verstanden. Hast du noch Kontakt zu ihr?«, fragt Katharina, als sie sich von Mia löst und sie eine Armeslänge von sich schiebt.

»Sandy ... ja ... ich, ich wollte mit ihr telefonieren ... an dem Abend, als ... aber ich glaube, ich habe sie nicht erreicht. Vielleicht sollte ich das jetzt ganz schnell nachholen«, stottert Mia verwirrt über die Situation und räuspert sich.

»Ja, mach das, das ist eine super Idee, und richte bitte liebe Grüße aus«, bestätigt Katharina nickend. »Vielleicht trefft ihr euch Beide einfach auf eine Tasse Kaffe. Am Meer zum Beispiel? Das wäre doch eine gute Idee, oder? Du weißt schon, dort, wo wir mit der Gruppe waren. Das hat dir doch so gut getan«, fügt Katharina hinzu und zupft leicht an dem blauen Schal, den Mia um den Hals trägt. Die beiden Frauen lächeln sich verschwörerisch an.

»Warst du eigentlich schon mal wieder an der See? Ich weiß, es ist stürmisch um diese Jahreszeit, aber vielleicht hilft dir genau das. Einfach mal den Wind um die Nase und die Gedanken aus dem Kopf wehen lassen. Vielleicht gleich heute? Jetzt? Der Tag ist noch jung, das Wetter ist fantastisch und du hast doch nichts anderes vor, oder? Ich würde euch so gerne begleiten, aber du siehst ja, mein Schreibtisch quillt über vor Arbeit und darum muss ich dich jetzt auch wirklich bitten zu gehen«, sagt Frau Pescado und schiebt Mia sanft in Richtung Tür.

»Ja, natürlich. Bin schon weg«, nickt Mia und beeilt sich. Ihre Gedanken fliegen bereits mit den Möwen am Meer. Was für eine wundervolle Idee. Sie wird sich gleich mit Sandrine in Verbindung setzten und dann mit ihr zusammen am Strand spazieren gehen. Plötzlich hat sie ein Kribbeln im Bauch und freut sich auf den Tag. Warum hat sie das nicht schon lange gemacht? Das Gute liegt oft so nah … Wie immer hat die Psychologin Recht. Sie muss wieder unter Menschen. Das Alleinsein bekommt ihr nicht. Das hat sie gesehen …

»Lassen Sie sich noch einen Termin bei meiner Sekretärin für Übermorgen geben. Dann machen wir die Hypnose. Ich denke, so eine Sitzung ist wichtig, bevor sie sich am Wochenende ins Getümmel stürzen und die Männerwelt unsicher machen«, sagt Frau Pescado, plötzlich wieder sehr distanziert, und Mia versteht, dass sie nun endgültig gehen muss. Nur den komischen Unterton, der in ihrer Stimme mitschwingt, als sie die dicke Tür zur Praxis hinter sich ins Schloss fallen lässt, kann Mia nicht zuordnen.

- 10 -

Nervös tritt Mia von einem Bein auf das andere. Ob Sandy auch wirklich kommt? Gleich nach der Sitzung hat sie mit ihr telefoniert und die Freundin war über den Vorschlag, ans Meer zu fahren, sofort hellauf begeistert gewesen. Wie Katharina vorher gesagt hat, ist es ein schöner, herbstlicher Tag geworden. Es ist fast Mittag, die Sonne streichelt sie mit ihre sanften Strahlen und die Blätter an den Bäumen haben sich bereits verfärbt. Mia will diesen Tag genießen. Sie will barfuss durch den Sand laufen, will am Strand Muscheln suchen und sich einfach treiben lassen. Sie will mit den Möwen in Gedanken über die Wellen sausen und sich mal wieder vollkommen frei fühlen. Wie sehr vermisst sie das Gefühl der Freiheit, der Schwerelosigkeit - ganz ohne Sorgen, Ängste und Träume. Sie will einfach nur im Hier und Jetzt verweilen und den Moment zu ihrem Moment machen.

Der Parkplatz auf dem sie steht wird stetig voller. Immer wieder fahren Autos auf die geteerte Fläche und spucken Familien, Pärchen und auch Singles auf den sandigen Weg Richtung Anleger. Bald wird die Fähre zur Insel ablegen. Natürlich hätten sie sich auch einen schönen Tag am Festland machen können, doch Mia will das Meer erleben – nicht das Watt.

»Mia! Oh Mia, da bist du ja! Wie schön!«, hört Mia plötzlich eine Stimme hinter sich rufen und sieht Sandrine, wie sie mit ihrer Tasche unter dem Arm im Laufschritt über den Platz gerannt kommt. Freudestrahlend fallen sich die beiden Frauen in die Arme.

»Hallo meine Liebe, oder, wie man hier sagt »Moin«, kichert Mia gelöst, als sie ihre beste Freundin endlich in den Arm nehmen kann. »Super, dass du gekommen bist. Jetzt aber schnell, lass uns die Karten kaufen und dann ab aufs Schiff. Gleich geht's los.« Mia greift nach Sandrines Hand und sie laufen zum Schalter. Kurze Zeit später drängen sich die Beiden, zusammen mit vielen weiteren Passagieren, auf die Fähre.

«Kommst du mit? Ich will da hoch. Ich muss einfach die Fahrt unter freiem Himmel erleben«, eifert sich Mia und klettert die Treppe zum Deck hinauf. Trotz des windigen Wetters ist es voll auf dem Oberdeck, doch die Freundinnen finden noch zwei freie Plätze auf den orangefarbenen Plastiksitzen, direkt an der Reling. Perfekt! Sekunden später ertönt die grelle Hupe und das Schiff legt ab. Die Fahrt wird nur eine knappe Stunde dauern, erklärt ihnen die tiefe Stimme des Kapitäns aus dem Mikrofon und Mia ist glücklich. So glücklich wie schon lange nicht mehr. Sie hält ihre Tasche auf dem Schoß, schiebt ihre getönte Brille ins Gesicht und schließt die Augen für einen Moment. Die Sonnenstrahlen kitzeln sanft Mias Wangen und streicheln ihre Seele. Sogar das Vibrieren des Motors kann sie bis spüren, fühlen und auch hören. Zwischen all dem Lärm der anderen Passagiere, dem Kinderlachen und dem Geschrei der Möwen hat sie sich gefunden. Hier ist sie ganz in ihrem Element und bei sich selbst. Sie hätte diese Fahrt schon lange machen sollen. Warum hat sie es nur nie getan? So weit ist doch das Meer nicht entfernt. Aber Tom ... nein! ... ruft sie sich selber zur Räson ... kein Tom. Nicht heute. Nicht jetzt. Heute nur ich.

Sie fühlt den salzigen Wind auf ihrer Haut und spürt die Nähe von Sandrine, die ihren Kopf auf ihre Schulter gelegt hat. Still und eng aneinander gekuschelt genießen die beiden Freundinnen den Flug der kreischenden Möwen über ihren Köpfen.

»Komm, ich mach ein Foto von uns«, sagt Sandy plötzlich und zieht ihr Smartphone aus der Handtasche.

»Klar, so einen Moment sollte man festhalten«, erwidert Mia und grinst in die Kamera ihrer Freundin. Ihr eigenes Handy hat sie ausgeschaltet, tief in der Handtasche vergraben und sich fest vorgenommen, es an diesem Tag auch nicht zu benutzen. Keine Anrufe, keine Nachrichten – nichts! Sandrine wird an diesem Tag noch viele schöne Fotos schießen, da ist sich Mia ganz sicher. Die Freundin liebt es, Momente in ihrem tragbaren Telefon einzufangen und immer wieder anzuschauen. Früher hat Mia das auch gemacht. Mit einem Fotoapparat. Ganz herkömmlich – mit Film. Doch auch diese Leidenschaft ist ihr abhanden gekommen. Das muss sich wieder ändern, nimmt sich Mia vor. Wie sich so vieles wieder ändern muss - und heute ist der beste Tag dafür. Sie nimmt Sandrine ihr Telefon aus der Hand und beginnt, ihre geliebten Möwen zu fotografieren. Immer wieder und wieder drückt sie auf den Auslöser und freut sich sehr, wenn sie ein gelungenes Bild geschossen hat. Die Freude ist ihr anzusehen und sie springt durch die farbigen Sitzreihen, lehnt sich über die Reling und lacht aus vollem Hals. Der geliebte, blaue Schal, den sich Mia wie immer um den Hals gebunden hat, flattert lebhaft im Fahrtwind. Sandrine schaut dem Treiben eine ganze Weile zu und lehnt sich dann in ihrem Sitz zurück. Sie ist glücklich, wenn Mia glücklich ist.

»Da! Hast du das gesehen?«, kreischt Mia auf einmal neben ihr und hält ihr das Display des Handys unter die Augen. »Die Möwe war ganz nah und hat mir ein Stück Brötchen aus der Hand gefressen. Oh wie toll!« Sandrine schaut sich das verwackelte Bild näher an.

»Du bist mir schon so eine Fotokünstlerin«, sagt sie ironisch, lacht laut auf und nimmt Mia das Handy ab. »Nun setz dich mal und entspann dich. Wir haben noch den ganzen Tag Zeit, deine Möwen zu fotografieren. Erzähl mir doch lieber, was in den Wochen nach deinem Aufenthalt alles passiert ist. Wir haben uns so lange nicht mehr gesprochen, dass ich gar nicht weiß, wie es dir ergangen ist.« Mia nickt seufzend, setzt sich dann aber wieder neben Sandy auf den Plastiksitz und schließt für einen Moment die Augen. Natürlich wusste sie, dass Sandy danach fragen würde und, es ist auch ihr gutes Recht. Trotzdem fällt es ihr schwer, ihr momentanes Glück beiseite zu schieben, ihre Gedanken in die Vergangenheit schweifen zu lassen und Sandy alles zu erzählen, was in den letzten Monaten geschehen ist. So lange haben sich die beiden Freundinnen nicht mehr gesehen – das wird Mia in diesem Moment wieder bewusst und das schlechte Gewissen nagt an ihren Eingeweiden - auch das muss sich wieder ändern! Unbedingt! Noch immer hat Mia die Augen geschlossen, als sie leise von der Beerdigung, dem Medienrummel und der Zeit danach zu erzählen beginnt. Sandrine hat sie nicht ein einziges Mal unterbrochen, sondern den Erzählungen gespannt zugehört. Gerade, als Mia von ihrem Aufenthalt im Wellnesshotel, dem Mord und ihrem Traum berichten will, ertönt die dunkle, sehr männliche Stimme aus dem Mikrofon ein zweites Mal und sie erinnert sich gerade noch rechtzeitig daran, dass sie ihren Traum für sich behalten will. Das geht nur Frau Pescado und Mia etwas an. Sie will einfach nicht mehr als verrückt gelten – auch nicht vor Sandy, die sie bestimmt verstehen würde. Doch soweit denkt Mia in diesem Moment nicht. Sie will einfach ihr Leben zurück, das Leben vor Tom und den Toten. Sie will endlich glücklich sein. Gut gelaunt verkündet der Kapitän, dass man in Kürze die Insel erreichen wird, wünscht allen Passagieren einen angenehmen Aufenthalt und Sandy ergreift Mias Hand.

»Lass uns schnell runter gehen, damit wir nicht so lange warten müssen, bis wir das Schiff verlassen können. Ich hasse es immer noch, mich inmitten von vielen Menschen aufzuhalten«, fordert sie die Freundin auf und Mia ist froh über die Ablenkung. Nachdem sie zusammen mit den anderen Passagieren den Bauch des Schiffes verlassen haben, wenden sie sich nach links, dem Strandabschnitt, zu. Der weiße Sand erstreckt sich über viele Kilometer am Rande der Insel entlang und die beiden Frauen beschließen, auf diesem Weg zu einem bekannten Restaurant direkt an der Strandpromenade, zu schlendern. Hier und da bückt sich Mia, um einige große und auch viele kleine Muschel in ihre Tasche zu stecken - sie liebt einfach alles, was mit dem Meer zusammenhängt. Trotz Sandrines Versuchen, sie weiter über die letzten Tage auszufragen, hält sich Mia bedeckt.

»Lass uns lieber noch ein paar Fotos machen«, fordert sie die Freundin auf und Sandrine gibt nach. Jetzt ist eindeutig der falsche Moment um in der vergangenen Zeit zu kramen. Man muss nicht immer reden und diskutieren. Leben! Das ist der richtige Moment zum Leben, Lachen und glücklich sein. Sie laufen barfuss durch den kühlen Sand, singen gemeinsam alle Lieder vom Meer, die ihnen einfallen und genießen die letzten, wärmenden Sonnenstrahlen auf ihrer Haut. Dick in ihre Wetterjacken gehüllt trotzen sie dem kühlen Nordseewind, der immer wieder in Böen auffrischt und an ihren Haaren zerrt und träumen sich mit den kleinen Segelbooten am Horizont in eine andere Zeit, in eine andere Welt. Sie fantasieren über ihre Zukunft und wie man sie trotz aller Widrigkeiten gestalten könnte. Sie nehmen sich vor, öfter zu telefonieren und gemeinsam neue Projekte zu starten. Alle Sorgen sind in dieser Zeit winzig klein. So klein wie die

Sandkörner zwischen ihren Zehen. Mia erzählt, dass sie am kommenden Wochenende wieder einmal Tanzen gehen will und dass sie Sven kennen gelernt hat. Sven, den gut aussehenden Polizisten, mit dem sie sich mehr vorstellen könnte. Sie kichern wie zwei Teenager und malen sich in den buntesten Farben aus, wie eine Liaison zwischen Mia und einem Polizisten sein könnte. Diese Zeit gehört nur den beiden Freundinnen und nichts auf der Welt kann ihnen diese Momente des Glücks nehmen. Nach einigen Stunden kommen Mia und Sandrine bei ihrem Ziel, dem kleinen, wie immer gut besuchten Restaurant an und ergattern tatsächlich, mit viel Glück, einen Sitzplatz direkt am Fenster. Von dort aus haben sie einen fantastischen Blick direkt auf das Meer, die Möwen und die untergehende Sonne.

»Ich brauch dringend einen Kaffee - oder auch zwei oder drei ...«, seufzt Mia und lässt sich in einen der weichen Sessel fallen.

»Oh ja, ich auch - und einen der fantastischen Kuchen«, ergänzt Sandrine und Mia schaut die ehemals magersüchtige Freundin erstaunt an. Sandrine lacht.

»Ja, auch bei mir hat sich einiges geändert. Genau wie du will auch ich heute und hier das Leben genießen und nicht auf die vielen Kalorien achten, die ich mir gleich gönnen werde. Ab und zu darf man das, oder?« Sie zwinkert Mia zu und geht zum Tresen, um das Gewünschte zu bestellen. Leise, entspannende Musik tönt aus den versteckten Lautsprechern des Cafés und Mia träumt mit offenen Augen. Sie nimmt sich vor, die CD zu kaufen, um sich immer wieder an diesen wundervollen Tag zu erinnern - ein geklauter Tag, mit vielen wundervollen Momenten. Als die glutrote Sonne im Meer versinkt, sitzen die beiden Freundinnen noch immer selig auf ihren weichen, bequemen Sesseln und bestaunen das bunte Farbenspiel durch die große Panorama Fensterscheibe. Mia wünscht sich in diesem Moment, dass alles so bleibt. Sie will das Glück mit beiden Händen festhalten und nie wieder loslassen. Gedankenverloren greift sie nach Sandys Hand und spürt sofort, dass es der Freundin nicht anders ergeht.

*Kannst du den Klang
des Meeres hören?
Den Gesang der Wellen,
die dich beschwören?*

*Kannst du den Wind
auf deiner Haut spüren?
Und jede Welle die singt
versucht dich zu verführen.*

*Die Sehnsucht zu fliegen,
sie ist ganz tief in dir –
die Schwerkraft besiegen
nur einfach weg von hier.*

*Die Möwen sie schreien,
sie fordern dich auf.
»Wirst du dich befreien?
Lass deinen Gedanken freien Lauf.«*

*Verliere die Schwere,
spreiz deine Schwingen
und das Lied der Meere
wird in dir erklingen.*

In wenigen Zeilen hält Mia die Gedanken, die ihr in diesem Moment durch den Kopf schießen auf einem Stück Serviette fest und liest sie Sandy nun vor.

»Du hast wirklich das Talent Stimmungen einzufangen und mit deinen Worten Bilder zu malen. Du musst unbedingt mehr schreiben, Mia. Das weißt du, oder? Ich lese so gerne Gedichte von dir«, sagt Sandy bewundernd und Mia wird rot.

»Ach was. Das sind nur Gedanken, die ...«, beginnt sie sich zu rechtfertigen, bricht ab und lacht. »Ja, schon gut. Ich weiß, was du sagen willst«, fügt sie hinzu und nun muss auch Sandy lachen.

»Daran habe ich jetzt gar nicht gedacht, aber du hast schon Recht. Wir haben gelernt, Komplimente zu geben und anzunehmen. Also nimm es an, steck es in deine Tasche und hole es hervor, wenn es wieder einmal dunkel um dich herum ist.«

»Wenn das nur so einfach wäre«, seufzt Mia leise und Sandy nickt.

»Wer hat gesagt, dass das Leben einfach ist? Aber, wir sind nunmal hier und kommen ohnehin nicht lebend hier raus.« Mia lacht und nickt zustimmen.

»Da, schau! Hast du die Sternschnuppe gesehen, die eben über den Himmel gesaust ist?«, fragt Sandy in diesem Augenblick und Mia nickt erneut. Ja, sie hat sie gesehen und sich gewünscht, dass sich alles zum Guten wenden wird, irgendwann. Alles ... wird ... gut ...

- 11 -

Mia sitzt auf ihrem braunen, weichen Lieblingssessel in der Praxis von Frau Pescado, hat sich entspannt zurück gelehnt, die Füsse eng an ihren Körper gezogen und hält die Möwe aus Bernstein, die immer auf dem kleinen Glastisch in der Praxis steht, in ihrer Hand. Gedankenverloren streicht sie mit ihren Fingern über das warme, glatte Material des Tieres aus Harz und fühlt sich sicher. Noch immer schwelgt sie in den Erinnerungen an die wundervolle Zeit mit Sandrine auf der Insel und berichtet ihrer Psychologin in lebhaften Einzelheiten von ihrem Erlebnis. Von den lustigen Möwen an Deck des Schiffes, dem langen Spaziergang am Strand und auch von dem traumhaften Sonnenuntergang am Meer. Während sie erzählt, zieht sie eine kleine Muschel aus ihrer Handtasche und legt sie auf den Glastisch vor sich. Sie weiß, dass ihr selbstgefundenes Mitbringsel einen guten Platz in der Praxis finden wird und freut sich sehr darüber. Frau Pescado sitzt in der ganzen Zeit hinter ihrem großen, wuchtigen Schreibtisch, der wie jedes Mal sauber und aufgeräumt ist und schreibt. Dabei verzieht sie keine Miene und lässt Mia einfach reden. Als diese geendet hat, steht die Psychologin auf, tritt hinter ihrem Schreibtisch hervor und setzt sich ihrer Patientin gegenüber.

»Schön, dass es Ihnen so gut gefallen hat. Vielen Dank für die Muschel. Sie ist wirklich wunderschön. Sie werden nun bestimmt häufiger etwas mit Sandrine unternehmen, oder? Es wird Ihnen bestimmt gut tun, wieder eine Freundin an ihrer Seite zu haben«. Wie immer hat Frau Pescado die förmliche Anrede gewählt und Mia seufzt. Sie sind doch allein in diesen Räumen – warum können sie sich nicht auch hier wie Freundinnen unterhalten? Doch Katharina Pesacdo lässt sich nicht umstimmen.

»Mia, ich habe Ihnen gesagt, dass wir in der Praxis eine bestimmte Distanz wahren müssen. Wenn Sie sich nicht daran halten, dann muss ich schweren Herzens mein Amt als Ihre Therapeutin niederlegen. Doch ich glaube, das wollen Sie so wenig wie ich. Daher ... bitte respektieren Sie meine Entscheidung«, hat Katharina ihr vor ein paar Minuten erklärt und Mia hat sich seufzend gefügt.

»Ja, es wäre schön, wenn ich weiterhin viel mit Sandy unternehmen könnte, doch leider ist das zur Zeit nicht möglich«, nimmt Mia den Faden wieder auf. Sie erklärt Frau Pescado, dass Sandrine nach ihrem Aufenthalt in der Klinik in eine andere Stadt gezogen ist und es nur purer Zufall war, dass sie bei ihren Eltern zu Besuch eingeladen war. Auch Sandrine hat einen Neuanfang gewagt und ist auf einem sehr guten Weg in ein normales Leben. »Aber, wir werden auf jeden Fall in Kontakt bleiben, zumindest telefonisch - und vielleicht kann ich sie auch mal besuchen.« In die bis dahin regungslose Miene von Frau Pescado schleicht sich ein Lächeln.

»Arme Mia. Nun haben Sie niemanden, mit dem sie morgen Feiern gehen können, oder?«, fragt Katharina und Mia meint einen Unterton in ihren Worten wahrzunehmen - doch wahrscheinlich täuscht sie sich nur und ihre Wahrnehmung spielt ihr einen Streich. Warum sollte Katharina froh sein, wenn Mia keine Freundin hat? Ihre Worte drücken doch genau das Gegenteil aus?

»Doch, ich werde am Wochenende wahrscheinlich meine Pläne in die Tat umsetzen können. Ich habe es mir so fest vorgenommen mal wieder unter Menschen zu kommen und zu tanzen, dass ich wahrscheinlich sogar alleine gehen würde«, lacht sie glücklich. «Der Ausflug mit Sandy hat mir so gut getan, dass ich gestern meine restlichen Umzugskartons aus dem Keller geholt habe. Endlich. Wurde wirklich Zeit, denn ich habe mein altes Adressbüchlein wieder gefunden. Dort stehen die Namen und Adressen meiner ehemaligen Schulfreundinnen. Ich habe zwar seit meiner Ehe keinen Kontakt mehr zu ihnen, aber vielleicht wohnt die ein oder andere noch hier - und vielleicht hat eine von ihnen sogar morgen Zeit. Ich werde sie einfach anrufen und nachfragen.«

»Sehr gute Idee, Mia. Sie müssen unter Menschen. Das ist ganz wichtig. Ich habe Sie auch vorgestern angerufen, aber leider nur Ihre Mailbox erreicht. Gerne hätte ich erfahren, wie es Ihnen am Meer ergeht. Nicht, dass Sie wieder in einen Mord verwickelt werden.« Die Psychologin lacht und Mia blickt erschrocken auf.

»Ach herrjemine, mein Handy. Ja, das hatte ich ausgeschaltet. Entschuldigen Sie. Ich verspreche mich zu bessern.«

»Machen Sie sich mal keine Sorgen. Wenn etwas vorgefallen wäre, dann hätten Sie mir bestimmt Bescheid gegeben, oder?«

»Ja, aber natürlich. Ganz bestimmt. Wissen Sie, es ging mir auf der Insel so gut und ich wollte einfach mal abschalten - mich und mein Telefon. Ich hoffe, Sie können mich verstehen.« Die Psychologin nickt verständnisvoll, legt eine Hand auf Mias Schulter und beschwichtigt ihre Patientin.

»Natürlich kann ich Sie verstehen, und es war auch wichtig. Doch bitte, bleiben Sie für mich erreichbar. Ich mache mir schließlich Sorgen«. Die Worte streicheln Mias Seele und sie lächelt dankbar. Es ist so ein wundervolles Gefühl, dass sich ein Mensch um sie Sorgen macht.

»Danke«, flüstert Mia gerührt und wischt sich eine kleine Träne aus dem Augenwinkel. »Ich gelobe Besserung«, schwört Mia und die Psychologin lächelt zufrieden. Dann steht sie auf und öffnet die Tür zum Nebenzimmer.

»Kommen Sie, Mia. Ich glaube, es wird Zeit, dass wir noch einmal ganz tief in Ihr Innerstes vordringen und einige Schalter umlegen. Sie wollen doch schließlich morgen Spass haben beim Tanzen und Feiern, oder?« Wieder meint Mia in den Worten der Psychologin diesen komischen Unterton zu vernehmen und eine Gänsehaut läuft ihr über den Rücken. Doch wahrscheinlich ist es nur ihr eigenes, schlechtes Gewissen das sie plagt, denn sie hat der Psychologin noch immer nichts von Sven Wolf erzählt. Aber, was soll sie ihr auch erzählen? Es war ja nichts, oder? Nur wegen eines Blickes? Wegen eines Momentes, in dem sie dachte, sie hätte sich verliebt? Wahrscheinlich war das auch wieder nur eine Illusion, der sie erlegen war – wie sich so vieles in ihrem Leben in Schall und Rauch auflöst, wenn sie es genauer betrachtet. Wer verliebt sich schon auf Grund eines Gespräches - und eines intensiven Blickes? Verdammt! An Liebe auf den ersten Blick hat Mia noch nie geglaubt - und trotzdem sagt ihr Herz ihr etwas anders. Dieses blöde Herz und diese dummen Gefühle, die sie die Kontrolle verlieren lassen und mit logischem Denken nicht zu beherrschen sind. Sie hat sich doch geschworen, nie mehr die Kontrolle zu verlieren und ihr Leben selber zu bestimmen – außer während der Hynosesitzungen. In diesen Momenten muss sie sich fallen lassen, Katharina vertrauen und ihre Seele in die Hände ihrer Psychologin legen. Das kann sie, schließlich vertraut sie ihr voll und ganz. Doch einem Fremden zu vertrauen, fällt ihr immer noch schwer. Ob sie es jemals wieder können wird? Doch diese Frage stellt sich Mia in diesem Moment nicht, denn Sven Wolf hat sich bisher nicht bei ihr gemeldet, also scheint sie ihm nicht wichtig zu sein, ganz einfach. Außerdem hat Mia ohnehin nicht vor, sich in eine neue Beziehung zu stürzen - davon zu Träumen ist nicht das Gleiche wie sie wirklich einzugehen. Folglich sieht Mia in diesem Moment auch keine Veranlassung, sich Katharina anzuvertrauen, oder? Sie weiß, dass die Psychologin geschieden ist und sehr darunter leidet. Warum soll Mia sie unnötig reizen? Ihr Verhältnis zu Männern ist, gelinde gesagt, nicht gut. Im Gegenteil. Wenige Tage nach Toms Beerdigung, hat Katharina sich ihrer Patientin für einen Moment geöffnet und ihr teilweise von ihrer gescheiterten Ehe erzählt. Diesen wenigen Sätzen waren so voller Hass gewesen, dass Mia die Psychologin nicht mehr wiedererkannt hat. Schon damals hat Mia das Gefühl, dass sie es eigentlich gar nicht hätte erfahren dürfen und sie waren danach auch nie wieder auf dieses Thema zu sprechen gekommen. Mia hat sich damals fest vorgenommen, mit Katharina nie über eine eventuell entstehende neue Liebesbeziehung zu reden. Doch was ist, wenn ihr Unterbewusstsein das anders sieht und sie gleich, während der Hypnose, von Sven spricht? Die unterschiedlichen Gefühle in Mia zerren an ihren Nerven. Was soll sie nur machen? Der gutaussehende Kommissar hat schließlich Eindruck bei ihr hinterlassen und geht ihr trotz aller Logik nicht mehr aus dem Kopf. Mia hasst dieses Gefühlschaos, dem sie mit klaren, eindeutigen Argumenten nichts entgegenzusetzen hat. Mia seufzt laut auf. Sie hat beschlossen, Katharina vor der Hypnose von Sven zu berichten - trotz allem. So bittet sie die Psychologin zu warten und diese hält in der Bewegung inne.

»Frau Pescado«, beginnt Mia leise und bleibt auf ihrem Sessel sitzen. »Ich glaube, ich muss Ihnen noch etwas erzählen, dass ich bis jetzt verschwiegen habe. Es gibt da bereits einen Mann in meinem Leben, der …« Als sie das starre Gesicht der Psychologin erblickt, stockt sie einen Moment. »Also nicht, was Sie denken. Aber an dem Tag, nach dem Mord im Hotel, war da ein Kommissar, der …«, stottert sie hilflos da sie nicht weiß wie sie ihre Gefühle beschreiben soll. Das Gesicht der Psychologin hingegen bleibt ausdruckslos – sie verzieht keine Miene. Mia seufzt innerlich auf. Sie wusste, dass es schwer werden wird – aber doch nicht so schwer. Verzweifelt sucht sie nach irgendeiner Gefühlsregung, hofft auf ein aufmunterndes Wort oder gar ein liebevolles Lächeln. Nichts. Mia krampft ihre Hände in den Schal, den sie wie immer um den Hals trägt, kaut nervös auf ihrer Unterlippe und schildert in wenigen Worten, dass sie den Kommissar, den sie das erste und einzige Mal im Hotel getroffen hat, sehr sympathisch findet und beteuert, dass er bestimmt nicht so ein Idiot wie Tom ist. Ihre wahren Gefühle spielt sie herunter und endet mit den Worten: »... und außerdem hat er sich nie wieder bei mir gemeldet. Ich glaube nicht, dass er Interesse an mir hat. Aber, ich wollte Ihnen das nicht vorenthalten, damit Sie sehen, dass ich Ihnen vertraue.« Jetzt erst löst sich die Spannung in Katharina Pescado und ein angedeutetes Lächeln erscheint auf ihren Lippen. Mia fällt ein Stein vom Herzen.

»Es ist ganz wunderbar, Mia, wenn sie wieder Gefühle für einem Mann entwickeln. Passen Sie nur auf, dass er nicht damit spielt und sie nur ins Bett ziehen will. Denken Sie daran, dass Sie eine wundervolle und starke Frau sind, die es nicht nötig hat einen Mann an ihrer Seite zu ertragen. Doch, wenn Sie es unbedingt möchten, dann müssen wir weiterhin an Ihrer inneren Stärke arbeiten. Kommen Sie jetzt bitte, damit ich Ihre Blockaden lösen und das innere Licht aufleuchten lassen kann?« Während dieser Worte bedeutet sie Mia ihr zu folgen. »Vielen Dank, dass Du mich verstehst«, flüstert Mia, als sie vor Katharina das angrenzende Hypnosezimmer betritt. Diese nickt, streicht Mia mit der Hand über den Rücken und lächelt liebevoll.

»Aber, wenn ihr heiratet, dann denk daran mich einzuladen, abgemacht?« Alles wird gut.

- 12 -

»Lustig«, meldet sich eine belegte, raue Stimme am anderen Ende der Leitung und Mia schluckt.

»Cara? Bist du das?« Mia hat ihr altes Telefonbuch, dass sie neulich in einem der Umzugskisten im Keller gefunden hat, in der Hand. Noch immer hat sie nicht alle Sachen, die sie aus Toms Haus geholt hat, an ihren Platz gestellt. Aber so groß ist ihr Appartement, in dem sie sich mittlerweile sehr wohl fühlt, auch nicht. Toms ehemaliger Anwalt, der mittlerweile für sie arbeitet, hat das große Haus, ihr damaliges Zuhause, schon vor einiger Zeit zum Verkauf angeboten, denn Mia hat für sich beschlossen, nie wieder dahin zurück zu kehren. Natürlich ist es ein wundervolles Haus, doch die Erinnerungen an die schlimmen Tage in diesen Wänden, halten sie davon ab. Irgendwann, wenn die Zeit gekommen ist, wird sie sich mit dem Erbe ein Haus direkt am Strand kaufen, einen weißen Zaun darum bauen, und ihren Kindheitstraum leben. Irgendwann, wenn sie mit sich und der Welt wieder im Reinen ist. Doch bis dahin wird sie hier bleiben. In ihrer kleinen Höhle am Stadtrand …

»Ja, verdammt. Wer stört mich dann um diese Uhrzeit? Hallo?« Die Stimme ihrer ehemals besten Freundin, die ihr früher so vertraut war, klingt nun kühl und unnahbar. Uhrzeit? Mia wirft einen raschen Blick auf die kleine, runde Wanduhr, die über ihrem neuen Fernseher hängt und wundert sich. Es ist Freitagnachmittag kurz vor sechzehn Uhr. Mia räuspert sich und gibt sich zu erkennen.

»Ich bin's, Mia. Mia Peterson. Erinnerst du dich? Wir waren mal … also damals … Cara?« Am anderen Ende der Leitung herrscht nachdenkliches Schweigen.

»Mia? Ach … du?«, dann wieder einige Sekunden Stille. »Mia, … sag mal …, dass du meine Nummer noch hast …?« Cara klingt verwundert - und irgendwie fremd. »Warte Mal eben. Ich muss ... ich seh' deine Nummer auf dem Display - ruf dich gleich zurück«, und schon ist die Verbindung unterbrochen. Mia lässt das Handy nachdenklich sinken. Ob das eine gute Idee war? Nach so langer Zeit einfach in das Leben eines Menschen zu platzen und die Vergangenheit wieder zu erwecken? Wobei hat sie Cara nur gestört? Um diese Uhrzeit? Doch während Mia noch grübelt, vibriert das Handy in ihrem Schoss.

»So, da bin ich wieder. Kannste ja nicht wissen, dass ich um diese Uhrzeit bereits … ach, egal. Erzähl, wie geht es dir? Was hast du getrieben? Wie kommst du dazu …?« Als Mia die Stimme von Cara ein zweites Mal hört, erkennt sie diese wieder. Sie klingt warm, angenehm und … so vertraut. Da ist sie wieder, die alte Cara, mit der sie so viel erlebt hat. Ihre ganze Schulzeit über waren Cara und Mia die dicksten Freundinnen gewesen und haben sich gemeinsam durch die Jahre der Pubertät gekämpft – was wahrlich nicht immer leicht gewesen war. Aber sie haben es überstanden und waren zu erwachsenen Frauen herangereift. In groben Zügen berichtet Mia nun, was in den letzten Jahren, besonders aber, was in den letzten Monaten geschehen ist.

»Wie müssen uns treffen. Unbedingt. Ich muss dir auch so viel erzählen«, antwortet Cara, als Mia geendet hat.

»Klar. Darum ruf ich an. Wann und wo?«, freut sich Mia. Zwischen ihnen scheint sich nichts geändert zu haben.

»Heute Abend? Oder lieber morgen? Wo wohnst du? Wollen wir uns auf einen Wein treffen …? Oder trinkst du so etwas nicht mehr?« Cara klingt aufgeregt und Mia muss lachen. Wie hat sie ihre Freundin vermisst! Wie hat sie nur all die Jahre ohne sie auskommen können?

»Heute? Hmm ... ich wollte eigentlich ... Wie sieht's mit Morgen aus? Samstagabend? Oder bist du ... Hast du ...? Hast du da Zeit? Ich würde so gerne mit dir feiern gehen. Mal sehen, ob wir das noch können«, stottert Mia ins Telefon und nun ist es Cara die lacht.

»Ja klar! Morgen ist ohnehin besser ... Sicher können wir das noch. Du wirst schon sehen. Wir rocken die Bude ... Wäre doch doch gelacht. Schließlich waren wir immer das Dream-Team, stimmt's? Aber ... wo wollen wir eigentlich hin? In unsere alte Stammdisco? Oder willst du ...?«, plappert Cara weiter und Mia grinst. Die Freundin war schon immer spontan und Mia ist froh, dass sich offenbar wirklich nichts geändert hat.

»Nein. Perfekt. Ins »New York«. Da können wir was trinken und ein bisschen zappeln. Was meinst du?«, stimmt Mia zu.

»Also abgemacht. Dann bis Morgen. Ich muss wieder weitermachen. Treffen wir uns gegen einundzwanzig Uhr vor dem Eingang?«

Mia freut sich sehr auf das Treffen mit ihrer Freundin. Wie sie jetzt wohl aussieht? Ob sie sich sehr verändert hat? Was sie beruflich macht? Ob sie einen Freund oder gar Mann hat? All die Fragen kreisen in Mias Kopf, während sie sich das perfekte Outfit für den kommenden Abend heraussucht. Sie öffnet ihren Schrank und betrachtet den Inhalt kritisch. Ein paar Hosen, diverse Shirts und einige Jacken liegen kreuz und quer auf den Holzbrettern verteilt. Doch irgendwie ist Mia unentschlossen. Ich muss dringend einkaufen gehen, beschließt sie in diesem Moment. Sie will und sie muss sich verändern – und das nicht nur wegen der Aufforderung ihres Anwalts. Die Kleidung ist gebraucht, verwaschen und hat einfach ihren Dienst getan. Genervt zupft sie eine dunkelblaue Jeans hervor und schlüpft spontan hinein. Dann dreht sie sich vor dem Spiegel und ist einigermaßen zufrieden. Ja, das geht. Auf ihr schwarzes, langes Kleid, das sie im Hotel getragen hat, hat sie keine Lust und mehr Kleider besitzt sie einfach nicht. Dann eben doch das weiße Hemd und die Lederjacke. In diesem Outfit ist sie auch früher, als sie noch nicht verheiratet war, immer ausgegangen. Cara fand ihre Garderobe immer sportlich und leger. Nicht zu aufdringlich, aber doch irgendwie sexy – genau so, wie Mia eben nun einmal ist. Dann noch ein paar hohe Stiefel, ihren Schneeflockenanhänger mit dem blauen Stein, passend zum blauen Schal, den sie auf keinen Fall vergessen wird, als Schmuck dazu und sie würde sich gut fühlen. Als sie sich so im Spiegel betrachtet, fällt ihr auf, das sie das gleiche Outfit auch vor ein paar Tage getragen hat, als sie … ja, als sie Sven Wolf das erste Mal begegnet ist. Mia seufzt und schiebt die aufkommenden Gedanken an den smarten Kommissar beiseite. Schade, dass er sich nicht bei ihr gemeldet hat. Aber, ich habe doch die Visitenkarte, fällt Mia in diesem Moment ein und sie beginnt in den Taschen ihrer Jacke zu kramen. Doch die Karte, die er ihr in die Hand gedrückt hat, ist nirgends zu finden. Schade eigentlich. Na, dann soll es wohl nicht sein, denkt Mia, zuckt mit den Schultern und beginnt sich wieder auszuziehen. Sven Wolf ist wahrlich nicht der einzige Mann auf dieser Welt. Vielleicht werde ich schon morgen meinem Traummann begegnen – und weiß es noch nicht einmal. Bei diesem Gedanken muss Mia schmunzeln. Ihr geht es gut und sie hat blendende Laune. Das Telefonat mit Cara war erfolgreich und auch die Hypnosesitzung bei Frau Pescado hat ihr so gut getan, dass sie beschwingt aus der Praxis gekommen war. Wie immer hat die Sitzung nur eine knappe halbe Stunde gedauert und Mia hat sich danach gefühlt, als ob sie Bäume ausreissen könnte - kleine Bäume zumindest. Tief in ihrem Inneren spürt sie einfach, dass ihr kein Mann jemals mehr etwas zu Leide tun, sie unterdrücken oder gar schlecht machen kann. Diese Zeiten sind vorbei! Durch die Sitzungen mit Katharina fühlt sie sich stark, selbstsicher und … trotzdem hat sie jedes Mal, wenn sie nach der Hypnose die Praxis verlässt, ein flaues Gefühl in der Magengegend, das sie nicht zuordnen kann. Es ist nicht sehr stark … und doch - irgendetwas passt nicht. Ob es die blauen Tropfen oder die Worte sind, die Katharina jedes Mal leise säuselt, bevor sie in ihr Unterbewusstsein taucht, kann Mia nicht deuten, doch wenn sie versucht den Gedanken, der ihr solche Angst macht, zu ergreifen, gleitet er ihr durch die Finger wie ein glitschiger Fisch und hinterlässt ein dumpfes Gefühl der Leere, das sich wie brennender Hunger anfühlt - und dieses Feuer will befriedigt werden. Als sie Katharina neulich davon berichtet hat, hat diese nur abgewunken und mit einem Lächeln ihre Bedenken beiseite geschoben.

»Mia, mach dir keine Sorgen. Die unterschiedlichen Emotionen, Empfindungen und Gefühle sind ganz normal in deiner Situation. Du musst immer dran denken, was du im letzten Jahr – und auch davor – erlebt hast. Deine Seele braucht viel Zeit, und auch Liebe, um das alles zu verarbeiten. Mia, so ist das Leben. Aber ich bin an deiner Seite und helfe dir. Mach dir keine Sorgen. Entspann dich und vertraue mir. Alles wird gut.«

Nachdem Mia ihren Schrank wieder geschlossen und die auserwählte Kleidung fein säuberlich zusammengelegt hat, lässt sie sich in ihrem rosafarbenen Jogginganzug zurück auf die Couch fallen. Eine Flasche lieblichen Rotwein mitsamt Glas und eine große Portion Sushi stehen vor ihr auf dem Glastisch und im Hintergrund läuft das Radio. Entspannende Soulmusik dringt an ihr Ohr, hüllt sie ein und streichelt ihre Seele. Sie lehnt sich seufzend zurück und lässt ihren Gedanken freien Lauf. Wie selbstverständlich landen sie bei Sven. Wie schön wäre es jetzt, säße Sven Wolf neben ihr. Gemeinsam würden sie die Flasche Rotwein öffnen und sich gegenseitig mit Sushi füttern. Mia schließt die Augen und stellt sich die Situation bildlich vor. Ein Lächeln schleicht sich auf ihre Lippen und sie kann seine Hand auf ihrem Bein spüren. Ganz langsam und zärtlich würde er sich näher an sie heran kuscheln und mit der anderen Hand ihre Haare aus dem Nacken streichen. Dann würde er ihr tief in die Augen blicken und sie würde erneut in diesem klaren, blauen Bergsee versinken. Doch dieses Mal hätte sie keine Angst, keine Scheu, keine Mauern um sich herum. Sie würde sich treiben lassen und den Moment genießen. Dann würde sich sein Gesicht dem ihren nähern und seine weichen, vollen Lippen würden ihre sanft berühren. Erst so zart und flüchtig wie Schmetterlingsflügel und dann immer fordernder und leidenschaftlicher. Er würde mit seiner Zungenspitze die Konturen ihrer Lippen nachzeichnen und flehend Einlass erbeten. Mia seufzt ergeben und rutscht auf ihrer Ledercouch so weit nach unten, bis sie gemütlich liegen und ihre Beine ausstrecken kann. Sie hält ihre Augen geschlossen und gibt sich ihren anregenden Gedanken hin. Noch immer kann sie seine imaginäre Hand auf ihrem Bein spüren – und legt ihre eigene darüber. Ihre Gedanken werden immer lebhafter und sie stellt sich vor, wie Sven langsam und genüsslich den Reisverschluss ihrer Trainingsjacke öffnet und ihre Shirt nach oben schiebt. Das Pochen zwischen ihren Beinen wird mit jedem Herzschlag kräftiger und das Kribbeln in ihrem Magen nimmt an Intensität zu. Um ihr Verlangen zu stillen, folgt sie den gedanklichen Fingern von Sven mit ihren eigenen, knetet ihre Brüste und liebkost ihre steif gewordenen Brustwarzen. Sie lässt ihre Finger kreisen, zupft, reibt und gibt sich ganz ihren Hormonen, die sie zu überfluten drohen, hin.

»Oh Sven«, stöhnt sie in diesem Moment lustvoll und taucht noch tiefer in ihre stimulierende Gedankenwelt. Sie spürt seine warmen, kräftigen Hände und seine feuchte, fordernde Zunge überall auf ihrem Körper, wie er sie zärtlich liebkost und immer wieder Einlass erfleht. Dann öffnet sie ihren Mund einen Spalt und befeuchtet ihre Lippen mit der Zungenspitze, um seinem Drängen nachzugeben und ihm endlich Einlass zu gewähren. Warm und weich fühlt sich seine Zunge an, die mit ihrer einen wilden Tanz der Leidenschaft vollführt. Mit ihrer eigenen Hand schiebt sie ihre Jogginghose herunter und beginnt die warme, pochende Stelle zwischen ihren Beinen zu streicheln. Das prickelnde Gefühl, dass sich in ihrem Körper ausbreitet, genießt Mia in vollen Zügen und ihre kreisenden Bewegungen werden immer schneller und schneller. Sie öffnet ihre Schenkel und berührt mit den Fingerspitzen ihrer rechten Hand ihre empfindlichste Stelle. Ihre angeheizte Fantasie kennt keine Grenzen mehr, kreist um den starken, muskulösen Körper des Kommissars und plötzlich kann sie den Duft seines Aftershaves riechen. Ein zarter Hauch von Moschus umweht ihre Gedanken und stimuliert sie so sehr, dass ein heftiges Feuerwerk in ihrem Schoss entflammt und sie unter lautem Stöhnen den Höhepunkt ihrer Lust erreicht. Sie windet sich auf ihrer Couch, dringt immer tief in ihre eigene, feuchte Mitte und reckt ihm ihren Körper entgegen.

»Oh Sven«, stöhnt Mia noch ein letztes Mal, während das Pulsieren zwischen ihren Beinen langsam verebbt. Das Lächeln auf ihren Lippen löst sich langsam auf und die Entspannung überflutet ihren Körper. Selig treibt sie mit dem Gedanken an Sven in das Land ihrer Träume.

- 13 -

Das eindringliche Schrillen eines Telefons dringt in Mias Träume, ihr Herz beginnt zu rasen und Panik macht sich in ihrem Inneren breit. Sie fühlt sich schrecklich allein und hilflos. Wo ist Sven? Er war doch gerade noch neben ihr, hat ihre Hand gehalten und ... Wo ist sie? Warum ... ? Was ist passiert? Langsam kehrt sie aus ihrer Traumwelt zurück und realisiert, dass sie auf ihrer Couch eingeschlafen sein muss. Als sie sich zwingt die Augen zu öffnen, sieht Mia die angebrochene Flasche Wein und das Sushi vor sich auf dem Tisch stehen. Alles nur ein Traum, hämmert es in ihren Gedanken und Mia seufzt schwer auf. Dabei erschien ihr alles so realistisch. Noch immer schrillt das Telefon neben ihr auf dem Glastisch und der durchdringende Ton zerrt an ihren Nerven. Die Panik wird immer schlimmer und droht sie zu übermannen. Mühsam richtet sich Mia auf und dabei fällt ihr Blick auf die kleine Wanduhr über ihrem Fernseher. Der Raum, in dem sie sich befindet ist dunkel und nur die schwachen Lichter der Straßenlaternen lassen sie ihre Umgebung wahr nehmen. Wie lange hat sie geschlafen? Noch immer läuft die sanfte Musik aus dem Radio und Mia versucht ihrer Panik Herr zu werden. Wer ruft sie um diese Uhrzeit an? An einem Freitagabend um kurz nach zwanzig Uhr? Viele Menschen haben ihre Nummer nicht. Mit Cara hat sie vorhin erst telefoniert. Ob sie etwas vergessen hat? Ob sie absagen will? Bitte nicht. Vielleicht auch Frau Pescado? Nein, ihre Psychologin würde um diese Uhrzeit nicht anrufen, oder doch? Das Blut rauscht in ihren Ohren und ihr Herzklopfen wird immer heftiger. Wie versteinert sitzt sie auf ihrem Sofa und kann sich nicht rühren.

»Atmen! Tief ein und ausatmen. Beruhige dich. Alles ist gut«, spricht sie sich laut Mut zu und ganz langsam zieht sich die Panik aus ihrem Herzen zurück. Was war das denn? So etwas hat sie schon lange nicht mehr erlebt. Währenddessen klingt das Telefon unaufhörlich weiter. Es klingelt? Warum? Hat sie aus Versehen den Ton eingeschaltet? Das macht sie sonst nie - und warum springt die Mailbox nicht an? Sie löst sich ganz langsam aus ihrer Starre und ergreift ihr Handy, das durch die Vibration auf dem Glastisch tanzt. Als sie auf das beleuchtete Display blickt, kann sie die Nummer, die sie sieht, nicht zuordnen. Vorsichtig und mit spitzen Fingern drückt sie die grüne Taste um das Gespräch anzunehmen.

»Ja«, haucht sie angespannt in den Hörer.

»Frau Peterson? Mia? Sind Sie das?« Diese weiche, tiefe Stimme kommt ihr bekannt vor.

»Herr Wolf?«, fragt sie zögerlich.

»Exakt. Genau dieser. Ich hoffe, ich störe Sie nicht, aber ich wollte mich nach Ihrem Befinden erkundigen und … ob Ihnen noch etwas eingefallen ist zu dem Abend, beziehungsweise der Nacht, in der …« Der Stein, der Mia in diesem Augenblick von der Seele fällt, macht sich in einem tiefen Seufzer Luft. Warum sie so panisch auf das Telefon reagiert hat, kann sie sich in diesem Moment auch nicht erklären, aber als die Spannung von ihr abfällt, ist sie unendlich erleichtert.

»Guten Abend Herr Kommissar«, kichert sie und kommt sich plötzlich vor wie ein junges Mädchen. Tiefe Röte steigt ihr in die Wangen und das Lächeln auf ihrem Gesicht lässt sie erstrahlen. Gerade eben hat sie noch von ihm geträumt, wie er sanft … und nun ruft er an. Was für ein wunderbarer Zufall. Zufall oder vielleicht doch eine tiefere Verbindung? Vielleicht hätte sie schon eher von ihm träumen sollen? Die Anspannung wandelt sich in freudige Nervosität und die kleinen Falter in ihrem Magen sind zurück. Wie wild tanzen sie hin und her und Mias Hände werden schweißnass. Verliebt. Sie ist eindeutig verliebt. Verdammt. Hoffentlich merkt er es nicht. Doch auch Mia kann seine Nervosität durch den Hörer förmlich fühlen. Ruft er wirklich nur an, um sich nach dem Abend zu erkundigen oder ist das etwa eine Ausrede?

»Nein. Leider ist mir nichts mehr eingefallen, sonst hätte ich mich schon bei Ihnen gemeldet. Ihre Nummer liegt direkt neben dem Telefon.« Ok, das ist geschwindelt - aber das kann er ja nicht wissen.

»Ach so. Hmm ... Schade«, erklingt es enttäuscht aus dem Hörer und Mias Lächeln wird noch eine Spur breiter. Ihre Wangen glühen und ihr Mund wird trocken. Sie braucht dringend einen Schluck Wein.

»Aber sonst geht es mir gut, danke der Nachfrage. Sind Sie so spät denn noch im Büro? Oder wie kommen Sie um diese Uhrzeit darauf, mich anzurufen.« Ihr altes Selbstbewusstsein, dass sie sich so mühsam wieder aufgebaut hat, kriecht langsam und vorsichtig in ihr Herz zurück und sie freut sich ehrlich über seinen Anruf. Schön, dass er an sie denkt. Vielleicht kann ihr Traum doch Wirklichkeit werden. Vielleicht ist er der Richtige für sie. Vielleicht ...

»Ja ... also ich...«, stottert Sven und sie kann praktisch sehen, wie er nervös mit seinem Kugelschreiber spielt. Durch das Telefon hört sie das typische Klicken der Miene. Wahrscheinlich malt er auch irgendwelche Figuren oder Zahlen auf ein vor ihm liegendes Stück Papier. Wenn er noch im Büro sitzt, dann haben seine Kollegen bestimmt schon Feierabend und er sitzt bei der flackernden Beleuchtung des Bildschirms im Dunkeln. Irgendwo hat sie dieses Szenario neulich in einem Film gesehen und es erscheint vor ihrem inneren Augen. Eine tolle Vorstellung. Mia lacht herzhaft. Auf seine Nachfrage hin schildert Mia dem Kommissar ihre Vision wortreich und Wolf stimmt in ihr Lachen mit ein.

»Ach ja, so sehen Sie mich also?«, antwortet er und auch seine Stimme klingt nun weniger nervös als noch vor ein paar Minuten.

»Ja, so sehe ich Sie. Find ich gar nicht so schlecht die Vorstellung. Lassen Sie mir meine Fantasie oder habe ich mich getäuscht?«, flirtet Mia weiter. »Ich bin nämlich ein richtiger Krimi Fan. Ich liebe die schwedischen Kriminalromane und auch gerade wollte ich mir einen Psychothriller im Fernsehen anschauen.« Wieder geschwindelt, aber sie wollte ihm einfach nicht erzählen, dass er sie gerade aus einem wundervollen Traum gerissen hat. Aus einem Traum, in dem er die Hauptrolle gespielt hat. Wieder kichert Mia und kann ihre Freude über seinen Anruf einfach nicht verbergen.

»Na, so unrecht haben Sie gar nicht, Mia. Ich sitze wirklich bei schummriger Beleuchtung in meinem Büro und musste plötzlich an Sie denken. Aber, wenn Sie lieber einen Krimi im Fernsehen sehen wollen, dann will ich Sie aber nicht länger …«, lacht Sven und Mia kann das Leuchten seiner Augen förmlich vor sich sehen.

»Quatsch. Sie stören mich nicht. Welcher Krimi kann denn spannender sein als das wahre Leben? Wozu muss ich mir einen Schauspieler im Fernsehen anschauen, wenn ich doch mit einem echten Kommissar telefonieren kann«, flirtet Mia weiter und macht es sich noch ein bisschen bequemer auf ihrer Couch, auf der sie vorhin … und wieder startet das Kopfkino in ihren Gedanken. Verdammt! Doch nicht jetzt, ruft sich Mia zur Räson und wird schon wieder rot. Was macht dieser Mann nur mit ihr? Das ist ja kaum zum aushalten – und doch wunderschön.

»Ach, und Sie meinen, das Leben ist genau so spannend wie der Krimi im Fernsehen?«, fragt Sven schelmisch und steigt prompt auf ihren Flirt ein.

»Nein. Noch viel spannender. Ganz bestimmt. Erzählen Sie doch mal etwas aus dem Nähkästchen. Haben Sie schon mal einen Täter mit ihrer Waffe bedroht? So wie im Kino?«, fragt Mia frech. Das Glas Wein hält sie in der einen, das Telefon in der anderen Hand. Sie ist bereit für ein langes, aufregendes Telefonat mit Herrn Wolf - besser, als jeder Krimi. Auch der Kommissar scheint Zeit zu haben, denn er erzählt ihr bereitwillig eine Geschichte aus seinem Dienstalltag. Was genau davon alles wahr und was erfunden ist, dass weiß Mia nicht – ist ihr aber auch egal. Er kann wunderbar erzählen. So lebhaft und spannend, dass sie sich alles ganz genau vorstellen kann. Sie lachen und flirten miteinander und irgendwann verfallen beide in die vertrauliche Anrede.

»Mia, ich kann dir sagen, das war einer der aufregendsten Einsätze, die ich je erlebt habe. Wenn ich heute so daran zurückdenke, dann ...«, plötzlich stockt Sven und räuspert sich. »Ups, nun habe ich Sie … also ich meine dich …«, stottert er und Mia muss schon wieder grinsen. So viel wie an diesem Abend hat sie schon lange nicht mehr gelacht.

»Oh, welch ein Drama, Herr Kommissar. Ich finde es nicht schlimm, wenn du mich mit meinem Vornamen ansprichst. So heiße ich nun mal. Solange ich dich nicht Wölfchen nenne ist doch alles in Ordnung.« Auch Wolf lacht nun herzhaft.

»Du bist ganz schön frech, junge Dame. Wölfchen. Tzz. So klein bin ich doch nun wirklich nicht. Immerhin messe ich stolze 190 cm in der Länge – und meine Größe ist hier nicht ausschlaggebend.« Noch bis tief in die frühen Morgenstunden flirten die Beiden und am Horizont geht bereits die Sonne auf, als Mia sich gähnend und mit einem Lächeln auf den Lippen verabschiedet.

»Träum süß, kleine Mia. Bis ganz bald und – schön, dass es dich gibt«, sagt Wolf zum Abschied und Mia träumt in den nächsten Stunden von einem heldenhaften Kommissar, der ihr das Leben rettet. Ein wunderbarer Traum.

Ich kann noch deine Lippen spüren,
wie sie zärtlich mich berühren.

Ganz langsam, mit Bedacht
habe ich sie aufgemacht.

Lies dich ein in meinen Mund
und glaube mir es gab nen Grund.

Ich wollt' es schon so lange Zeit
und hier und jetzt war ich bereit.

Ich schloss die Augen, gab mich hin
und wenig später, warst du drin.

Ich schmeckte, fühlte, spürte dich
doch leider nur ein Traum für mich.

- 14 -

Es ist kurz vor einundzwanzig Uhr und Mia steht vor der kleinen Discothek am Rande der Stadt im Industriegebiet. Gerade erst ist sie aus dem Bus gestiegen und schaut sich suchend nach Cara um. Noch ist von der Freundin nichts zu sehen. Ob sie überhaupt kommt? Zum wiederholten Male zieht Mia ihr Handy aus der Tasche. Kein Anruf, keine Nachricht - nichts.

»Na, sie wird schon kommen«, redet Mia sich ein und setzt sich auf eine hölzerne Bank in der Nähe des Eingangs. Ihren dicken Mantel, den sie über der Lederjacke trägt, hat sie eng um sich geschlungen und den blauen Schal fest um den Hals gebunden. Die beiden Freundinnen haben sich vor der Disco verabredet und so beobachtet Mia die Menschen, die lachend und schwatzend am Eingang stehen und hinein wollen. Früher war sie oft hier gewesen, war auch in der Reihe gestanden und hat auf Einlass gewartet. Hauptsächlich mit Cara, aber auch mit anderen Mädchen und Jungs ihrer Clique. Wo ist die nur Zeit hin? Was hat sie alles verpasst? Ist sie nicht schon zu alt für solche Veranstaltungen? Nein, ist sie nicht. Man ist nur so alt wie man sich fühlt. Diesen Spruch kann Mia zwar eigentlich nicht leiden, und doch ist viel Wahres daran. Mal fühlt sie sich wie Achtzig und dann wieder wie damals als Teeny. Sogar die mächtigen Hüter der Tür haben sie damals persönlich mit Namen und Handkuss begrüßt, sooft war sie in diesem Etablissement ein und ausgegangen. Es war eine wilde und aufregende Zeit gewesen, die Mia niemals missen möchte. Alles im Leben hat seine Zeit - noch so ein Spruch aus einem Kalender. Mia muss lächeln. Doch jetzt ist eine andere Zeit, ein anderes Leben, eine andere Mia, die hier sitzt und wartet. Leise dringen Musikfetzen an ihr Ohr und sie erkennt das ein oder andere Lied, zu dem auch sie schon auf der Tanzfläche die Hüften geschwungen hat. Sie will jetzt da rein! Verdammt! Wo zum Teufel bleibt Cara? Erneut schaut Mia auf ihr Handy. Mittlerweile ist es halb zehn und langsam beginnt sie zu frieren. Da hilft auch der blaue Schal nichts, mit dem sie unaufhörlich spielt. Sie muss ihre Hände beschäftigen, sonst raucht sie noch mehr. Dabei liegen bereits drei Zigarettenstummel auf dem Boden vor ihr. Sie ist nervös. Schrecklich nervös. Warum weiß sie selber nicht, aber das Warten macht sie wahnsinnig. Früher war Cara nie so unzuverlässig. Sie hätte sich wenigstens melden können, wenn …

Plötzlich hört sie ein Lachen, das ihr vage bekannt vorkommt. Nicht weit von ihr entfernt steht Cara und unterhält sich lachend mit einem Mann. Das ist doch Cara, oder? Wie sehr sich die Freundin verändert hat. Als sie sich das letzte Mal gesehen haben, war Cara noch klein und dick gewesen, hat eine Brille getragen und sich leger gekleidet. Doch das Püppchen, das jetzt dort drüben steht, hat mit der alten Cara fast nichts mehr gemeinsam. Sie trägt rote, hohe Pumps, einen kurzen Minirock und eine knappe Bluse - trotz der Temperaturen. Auch den knallroten Lippenstift kann Mia auf die Entfernung erkennen. Sie ist sehr erstaunt, wie sehr sich Menschen doch verändern können. Zum Positiven wie auch zum Negativen … Langsam erhebt sich Mia von der Bank, streckt ihre Schultern durch und geht die paar Meter über den Kiesweg auf Cara zu.

»Herzchen! Da bist du ja! Sorry, dass ich mich etwas verspätet habe, aber … na ja, Termine eben. Schön dich zu sehen, Engelchen«, mit diesen Worten küsst sie Mia links und rechts auf die Wange und umarmt sie herzlich. Dann hält sie ihre ehemals beste Freundin ein paar Zentimeter von sich entfernt. »Gut schaust du aus. Hast abgenommen, was? Na, etwas Gutes muss deine Ehe ja gehabt haben. Komm, lass uns rein gehen - kalt hier draußen«. Ohne sich noch einmal umzublicken lässt sie den Mann, mit dem sie sich bis eben noch so wunderbar unterhalten hat, einfach stehen und hakt sich bei Mia unter.

»Du musst mich etwas stützen, Schätzchen«, kichert Cara. »Diese Schuhe sind wirklich nicht für den Kiesboden geeignet. Aber, wer schön sein will muss leiden. Kennst du den Spruch?« Mia weiß nicht so recht, was sie von dem Ganzen halten soll. Cara ist laut, aufdringlich und so ganz anderes, als sie die Freundin in Erinnerung hat. Was ist nur geschehen? Allein die Neugierde treibt sie voran. Na, das kann ja noch spannend werden, mutmaßt Mia, und weiß nicht, wie Recht sie haben soll.

»Ismael, Schätzchen. Schön, dass du heute Dienst hast. Lass uns mal rein, ja?«, flirtet sie mit einem der finster dreinblickenden Türsteher. So breit wie hoch und in eine schwarze Lederjacke gehüllt steht der Koloss von Mann vor ihnen. Doch noch bevor Mia auch nur reagieren kann, hat der Typ Cara erkannt und sein Gesichtsausdruck ändert sich schlagartig. Er zwinkert der Blondine verschwörerisch zu, tritt einen Schritt zur Seite und öffnet den Beiden mit einer angedeuteten Verbeugung die Tür.

»Bitte sehr, die Damen. Habt Spaß heute Abend«, brummelt der Typ und Cara wirft ihm eine Kusshand zu. Dann stolziert sie mit Mia an der Hand hinein ins Dunkle der Discothek. Nachdem sie das Eintrittsgeld bezahlt haben, bekommen sie einen Stempel auf die Haut gedrückt. Mia betrachtet schweigend die Rückseite ihrer Hand - so einen Abdruck hatte sie schon lange nicht mehr – und muss lächeln, als sie ihre Jacken an der Garderobe abgeben und einen Abholschein bekommen. Die Musik ist ganz nach Mias Geschmack. Heute spielt der DJ nur Songs der 80iger Jahre und Mia freut sich. Eine Ü 30 Party – da war sie noch nie. Klar, sie ist auch gerade erst Dreißig geworden.

»Man, sind wir alt geworden«, ruft sie Cara zu, doch diese kann sie nicht hören. Mit schwungvollen Schritten stolziert Cara über die noch leere Tanzfläche, schwingt ihre Hüften aufreizend von links nach rechts und ist sich ihrer Wirkung sehr wohl bewusst. Sie genießt ihren Auftritt sichtlich. Am Rande der Tanzfläche angekommen, wirft sie ihre Tasche auf einen kleinen, noch freien Tisch und setzt sich lässig auf einen der hohen Stühle. Dann winkt sie Mia übertrieben heftig zu und zeigt auf den Hocker neben sich.

»Setz dich, Herzchen und genieße den Abend. Bin gleich wieder da«. Die laute Musik hüllt Mia wie in Watte ein und ihr Herz klopft schneller. Diese Lautstärke ist sie einfach nicht mehr gewohnt. Bunte Scheinwerfer zaubern rote und blaue Kreise auf die Tanzfläche und eine glitzernde Discokugel hängt von der Decke. Dichte Kunstnebelschwaden dringen immer wieder aus winzigen Luken rund um die Fläche und lassen alles ein wenig mystisch erscheinen. Teilweise erkennt Mia die Ausstattung wieder, doch in all den Jahren hat sich auch viel verändert. Sie spricht Cara darauf an, die mittlerweile wieder neben ihr steht. Plötzlich wirkt sie nicht mehr so selbstsicher wie noch vor wenigen Minuten. Nervös spielt sie mit einer Locke ihrer üppigen Haarpracht und nickt geistesabwesend. Sucht Cara jemanden? Ihr Blick huscht unstet über die Köpfe der Besucher und sie wirkt plötzlich – ängstlich? Doch nach einigen Sekunden scheint sie sich ihrer Außenwirkung bewusst zu werden, atmet tief durch und dreht sich zu Mia herum. Dann setzt sie sich wieder auf den Hocker, lächelt ihr unechtes Lächeln – das irgendwie professionell wirkt - und reicht ihr die Getränkekarte.

»Ich weiß schon, was ich will, und du? Such mal aus. Ich komme gleich wieder … muss mal eben … Bis gleich«, und schon steht sie wieder auf, bahnt sich einen Weg am Rande der Tanzfläche entlang und verschwindet in der Menschenmenge. Mia bleibt alleine zurück und ist traurig. So hat sie sich das alles wirklich nicht vorgestellt. Was ist nur mit Cara los? Die Freundin scheint hier immer noch Stammkundin zu sein. Hätte sie ihr das bei ihrem Telefonat nicht sagen können? Irgendwie hat sich das ganz anders angehört. Was verschweigt sie Mia nur? Muss sie sich Sorgen machen? Braucht Mia Hilfe?

»Na und? Schon was gefunden?« Mia zuckt erschrocken zusammen, als die Freundin plötzlich hinter ihr steht und sie aus ihren dunklen Gedanken reißt. Soll sie Cara fragen, was mit ihr los ist oder soll sie einfach ...

»Einen Cocktail vielleicht? Schau, die haben auch Pina Colada. Das haben wir doch früher immer ... », plappert Cara weiter und Mia seufzt leise auf. Schon wieder dieses »früher«. Die Vergangenheit holt Mia immer wieder ein. Sie muss dringend lernen in die Zukunft zu schauen und nicht immer in der alten Zeit zu leben.

»Ne. Ich will lieber eine Weißweinschorle, und du?«, beschließt sie daher und schaut Cara fragend an. Diese lächelt und nickt. Als die junge Bedienung zu ihnen an den Tisch kommt, bestellen die beiden Frauen ihre Getränke.

»Schön, dass du mich angerufen hast, Kleine, und toll, dass wir uns ausgerechnet hier wieder sehen. Wir haben uns viel zu lange nicht mehr ... aber, da war deine Ehe und ... ich habe mich auch weiter entwickelt. Weißt du, also ich ...«, stottert Cara und bricht ab. Irgendetwas will sie Mia erzählen, doch sie schafft es nicht. Sie sieht traurig und irgendwie fremd aus, wie sie mit ihren roten Lippen und den angemalten Augen vor ihr steht. Nicht mehr wie ihre Freundin - sondern wie eine Fremde. Mia blickt Cara tief in die Augen und sieht eine Träne darin schimmern. Hinter der bunten Maske versteckt sich noch immer das kleine, zerbrechliche Mädchen, das mit ihrer Zahnspange und der Brille vor vielen Jahren in ihr Leben getreten und mit der sie durch dick und dünn gegangen ist. Vielleicht kann sie die Mauer der Freundin durchbrechen und wieder zu ihr finden. Vielleicht ...

»Wollen wir tanzen?«, fragt Cara plötzlich und durchbricht jäh die Verbindung ihrer Seelen, die gerade dabei waren, sich erneut zu finden.

»Aber da ist doch noch keiner ...«, zweifelt Mia, doch Cara winkt ab.

»Na und? Ich liebe dieses Lied. Hör mal ... das ist so retro. Besser als der neumodische Kram, der ständig im Radio läuft ...« Cara stürmt auf die Tanzfläche und zieht ihre Freundin hinter sich her. Diese sträubt sich zuerst ein wenig, doch dann beschließt Mia, sich einfach auf den Abend einzulassen. Sie wollte feiern gehen und nun ist sie hier. Jetzt ist nicht der richtige Zeitpunkt für trübe Gedanken. Jetzt ist Zeit zum Tanzen und glücklich sein. Dafür ist sie hier - nach all den Jahren wieder. Mia schließt die Augen, kreist mit den Hüften, bewegt sich zu der Musik und lässt sich treiben. Herrlich dieses Gefühl - und wie sie es vermisst hat. Ihre Bewegungen, die anfangs noch ein wenig holprig sind, werden immer geschmeidiger und sie singt lauthals mit. Gut, dass sie keiner hören kann – die Musik ist viel zu laut. Jetzt ist dieses »früher« gerade richtig. Mia taucht tief in ihre eigene kleine Welt ein und fliegt durch Raum und Zeit. Bei diesem Lied hat sie ihren ersten Freund Malte kennen gelernt. Sie erinnert sich genau - und es sind schöne Erinnerungen, die sie überkommen. Auf der Party einer Freundin – vor so vielen Jahren. Auch damals hat sie alleine getanzt - und dann war da plötzlich eine Hand auf ihrer Hüfte gewesen. Die Hand ihres Schwarms. Er hat sie an diesem Abend das erste Mal bemerkt und sie hat es genossen, mit ihm ausgelassen zu tanzen, zu lachen und Spaß zu haben. Den ganzen Abend hat sie mit ihm verbracht und ihn am Ende auch geküsst. Wenig später waren sie ein Liebespaar geworden und hatten eine schöne, gemeinsame Zeit. Bis er sich in eine andere verliebt hat. An diesem Punkt ist das Lied zu Ende und ihre Gedanken werden wieder traurig. Schnell schiebt sie diese beiseite und kehrt mit Cara an den Tisch zurück. Mittlerweile sind auch ihre Getränke gebracht worden und die beiden Freundinnen stoßen auf einen schönen Abend an.

»Tolle Musik, was?«, brüllt Cara, denn es geht Schlag auf Schlag weiter. Ein bekanntes Lied jagt das Nächste und nun stürmen beide Frauen Hand in Hand auf die Tanzfläche. Der DJ hinter seinem Pult scheint unterdessen auch aufgewacht zu sein, denn er begrüßt seine Gäste und »ganz besonders die beiden hübschen Ladys auf der Tanzfläche«. Jetzt, da sich Mia auf den Abend eingelassen hat, genießt sie die Aufmerksamkeit und ist in ihrem Element. Sie fühlt sich jung, hübsch und begehrenswert. Wenn Sven sie nur in diesem Augenblick sehen könnte, er würde ... doch Sven ist beschäftigt und hat keine Zeit für sie – und irgendwie wäre er auch fehl am Platz. Dieser Abend ist nur für Cara und sie – ein Trip in die Vergangenheit. Glücklich lächelnd lässt Mia ihre langen Haare fliegen und bewegt sich, als ob sie nie etwas anders gemacht hätte. So könnte es immer sein. So sollte es öfter sein. Nicht nur durch die Küche tanzen – nein! Lieber auf einer echten Tanzfläche. Vielleicht sollte sie einen Tanzkurs belegen. Früher hat sie schon mal einen gemacht. Aber das ist Jahre her und sie weiß nicht mehr, wie die Schritte gegen. Dabei war sie wirklich gut gewesen. In diesem Moment beschließt Mia, sich nächste Woche darum zu kümmern. Tanzen ist schließlich auch eine wunderbare Therapie. Ihre Psychologin wird stolz auf sie sein, dass sie selbst auf diese Idee gekommen ist. Katharina ... wie schön wäre es jetzt, wäre die Freundin hier und würde ... aber nein. Auch Katharina wäre jetzt fehl am Platz. Katharina ist Gegenwart, Sven vielleicht Zukunft – und Cara Vergangenheit. Zumindest sieht Mia das in diesem Moment so.

»Haben die Ladys auf der Tanzfläche auch einen besonderen Musikwunsch?«, hört sie in diesem Augenblick die Stimme des Djs aus dem Mikrofon – und wir rot. Sie fühlt sich wie damals mit Achtzehn.

»Au ja!«, ruft Cara prompt und schlittert mit ihren roten Schuhen über das Parkett direkt auf ihn zu. Dann beobachtet Mia ihre Freundin, wie sie sich auf die Zehenspitzen stellt und mit dem Typen hinter seinem Musikpult redet. Genau hat Mia den DJ noch nicht erkennen können, doch in der bunten Farbenwelt der Disco scheinen seine weißen Zähne bei jedem Lächeln zu funkeln - und er lacht viel, als Cara bei ihm steht. Die beiden scheinen sich gut zu kennen, denn Cara lacht und wirft ihren Kopf verführerisch in den Nacken. Sie ist so hübsch – wenn sie nur nicht diese Verkleidung tragen würde, schießt es Mia in diesem Moment durch den Kopf und ihr Puls beschleunigt sich. Warum war sie eigentlich nie mit einer Frau, nie mit Cara, zusammen? Wenn Cara nur auch so fühlen würde … erschrocken über ihre eigenen Gedanken schüttelt sie den Kopf. Früher vielleicht. Da hat sie vieles ausprobiert und war offen für Neues gewesen. Aber heute? So wie sich Cara benimmt? Wie sie aussieht und mit den Männern umgeht? Nein, sie hat bestimmt kein Interesse an mir … und außerdem ist da ja noch Sven, der …, sinniert Mia als sie jäh aus ihren Gedanken gerissen wird.

»… und dieses Lied spiel ich extra für Mia. Gewünscht von ihrer Freundin Cara – den beiden tollen Mädels auf der Tanzfläche. Schön, dass ihr da seit - und alle anderen … bitte ich nun auch auf das Parkett«, ertönt die tiefe, sehr erotische Stimme des Djs. Mias Wangen erröten und ein strahlendes Lächeln macht sich auf ihrem Gesicht breit. Die kraftvolle Stimme der Sängerin, die sie früher mit Leidenschaft gehört hat, erkennt Mia bei den ersten Tönen, denn der Text, den sie sofort im Kopf hat, passt hervorragend zu ihrer Situation. Ja, sie hat auch überlebt. Sie lebt, sie liebt und sie tanzt. Cara ist zurück, hat es aus der Vergangenheit in die Gegenwart geschafft und die Freundinnen fallen sich in die Arme.

»Ich hab dich so lieb«, flüstert Mia Cara ins Ohr und küsst sie auf die Wange. »Es ist so schön, dass es dich in meinem Leben gibt und wir uns wiedergefunden haben. Danke für das Lied«

»Ach was. Das war doch nur ein Song. Ich mag ihn ja auch gerne und er passt so gut zu … Egal. Komm, lass uns tanzen. Dafür sind wir schließlich da«, antwortet Cara, schiebt Mia von sich weg und löst sich aus der liebevollen Umarmung. Dann beginnt sie aufreizend zu tanzen – und Mia fühlt sich irgendwie verletzt. Das komische Verhalten ihrer Freundin schlägt ihr auf den Magen. Was soll das? Verwirrt und mit einer kleinen, glitzernden Träne im Augenwinkel verlässt Mia die Tanzfläche, um an ihren Platz zurückzukehren. Cara bemerkt es nicht einmal. Die Discothek ist um dieses Uhrzeit gut besucht und die Stimmung ist phantastisch. Ein bekanntes Lied nach dem Anderen ertönt aus den Boxen und auch Mia hat sich wieder beruhigt. Die Musik beflügelt sie und vertreibt ihre dunklen Gedanken. Warum soll sie sich über das Verhalten ihrer ehemals besten Freundin wundern? Cara ist nicht mehr die Freundin, die sie einmal war. Sie hat sich verändert. Sehr verändert! Wieder einmal beschließt Mia den Abend zu genießen und nicht an Morgen zu denken, denn eigentlich ist es ein toller Abend, wenn … ja, wenn Cara nicht immer wieder verschwinden würde. Als sie nach einer gefühlten Ewigkeit wieder zusammen an dem kleinen, silbernen Bistrotisch sitzen, spricht sie Cara darauf an.

»Wo gehst du denn immer hin?«

«Ach, ich finde den DJ so nett. Immer wieder spielt er meine Lieder - unsere Lieder«, verbessert sie sich und zwinkert Mia zu.

»Trotzdem doof, dass du immer wieder verschwindest. Magst du den etwa … also ich mein …«.

»Ach, was du wieder denkst. Du glaubst doch nicht etwa, dass ich mit dem Typen mal eben aufs Klo verschwunden bin und nen Quickie hatte, oder? Traust du mir das wirklich zu? Deiner Cara …?« Cara lacht schrill auf und streicht sich über ihren zerknitterten Rock. Auch ihre Haare sitzen nicht mehr so perfekt wie am Anfang. Liegt das am Tanzen, oder hat Cara tatsächlich … Auch das künstliche Lachen nimmt sie ihr nicht ab. Misstrauen macht sich in ihr breit und tief in Mia brodelt etwas, das sie nicht zuordnen kann. Ist es Eifersucht? Quatsch. Auf was soll sie denn eifersüchtig sein. Sie ist doch nicht in Cara verliebt … Sie drängt die Gedanken in die hinterste Ecke zurück und lächelt gezwungen.

»Dann ist ja gut«, sagt Mia mit zusammengebissenen Zähnen und versucht zu lächeln.

»Ja, ist es auch - und selbst wenn …? Was geht es dich an? Bist du meine Mutter oder was?« Caras Augen funkeln böse und Mia weicht erschrocken vor ihrer Freundin zurück. Was ist das denn jetzt? Doch nur den Bruchteil einer Sekunde später hat sie sich wieder unter Kontrolle, beugt sich zu Mia über den Tisch und drückt ihr einen Kuss auf die Lippen. Mia ist wie erstarrt. Die weichen, zarten Lippen ihrer Freundin auf Ihren zu spüren lässt ihr Herz für einen Moment schneller schlagen und ihre Hände werden feucht. In diesem Moment wird ihr bewusst, wie lange sie schon keinen Kuss mehr bekommen hat. Jede Faser ihres Körpers sehnt sich nach mehr – nach viel mehr. Am liebsten hätte sie Cara an sich gezogen und ihrer Leidenschaft freien Lauf gelassen. Doch gerade als sie den Kuss erwidern will, zieht sich Cara von ihr zurück und der schillernde Moment zerplatzt wie eine Seifenblase.

»So, was willst du trinken? Wieder ne Weißweinschorle? Die süße Pampe? Ich will mal was Ordentliches.« Cara kichert wie ein Teenager, dreht sich auf dem Barhocker um ihre eigene Achse und tut so, als wäre nichts gewesen. Mia versteht die Welt nicht mehr. Aber, hat sie das jemals? Sie beschließt den Vorfall zu übergehen und auf Caras Frage einzugehen.

»Na und, was schwebt dir vor?«, fragt sie anstandshalber.

»Na, Whisky zum Beispiel. Oder nen Schaps. Was weiß ich … egal … Irgendwas mit mehr Umdrehungen, halt. Komm, wir gehen an die Bar und schauen einfach mal.« Cara schiebt sich vom Hocker und schwankt Richtung Tresen davon. Sie hat eindeutig mehr getrunken als Mia und das merkt man ihr deutlich an. Langsam macht sich Mia ehrlich Sorgen. Was soll sie nur von dem Ganzen halten? Sie kennt sich nicht mehr aus. Ein Sturm der Gefühle lässt ihr Herz Tango tanzen. Der unerwartete Kuss von Cara, das übertriebene, falsch wirkende Lachen, die traurigen Augen, das ständige Verschwinden - das passt für sie einfach nicht zusammen. Eigentlich wollte sie doch feiern, und sich nicht wieder irgendwelche Gedanken machen …

»Wo bleibst du?«, ruft Cara mit schriller Stimme, tanzt lachend durch die Menge und ist kurz darauf zwischen den Menschen verschwunden. Mias gute Stimmung ist verflogen und sie ist einfach nur traurig und wütend. Sie eilt ihrer Freundin nach und findet sie, mit dem blonden Barkeeper flirtend, über den Tresen gebeugt. Ja, sie hat eindeutig zu viel getrunken. Abscheu und Ekel steigen in Mia auf. Wie kann sich eine Frau – noch dazu ihre Freundin - nur so benehmen?

»Ich glaube, wir gehen jetzt besser. Ich bring dich jetzt nach Hause, verstanden?«, fragt Mia wütend und zerrt Cara vom Tresen.

»Lass mich, verdammt. Nimm deine Finger weg und geh, wenn du gehen willst. Ich halte dich nicht auf«, lallt sie wütend und schnauft verächtlich. »Ich werde noch bleiben. Ist doch grad so lustig hier, findest du nicht?«, fügt sie hinzu, schwingt sich auf einen der Barhocker - und rutscht ab. Laut kichernd landet sie auf dem Boden. Ihr kurzer Rock rutscht dabei über ihre Schenkel nach oben und lässt einen Blick auf ihre schwarze Unterwäsche erahnen – wenn sie überhaupt Unterwäsche trägt …?

»Mensch, Mädchen. Wir sollten wirklich …«, beginnt Mia wieder, doch Cara winkt unwirsch ab.

»Geh doch. Ich will nicht. Ich bleibe. Ich habe mein Ziel für heute noch nicht erreicht. Oder glaubst du, dass ich alleine nach Hause gehe? Ne, meine Liebe. Ich will schön in einem Auto chauffiert werden und eine heiße Nacht erleben. Hier ... ich hab noch genug Geld ...«, trumpft Cara auf und zieht aus ihrem Dekolletee zwei fünfzig Euro Scheine. »Das genügt für uns beide. Immerhin werde ich dafür bezahlt, wenn ich … Ach egal, unwichtig. Lass uns endlich was trinken, Süße. Ich lad dich auch ein.« Mit diesen Worten schwingt sie sich wieder auf den Hocker und schafft es tatsächlich sitzenzubleiben. Dann winkt sie dem smarten Typen hinter der Bar zu und bestellt zwei Whisky. Mia ist schockiert und kreidebleich. Jegliche Farbe ist aus ihrem Gesicht gewichen und sie schnappt nach Luft. Bezahlt? Soll das heißen, dass Cara ihr Geld mit Sex verdient? Also war sie doch mit dem DJ auf der Toilette und hat … Die Vorstellung ist für Mia so abartig, dass sie den Gedanken noch nicht einmal zu Ende denken will. Das war es also, was sie ihr die ganze Zeit sagen wollte …?

»Hör auf. Mach keinen Quatsch«, versucht Mia die Situation irgendwie zu retten und über das eben Erfahrene hinwegzureden. Sie hat nicht vor mit Cara in diesem Zustand zu diskutieren oder ihr gar die Meinung zu sagen. Dazu hat sie nicht einmal das Recht. Es ist schließlich nicht ihr Leben und sie hat keine Ahnung, was Cara dazu bewegt hat, diesen Weg einzuschlagen.

»Ne, ich höre nicht auf. Ich habe noch nicht mal richtig angefangen«, schmettert ihr Cara um die Ohren. »Wenn ich nun nicht mehr gut genug für dich bin, dann verschwinde. Ich komm schon nach Hause. Zur Not fahr ich eben mit'm Taxi, wenn es nichts wird», lallt Cara und schüttet ihren bestellten Whisky, den der Barkeeper ihr in dieser Minute vor die Nase stellt, in einem Zug hinunter. »Prösterchen Jens. Trinkste einen mit uns? Meine Freundin muss noch lockerer werden. Auch ne Hübsche, gell? Wär' doch was für dich, oder? Ich komm auch mit. Auf nen flotten Dreier hätt ich auch mal wieder richtig Bock. Frauen sind eh die besseren Liebhaber ...«, ruft sie dem Barmann, der sich aber schon wieder herumgedreht hat zu und kichert. Wieder dieses Kichern, dieses falsche, aufgesetzte, unechte Lachen, das sie an die Barbie aus dem Hotel erinnert ... Mia wird wütend und ihr Magen krampft sich zusammen. Was soll sie nur machen? Sie kann doch ihre Freundin jetzt nicht im Stich lassen, oder?

»Ich ruf uns jetzt ein Taxi. Für die U-Bahn bist du zu besoffen«, beschließt Mia wütend. Sie will die Situation, die ihr aus den Fingern gleitet, endlich beenden. So hat sie sich den Abend wirklich nicht vorgestellt. Wut und Hilflosigkeit kämpfen in diesem Moment in ihrem Inneren und sie ist sich noch nicht sicher, welche der beiden Emotionen die Oberhand gewinnen wird. Mit weit ausgreifenden Schritten durchquert sie den Raum, rempelt die Tanzenden an und bahnt sich einen Weg Richtung Ausgang. Sie muss telefonieren. In den unterirdischen

Räumen hat sie keinen Empfang und es ist viel zu laut. Sie will nach Hause. Was soll sie noch hier? Sie hätte doch lieber mit Sandrine gehen sollen … oder vielleicht wäre auch Frau Pescado, Katharina, mitgekommen ... Katharina ... Sie hätte sich nicht so verhalten. Sie hätte mit ihr gefeiert, gelacht und getanzt. Sie hätte sich nicht wie ein billiges Flittchen benommen … Katharina … In Gedanken an die Psychologin rennt Mia aus der Tür. Die letzten Worte von Cara »… mach doch, was du willst ...«, hallen noch in ihren Ohren, als Mia regelrecht ins Freie stürmt. Die klare, kalte Nachtluft die sie empfängt tut ihr gut und sie atmet ein paar Mal tief ein und aus. Über den Häusern der Umgebung steht der runde, volle Mond am Himmelszelt und tausend Sterne scheinen ihr zuzuwinken. Den Tränen nahe geht sie ein paar Schritte die Straße hinunter um sich zu sammeln und wieder zu sich zu finden. Die Gedanken drehen sich im Kreis und sie zieht die Packung Zigaretten aus der Tasche. Sie braucht jetzt einfach das Nicotin um ihre Nerven wieder zu beruhigen. So hat sie sich ihren Abend, auf den sie sich so sehr gefreut hat, nicht vorgestellt. Doch das wird ihr eine Lehre sein. Ganz bestimmt. Nicht alles, was früher einmal wichtig und gut war, ist es heute immer noch. Die Zeiten haben sich geändert. Die Menschen, die sie früher einmal bewundert und geliebt hat, haben sich weiter entwickelt - Cara in eine negative Richtung. Eine Käufliche ist sie geworden. Warum nur? Was hat das Leben ihr angetan? Als Mia den ersten Zug aus ihrer Zigarette nimmt, wird ihr schlecht und alles beginnt sich zu drehen. Schwankend sucht sie Halt an der rauen Rinde eines Baumstamms. Ihr ganzer Körper zittert - und das nicht nur, weil sie ihren Mantel an der Garderobe zurück gelassen hat. Nachdem sie die halb gerauchte Kippe mit ihrer Stiefelspitze ausgedrückt hat, zieht sie ihr Handy aus der Tasche und wählt die Nummer des Taxiunternehmens. Sie ist fest entschlossen das Etablissement so schnell wie möglich zu verlassen und den Abend aus ihrem Gedächtnis zu streichen. Ebenso wie die Nummer von Cara aus ihrem Telefonbuch. Zwanzig Minuten wird sie warten müssen, hat ihr die Dame am Telefon erklärt - ganz normal an einem Samstagabend. Unschlüssig, ob sie nun doch zurück zu Cara gehen oder lieber in der Kälte zittern soll, blickt sie noch einmal auf das Display ihres Handys und sieht, dass sie eine ungelesene Nachricht hat. Von Katharina. Die Psychologin hat sich vor mehr als zwei Stunden bei ihr gemeldet und sie gefragt, ob alles in Ordnung sei. Ja, Katharina denkt an sie. Mia schießen Tränen in die Augen und sie wischt sie mit ihrem blauen Schal beiseite. Dann entschließt sie sich, mit einer kurzen Nachricht zu antworten.

Keine zwanzig Minuten später schiebt Mia ihre maulende Freundin vor sich her zum Ausgang. Cara hatte noch das ein oder andere Gläschen Kräuterlikör, nachdem Mia das Gebäude verlassen hat und genau so benimmt sie sich auch. Sie zappelt und schreit Mia an, noch nicht nach Hause zu wollen. Doch all das ist Mia egal, denn sie will nach Hause, will in ihr Bett und den Abend endlich beenden. Das Taxi müsste bereits auf sie warten. Es ist kalt und Mia bindet sich ihren blauen Schal enger um den Hals. Einen Schnupfen kann sie nicht gebrauchen. Schließlich will sie sich bald um den Tanzkurs kümmern. Genau in dem Moment, als die beiden vor der Disco die Straße betreten, klingelt Mias Handy. Vielleicht das Taxiunternehmen …? Oder, wer würde sie an diesem frühen Sonntagmorgen anrufen? Verwundert nimmt sie den Anruf der unterdrückten Nummer entgegen.

»*Cara, steig ins Taxi. Ich nehme die U-Bahn. Ich habe kein Geld mehr*«, *sage ich zu meiner Freundin, nenne dem Fahrer die Adresse und werfe die Tür des Taxis ins Schloss. Der verwunderte Blick interessiert mich nicht. Cara ist viel zu betrunken um noch zu verstehen, was vor sich geht. Hoffentlich kotzt sie dem armen Mann nicht ins Auto. Aber auch das ist mir im Moment egal. Ich habe einen Auftrag zu erledigen. Jetzt. Ich schiebe das Handy und die blauen Tropfen zurück in meine Hosentasche und gehe zurück in die Disco. Das Feuer in meinem Innersten brennt und meine Seele schreit nach Vergeltung. Ich werde ihn töten. Mein ganzer Hass konzentriert sich auf den Mann hinter dem DJ Pult. Er hat mir den Abend versaut. Er hat Cara gefickt. Meine Cara. Meine liebe, unschuldige, kleine Cara. Was fällt dem Arsch ein? Er wird leiden. Er wird sterben. Heute Nacht. Wegen solchen Männern muss Cara sich prostituieren. Solche Männer sind der Grund, warum sie nicht mehr das unbeschwerte Mädchen von früher ist. Zielsicher gehe ich an dem Türsteher vorbei und würdige ihm keines Blickes. Ich kann sie nicht alle töten. Dann zeige ich meine Hand mit dem Stempel an der Kasse vor und betrete erneut, zusammen mit einem Schwung Menschen, die kleine Discothek. Ich höre keine Musik und auch die Stimmung interessiert mich nicht mehr. Ich gehe ohne Umwege in Richtung der Toiletten. Dort bin ich ungestört und kann meinen Plan in die Tat umsetzen. Unterwegs greife ich mir zwei Gläser von einem Tisch. Eines mit einem Rest Bier, oder was auch immer diese braune, abgestandene Brühe ist, sowie ein kleines, leeres Schnapsglas und verschwinde hinter der Toilettentür. Vor den Waschbecken drängen sich eine Menge Frauen, um ihr Make-up aufzufrischen, sich kichernd über Männer zu unterhalten oder um sich kaltes Wasser ins Gesicht zu spritzen. Wie widerlich das alles ist. Wie können sich Frauen nur so gehen lassen? Müssen sie sich den Männern so anbiedert? Sich ihnen an den Hals werfen? Ich hasse dieses Kichern und meine Wut auf die Männerwelt brennt immer stärker in meinen Innereien, scheint mich aufzufressen, mich zu verbrennen. Ich muss töten. Muss das Feuer wieder in den Griff bekommen, bevor ich verbrenne. Ich ziehe meine Packung Zigaretten aus der Handtasche und brösle den Tabak in das Glas. Neun, zehn, elf der Glimmstängel müssen dran glauben. Die Filter stecke ich in meine Hosentasche und rühre das Gebräu mit dem Finger um. Der Tabak beginnt sich in der braunen Flüssigkeit aufzulösen und es wird zu einem tödlichen Gemisch. Dann ziehe ich meine Hose und meine Strumpfhose, die ich darunter trage, aus und schütte das Gebräu durch den feinmaschigen Stoff von einem Glas ins andere. Ich achte peinlich genau darauf, dass keine verräterischen Tabakreste zurück bleiben. Dann ziehe ich mich wieder an und verlasse mit dem kleinen Schnapsglas in der Hand, in dem sich die tödliche braune Brühe befindet, die Toilette. Nun muss ich sie nur noch dem DJ zutrinken geben - und er wird sie trinken. Da bin ich mir sicher.*

»Juhu«, flöte ich dem Mann hinter der Musikanlage zu und setzte mein verführerischstes Grinsen auf. Er scheint mich zu erkennen, denn er lächelt mir zu. Die brennende Wut in meinen funkelnden Augen sieht er nicht. Sein gieriger Blick wandert über meinen schlanken Körper und bleibt dann auf meinen Brüsten liegen. Idiot!

»Na, schöne Frau? Kann ich dir einen Wunsch erfüllen? Du hast so schön getanzt vorhin. Würdest du noch einmal für mich tanzen? Ich habe bald Schluss hier. Dann könnten wir beide doch noch gemeinsam ... was Trinken gehen oder so«. Sein anzügliches Lächeln kotzt mich an. Wie konnte sich Cara nur diesem schleimigen Typen an den Hals werfen und mich dabei vergessen? Meine Wut wird immer größer und nur mit Mühe kann ich auf sein Spiel eingehen.

»Spiel für mich das Lied vom Tod«, sage ich sarkastisch.

»Wirklich...? Aber ich ...«, stottert er unsicher und wird rot. Was für ein Volltrottel.

»Nein. War ein Scherz«, beruhige ich ihn, um sein Misstrauen nicht zu wecken und schenke ihm mein bezauberndes Lächeln. Erleichtert atmet er auf und grinst zurück.

»Spiel mir ein englisches Lied über Träume und Realität, über Liebe und Leidenschaft, über Sehnsucht und Veränderung«, sage ich zu ihm und hoffe auf seinen Musikverstand. Träume sind meine Realität - das Lied passt perfekt zu meiner Situation, doch das kann der DJ nicht wissen. Er enttäuscht meine Erwartungen nicht, denn er lächelt, als hätte er einen Preis gewonnen.

»Oh, da fällt mir eines ein. Ist aber etwas zum Kuscheln. Willst du das wirklich? Du gehst aber ran. Das ist eigentlich eines meiner Schlusslieder. Aber gut, für dich mache ich eine langsame Runde. Dann komm her und lass dich in den Arm nehmen, meine Hübsche.« Ich zögere ein wenig, doch das merkt er nicht. Als die Musik anfängt, drücke ich ihm das kleine Glas mit der Giftmischung in die Hand. Ich will es hinter mich bringen.

»Oh, für mich? Du bist aber lieb. Danke sehr«, sagt er und schüttet das Gift gierig in sich hinein. Dämlicher Ignorant. Nur auf sich bedacht. Er hat nicht einmal gefragt, warum ich keines habe, warum ich nicht mit ihm anstoße, hat es einfach getrunken. Für mich ist das nur gut.

»Igitt, was war das denn? Ist ja ekelig«, sagt er angewidert und verzieht sein Gesicht zu einer Grimasse. Ich nicke nur und nehme ihm das Gläschen ab. Dann drehe ich mich um und gehe über die Tanzfläche zum Ausgang. Ich habe meine Arbeit erledigt. Den finalen Todesstoß wird das Gift für mich übernehmen. In ein paar Minuten wird ihm schlecht werden, dann wird er sich versuchen zu übergeben, aber das Gift wird sich schon lange in seinem Körper ausgebreitet haben. Sieben Zigaretten in Wasser aufgelöst sind, noch dazu in Verbindung mit Alkohol, tödlich für einen erwachsenen Mann. Geschieht ihm ganz Recht. Wenn er tot zusammen gebrochen ist, bin ich schon lange auf dem Weg nach Hause. Keiner wird den Mord mit mir in Verbindung bringen. Genau das ist der Plan und er wird mir gelingen. Das weiß ich. Alles wird gut.

- 15 -

Mia träumt. Sie weiß, dass sie irgendwo zwischen Traum und Realität gefangen ist und kann doch nicht erwachen. Sie hat Angst. Tiefe, alles umfassende Angst. Sie fühlt, dass sie sich in einem dunklen Raum befindet, weiß aber nicht wo oder wie sie dorthin gekommen ist. Ihr Herz schlägt hart und schwer in ihrer Brust und so laut, dass sie das Pochen in ihren Ohren hören kann. Alles um sie herum ist schwarz. Vollkommene Finsternis. Sie versucht verzweifelt ihr Augen aufzureißen, doch es gelingt ihr nicht. All ihre Anstrengung ist vergebens. Sie will schreien und bringt doch keinen Laut über die Lippen. Plötzlich ändert sich die Szene schlagartig und sie nimmt ein immer heller werdendes Licht wahr, das die Dunkelheit durchbricht. Der Vollmond stiehlt sich in diesem Moment durch das Fenster und beleuchtet das Zimmer, sodass sie unscharfe Umrisse erkennt. In ihren Gedanken gefangen schaut sie sich um. Liegt sie wirklich in einem Zimmer? Nein, es ist … kein Zimmer, aber der Ort kommt ihr bekannt vor. Noch genauer versucht sie die Einzelheiten zu erkennen und erstarrt. Sie liegt in einem Campingwagen. Ihr ehemaliger Wagen? Dort, wo Tom … ? Sie will weg hier. Einfach nur weg. Doch etwas in ihrem Unterbewusstsein hält sie in diesem Traum gefangen. Die Angst steigert sich und das Herzrasen nimmt zu. Ihre Hände werden feucht und sie beginnt zu frieren. Ihr ganzer Körper zittert und ihre Seele schreit nach Erlösung. Doch sie kann sich nicht bewegen. Ist sie gefesselt? Sie weiß es nicht und das Gefühl schnürt ihr die Kehle zu. Sie will brüllen, sich befreien, um Hilfe rufen, doch nichts davon gelingt ihr. Bewegungsunfähig liegt sie in diesem Bett, das ihr so fremd und doch so vertraut scheint. Sie kann die Matratze unter sich spüren, die weichen Kissen an ihren Wangen fühlen und den Rauch riechen. Rauch? Schwerer, beißender Rauch dringt in ihre Nase und Übelkeit macht sich in ihrem Magen breit. Es fällt ihr schwer ruhig und gleichmäßig zu atmen um nicht zu viel von dem Gestank in ihre Lungen zu saugen. Sie will sich übergeben, doch sie kann nicht. Feuer? Es brennt - und sie liegt hier und kommt nicht weg. Wird sie verbrennen? Woher kommt der Rauch? Die Dunkelheit hüllt sie wieder ein, der Mond ist verschwunden. Ihre Nerven sind zum Zerreißen gespannt. Sie will sich befreien, will hier weg … und ihre Anstrengungen werden belohnt. Auf einmal kann sie den Kopf drehen. Wie wild wirft sie ihn hin und her - bis sie plötzlich ihre Schultern wieder spürt. Der Rauch wird immer dichter und beißender, treibt ihr die Tränen in die Augen und ihre Hilflosigkeit droht sie zu überwältigen. Sie muss husten, würgen, sich übergeben - sie weiß, dass sie nicht aufgeben darf. Sie weiß, dass sie weg muss, - dass sie aufwachen muss. Sonst ist es zu spät … sonst wird sie … verbrennen? Vielleicht. Ersticken? Sie wird sterben. Sie will nicht sterben! Nicht jetzt! Noch einmal mobilisiert sie all ihre Kräfte … und … kann schreien. Sie schreit, wie sie noch nie zuvor geschrien hat. Sie brüllt ihre Trauer, ihre Wut, ihre Verzweiflung hinaus. Ihre Kehle schmerzt und … plötzlich ist sie wach.

Der Traum zieht sich in die hintere Ecke ihrer Seele zurück und lässt der Realität den Vortritt. Mia hat die Augen weit aufgerissen und schaut sich um. Das Herzrasen lässt langsam nach und nur ein dumpfer, stechender Schmerz bleibt in ihrem Kopf zurück. Mühsam tastet sie mit den Händen über die Matratze und fühlt, dass sie zu Hause, in ihrem eigenen Bett liegt. Die Decke ist auf den Boden gerutscht, das Kissen befindet sich am Fußende und sie liegt quer auf der Matratze. Als Mia versucht sich aufzurichten, merkt sie, dass ihr Kopf dröhnt und ihre Kehle schmerzt. Was ist bloß passiert? Noch immer kann sie nicht ganz begreifen, was der Traum zu bedeuten hat und seufzt schwer auf. In diesem Moment dringt der beißende Geruch, der sie im Traum heimgesucht hat, in ihre Lunge und lässt sie qualvoll husten. Ihr Kopf scheint zu explodieren und ihr wird erneut schwarz vor Augen. Der Qualm hängt noch immer in der Luft. Zwar lange nicht mehr so schlimm wie noch vor ein paar Sekunden, doch, wo kommt er her? Sie muss es wissen. So richtet sich Mia unter Aufbietung all ihrer Willenskraft auf, drängt die Kopfschmerzen weitestgehend zurück und rollt sich an den Rand ihres Bettes. Die Balkontür steht einen Spalt breit offen und die Gardinen bewegen sich im Wind. Immer wieder fällt ein Sonnenstrahl hindurch und tanzt über den braunen Parkettfußboden. Langsam dreht sie sich aus dem Bett und setzt einen Fuß nach dem anderen auf den Teppichvorleger. Ihre Hände hat sie an den Kopf gepresst um ihn am zerspringen zu hindern. Als sie an sich herunter schaut, bemerkt sie, dass sie nur ihre Unterwäsche trägt. Schon wieder? Wie neulich. Was ... warum ...? Doch allein der Versuch einen klaren Gedanken zu fassen, lässt ihren Magen erneut Achterbahn fahren. Jeder Schritt bereitet ihr Übelkeit und ihr Magen rebelliert. Seufzend verdrängt sie die Überlegungen bezüglich ihrer Nachtwäsche auf einen späteren Zeitpunkt und schleppt ihren schmerzenden Körper mühsam auf den Balkon. Was ist nur passiert? Bruchstückhaft kehren die Erinnerungen an den vergangenen Abend zurück und sie seufzt erneut. Hat sie doch mehr getrunken, als sie normalerweise verträgt? Dabei war es doch eigentlich gar nicht so viel, oder? Die Luft, die sie empfängt ist kühl und angenehm auf ihrer erhitzten Haut. So um die Zehn Grad, schätzt Mia instinktiv. Um den dröhnenden Kopfschmerz unter Kontrolle zu bekommen, reibt sie sich mit dem

Handrücken den milchigen Schleier von den Augen und massiert ihre Schläfen. Langsam klärt sich ihr Blick und sie kann nun schemenhaft ihren Nachbarn auf dem angrenzenden Balkon erkennen, der eine brennende Zigarette in den Händen hält und den blauen Dunst in die klare Herbstluft bläst. Genau dieser Qualm zieht zu ihr ins Zimmer. Erleichterung, dass es doch nicht brennt, macht sich in Mia breit und noch bevor der Nachbar sie entdecken kann, tritt Mia zurück ins Zimmer, schließt die Balkontür und zieht die Gardinen vor. Sie will ihre Ruhe. Noch nicht einmal das Radio schaltet sie ein. Ihr ist schlecht, ihr Kopf hämmert und die Gedanken beginnen erneut zu kreisen.

»Erstmal einen Kaffee und eine heiße Dusche, damit ich wieder zum Mensch werde«, murmelt Mia leise und ist über ihre eigene raue Stimme erschrocken. Wird sie krank? Das hat ihr gerade noch gefehlt. Mit hängenden Schultern schleicht sie in die Küche um heißes Wasser für den Kaffee aufzusetzen. Dann holt sie einen Filter aus dem Küchenschrank, füllt Kaffeepulver hinein und setzt ihn auf eine Thermoskanne. Natürlich hätte sie sich schon längst eine dieser neumodischen Maschinen anschaffen können, die zurzeit so Mode sind. Aber sie liebt ihn handgebrüht. Allein schon der Geruch von frischem Kaffee weckt bei ihr die Lebensgeister - und das nicht nur morgens. Nachdem das Wasser gekocht und sie die heiße Flüssigkeit in den Filter gegossen hat, lässt sie dem Gebräu Zeit. Langsam tropft der Kaffee in die Kanne und sie geht ins Bad um sich die ersehnte Dusche zu gönnen. Das heiße Wasser fließt über ihre Haare, ihr Gesicht und ihren Körper und verschwindet, zusammen mit den dunklen Schatten der Angst, blubbernd im Ausguss. Was war das nur für ein Traum? Man sagt, dass sich das Unterbewusstsein einen Weg durch die Träume an die Oberfläche bahnt. Hat sie von Tom geträumt? War sie Tom?

Aber sie hat doch gar nichts mit seinem Tod zu tun und es belastet sie auch nicht mehr. Oder doch? So lange ist das noch nicht her - doch, ein knappes, halbes Jahr schon. Wie die Zeit vergeht ... und warum dann ausgerechnet jetzt? Hat das mit letzter Nacht zu tun? Mit der Party gestern? Cara? Cara! Die soll sich bloß nicht trauen, ihr noch einmal ohne Entschuldigung unter die Augen zu treten. Sie so zu belügen und lächerlich zu machen. Ausgerechnet Cara. Von ihr hätte sie das am Wenigsten vermutet. Ganz eindeutig. Aber warum nur? Enttäuschung, Wut und Trauer steigen wie rote, glühende Lavablasen in Mia auf und sie greift automatisch nach dem grün-weißen Putzschwamm, der auf dem Badewannenrand liegt, um sich zu schrubben. Erst sanft, dann immer fester beginnt sie jeden Teil ihres Körper so lange zu bearbeitet, bis sich die obere Hauschicht löst und sie zu bluten beginnt. Das hat sie schon so lange nicht mehr gemacht und sie weiß, dass sie das nicht darf und wieder aufhören muss. Aber es ist dieser Zwang, der sie beherrscht. Sie muss es tun. Sie muss sich bestrafen. Für alles, was sie gedacht und getan hat. Sie ist es nicht wert, geliebt zu werden. Dabei sehnt sie sich so sehr nach einer liebevollen, sanften Berührung. Ihre Seele schreit nach Zärtlichkeit. Doch sie wird sie nicht bekommen. Weder von einer Frau - einer Frau, die sich früher Freundin nannte - noch von einem Mann. Von niemandem. Sie ist wertlos und unwürdige geliebt zu werden. In diesem Moment fühlt sie sich klein und bedeutungslos - wie ein winziger Tropfen im großen, weiten Meer, wie ein einzelnes Sandkorn am Strand. Eine traurige, verwundete Seele, die niemand will, die nur stört - wie ein falscher Strich auf einem Stück Papier ... wie etwas, das nicht sein darf und das ausradiert gehört ...

Als sie sich ihre grausamen Gedanken bewusst wird, bricht sie wimmernd in sich zusammen. Ihr Selbstmitleid ist grenzenlos und sie kann sich nicht befreien.

»Warum ...?«, jammert Mia tonlos. »Ich hatte es doch so schön unter Kontrolle«. Dicke Tränen rollen über ihre Wangen und sie kauert sich schluchzend in der Duschwanne zusammen. Ihre Haut brennt wie Feuer und ihr Magen rebelliert. Bittere Galle schießt in ihre Mundhöhle und sie würgt solange, bis sie keine Kraft mehr hat. Tom hat zu seinen Lebzeiten wirklich ganze Arbeit geleistet. Seine Beschimpfungen und Vorwürfe haben sich so tief in ihrer Seele verankert, dass sie trotz erfolgreicher Therapie immer wieder in alte Verhaltensmuster zurück fällt. Dabei hat sie doch so gute Fortschritte gemacht …

Nach einer kleinen Ewigkeit, in der das Wasser ihren Körper beinahe aufgeweicht hat, kommt Mia langsam wieder zur Besinnung. Ihre Augen sind geschwollen und sie zittert, trotz des warmen Wassers, am ganzen Körper. Hilfe. Sie braucht Hilfe! Mia beschließt, ihre Therapeutin anzurufen und ihr von der Nacht, ihrem Traum und ihrem erneuten Waschzwang zu berichten. Ganz bestimmt fällt Katharina eine Lösung ein, da ist sich Mia sicher. Mit diesem hoffnungsvollen Gedanken richtet sie sich auf, greift nach dem bereitgelegten Handtuch und trocknet sich vorsichtig ab. Ihre Wunden schmerzen entsetzlich, aber sie will nicht mehr jammern.

»Zumindest ist der Schmerz in meinem Kopf verschwunden und es war auch schon mal viel schlimmer«, versucht sie sich gut zuzureden. Der Klang ihrer eigenen Stimme hilft ihr und bringt sie noch ein Stück mehr die Realität zurück. In ihrer schlimmsten Zeit hat sie sich ihre Haut fast jeden Tag blutig geschrubbt. Sie hat sich schmutzig und wertlos gefühlt. Nicht zuletzt, weil Tom ihr das immer wieder eingeredet hat. Sie hasst ihn so sehr

– auch, wenn er tot ist! In diesem Moment übernimmt die blanke Wut auf Tom ihr Denken und die Hilflosigkeit zieht sich wie graue Nebelschwaden zurück.

»Gut so! Besser wütend, als verletzlich«, sagt sie zu ihrem Spiegelbild, dass ihr in diesem Moment entgegen blickt. Die tiefen, schwarzen Ringe unter ihren Augen und ihre Haare, die nass und strähnig herunterhängen, lassen sie erschaudern. Was für ein bemitleidenswerter Anblick. Das letzte Mal, als sie sich so im Spiegel gesehen hat, ist lange her. Damals hat ihr ein Lied wieder neuen Mut geschenkt. Genau dieses Lied beginnt Mia, erst leise und dann immer lauter zu singen.

»Ich brauch einen Kaffee und eine Zigarette«, sagt sie erneut zu ihrem Spiegelbild, als sie geendet hat und streckt ihm lächelnd die Zunge heraus. »Ich bin stark und gebe nicht auf! Niemals!«

Mia schlüpft in ihren weißen, flauschigen Bademantel und bindet sich den Gürtel zu. Dann geht sie in die Küche, schüttet sich das braune Lebenselixier in ihre weißgrüne Lieblingstasse mit dem Frosch darauf und gibt einen kräftigen Schuss Milch hinzu. Den ersten Schluck genießt sie noch im Stehen, bevor sie sich auf die Suche nach ihren Zigaretten begibt.

»Gestern hatte ich sie doch noch dabei«, grübelt Mia leise vor sich hin. »Also müssen sie in meiner Hose oder in der Handtasche … ? Perfekt! Da sind sie«. Auch das Feuerzeug kann sie erfühlen und zieht beides ans Tageslicht. Als sie die Packung öffnet, erschrickt sie. Wieso befinden sich nur noch zwei Zigaretten darin? Hat sie gestern so viel geraucht? Kann eigentlich nicht sein, denn in der Discothek herrscht Rauchverbot und nur vor der Tür kann man seiner Sucht nachgehen. Aber sie war doch gar nicht dort - erst ganz zum Schluss, als sie das Taxi gerufen hat und die Packung war fast voll gestern Abend, bevor sie gestartet ist. Kommen ihre Kopfschmerzen von dem hohen Nikotinkonsum? Das würde zwar ihren körperlichen Zustand ansatzweise erklären, aber sie kann es sich nicht vorstellen. Also, wo sind die ganzen Glimmstängel hin? Verwundert zündet sie sich eine der Letzten an und tritt auf den Balkon. Eigentlich wollte sie doch aufhören - eigentlich ... aber sie hat es nicht getan. Warum nur? Stress? Angst? Frust? Sie weiß es nicht. Sie weiß nur, dass sie wieder aufhören muss. Es tut ihr nicht gut. Sie will ihr Leben ändern, alles aus der Vergangenheit abschaffen. Ein neuer Mensch werden - und da gehört dieses Laster nun mal dazu. Vielleicht verschwinden dann auch endlich die Kopfschmerzen und der grausame Geschmack auf der Zunge. Wenn es nur nicht so schwer wäre. Mia seufzt auf, drückt den Glimmstängel aus und geht ins Zimmer zurück. Sie wird aufhören. Ganz bestimmt. Doch nicht heute. Morgen vielleicht. In diesem Moment beschließt sie, noch einen Spaziergang zu machen, das schöne Wetter zu genießen und auf dem Weg am Kiosk vorbei zu gehen, um sich eine neue Packung zu kaufen. Die Letzte. Das verspricht sie sich wieder einmal selber - wie schon so oft zuvor.

- 16 -

Mia zieht sich ihre Jeans, einen Pulli und eine Jacke an, schlüpft in ihre Turnschuhe und schnappt sich beim Verlassen des Hauses ihren Schal. Draußen ist es trotz der wärmenden Sonnenstrahlen empfindlich kühl. Ja, es wird Winter, denkt sie, als sie die Straße hinunter läuft. Die Bäume verlieren langsam ihr buntes Kleid und auch der Wind, der mit kalten Fingern ihre Haut streichelt, ist stärker geworden. Doch die Luft tut ihr gut und bläst ihre

Gedanken fort. Wo will sie hin? Kurz am Kiosk vorbei und dann ...? Sie lässt sich treiben, wie eines der bunten Blätter im Wind, schlendert ziellos durch die fast leeren Straßen der Stadt und befindet sich plötzlich an einer Haltestelle. Neugierig schaut sie auf den Fahrplan, als genau in diesem Moment der Bus um die Ecke biegt und sie zusteigt. Weg. Einfach nur weg. Am liebsten ans Meer. Aber das ist dann doch zu weit. Also muss der See vorerst genügen – Endhaltestelle. Träumend blickt sie während der Fahrt aus dem Fenster und lässt die Welt an sich vorüber ziehen. Am See war sie schon so lange nicht mehr, dabei liegt dieser so wunderschön idyllisch am Rande eines kleinen Waldes. Früher, als Kind, war sie oft zusammen mit ihren Eltern rund um den See gewandert und hat sich später gerne mit ihren Freundinnen dort getroffen. So viele wundervolle Stunden hat sie auf der Liegewiese vor dem See in der Sonne verbracht und auch ihren ersten, scheuen Kuss hat sie dort bekommen, im Schatten der großen Eiche. Felix, der damals mit ihr die gleiche Klasse besuchte, war der Schwarm der Unterstufe gewesen und jedes Mädchen hat sie um diesen Kuss beneidet. Trotz seines umwerfenden Äußeren war er einer der schüchternsten Jungen gewesen, die Mia je kennengelernt hat. Dieser Kuss war nur das zarte Berühren von kindlichen, unschuldigen Lippen gewesen und doch hat sie sich damals wie eine Prinzessin gefühlt. Sie haben diesen Sommer gemeinsam verbracht, viel gelacht und Spaß gehabt. Mia muss lächeln, als sie daran denkt. Es war der schönste Sommer ihrer Jugend gewesen, der damit endete, dass Felix auf ein Internat geschickt wurde. Ab dem Moment haben sie sich aus den Augen verloren. Was wohl aus dem schüchternen Jungen von damals geworden ist? Ob es ihm gut geht? Ob er verheiratet ist und Kinder hat, so wie er es immer wollte? Mias Lächeln verebbt, als sie daran denkt, wie ihr Leben verlaufen ist. Bestimmt nicht so, wie sie es sich damals ausgemalt hat. Allein das letzte halbe Jahr, das sie hinter Mauern, die sie vor sich selber und vor anderen schützten, verbracht hat, war eine besondere Zeit gewesen. Doch diese Zeit war wichtig für sie, auch wenn der Grund dafür grausam gewesen war. Sie hat in dieser Zeit so viel gelernt, neue Freundschaften geschlossen und war reifer geworden.

»Hallo, junges Fräulein. Wir sind da. Würden Sie bitte aussteigen?«, spricht sie der Busfahrer genervt an und reißt sie aus ihren Träumen. Warum ist er nur so unfreundlich? Hat sie die ganze Fahrt geträumt?

»Bin schon weg. Entschuldigung und schönen Tag noch«, sagt Mia hektisch, springt hoch und hinaus auf die Straße. Der Fahrer schaut ihr kopfschüttelnd hinterher.

Der See ist noch immer so wunderschön, wie sie ihn in ihren Erinnerungen trägt. Die grün–blaue Wasseroberfläche kräuselt sich durch den Wind und Mia steht ruhig am Ufer. Sie blickt in die Ferne und genießt die Freiheit. Sie hätte schon viel früher hier her kommen sollen … Nächste Woche wird sie sich erst einmal um den Tanzkurs kümmern und dann … einfach mal weiter sehen, was das Leben noch für sie bringt. Der Ausrutscher von diesem Morgen fällt ihr wieder ein und sie streift sich unbewusst über ihre Arme. »Nicht schlimm«, beruhigt sie sich selber. Alles braucht Zeit, alles wird gut. Tief in Gedanken versunken schlendert Mia am Ufer des Sees entlang, lässt sich den Wind um die Nase wehen, betrachtet die Schwäne, die stolz ihre Runden drehen und genießt die Sonne auf ihrem Gesicht. Auf einer hölzernen Bank macht sie eine kurze Pause, zieht ihre Packung Zigaretten heraus und streckt die Beine von sich. Wie schön wäre es jetzt, säße Sven neben ihr. Er würde bestimmt seinen Arm um sie legen und sie wärmen. Sie würden sich unterhalten, vielleicht etwas Musik aus dem Handy hören und sich über alles Mögliche unterhalten. Warum hat er sich nicht mehr bei ihr gemeldet? Bestimmt hat er einfach nur zu viel zu tun und schafft es nicht. Trotzdem ist Mia einen Moment traurig und überlegt, ihn einfach anzurufen. Sie zieht ihr Handy aus der Tasche und stockt. Was soll sie sagen? Was, wenn er sie gar nicht sprechen will? Wenn alles nur auf den Zauber der Nacht und den Rotwein zurückzuführen ist? Zweifel machen sich in ihrem Inneren breit und sie traut sich nicht mehr. Mutlos steckt sie ihr Handy wieder ein und steht auf, um ihren Weg am See fort zu setzten.

Es ist kurz vor Zwölf Uhr und ihr begegnen nur wenigen Menschen. Die Meisten werden beim Essen sitzen oder noch schlafen, überlegt Mia. Ihr gefällt die Ruhe und Einsamkeit. Sie braucht jetzt keine Menschenmassen um sich herum. Der gestrige Abend hat ihr gezeigt, dass sie noch nicht bereit ist, sich unter Menschen zu begeben, die sie nicht kennen und mit denen sie nicht umgehen kann. Die Bilder von Cara, die sich volltrunken über den Tresen lehnt, tauchen vor ihrem geistigen Auge auf und sie schiebt die Erinnerungen beiseite. Sie hat keine Lust darüber nachzudenken.

Als sie wenig später an einem kleinen Restaurant vorbei kommt, beschließt sie spontan einzukehren und sich einen heißen Tee zu gönnen, denn mittlerweile haben sich einige dicke Wolken gebildet, die Regen versprechen. Natürlich hat sie wie immer keinen Schirm dabei, aber sie vertraut darauf, dass der Schauer noch etwas auf sich warten lässt. Auch der Wind hat aufgefrischt und sie friert in ihrer dünnen Lederjacke. Als sie den Gastraum betritt, ist sie angenehm überrascht. Sie sucht sich einen kleinen Platz am Fenster, bestellt sich ein Kännchen Früchtetee bei der Bedienung und lehnt sich entspannt zurück. Es war eine gute Entscheidung gewesen hier einzukehren, denn die Wolken haben sich verdichtet und der Regen trommelt gegen die Fensterscheiben. Es scheint wirklich nur ein Schauer zu sein, denn am Horizont kann sie einen leuchtend schönen Regenbogen erkennen, der sich über die Bäume des angrenzenden Waldes spannt. »Sonne und Regen innig verwoben, spannen sich hier zu leuchtenden Bogen«, murmelt sie einen Satz aus ihrem Gedicht vor sich hin, das sie neulich erst geschrieben hat. Als ihr Tee gebracht wird, lächelt sie der älteren Dame, die Rock und Bluse im Landhausstil trägt, zu und bedankt sich. Diese lächelt freundlich zurück, stellt das Stövchen auf die weiße Tischdecke, entzündet das Teelicht darin mit ihrem Feuerzeug und stellt die Glaskanne darauf.

»Scheußliches Wetter, was?«, beginnt die Dame und Mia nickt. »Ja, man merkt, dass der Winter nicht mehr lange auf sich warten lässt. Dieses Jahr war ohnehin sehr verregnet und nun sollen wir bald den ersten Schnee bekommen – und das Anfang November. Das Wetter ist auch nicht mehr das, was es früher mal war«, fährt sie fort und zwinkert Mia zu. »Aber Sie sind noch so jung, Kindchen. Sie können sich bestimmt nicht mehr an die heißen Sommer erinnern, die wirklich noch Sommer waren.« Mia muss lachen und fragt sie Dame, ob sie sich an das bekannte Lied aus den siebziger Jahren erinnern kann, in dem genau diese Thematik besungen wird.

»Natürlich kann ich. Ein tolles Lied«, sagt die sympathische Kellnerin und brummelt lachend die erste Zeile des Liedes. »Danke für das nette Gespräch«, beendet sie den Smalltalk und wünscht Mia noch einen wunderschönen Tag. »Ich muss mich jetzt um die anderen Gäste kümmern. Aber, ich würde mich freuen, Sie bald wieder als meinen Gast begrüßen zu dürfen. War wirklich nett mit Ihnen zu plaudern. Schön, dass es noch so nette, junge Frauen wie Sie gibt«, zwinkert sie Mia erneut zu, als sie sieht, wie diese rot anläuft.

»Ja, sehr gern. Vielen Dank«, lächelt Mia zurück, greift nach der Kanne und schenkt sich den herrlich duftenden Tee ein. Die zierliche Tasse aus Porzellan erinnert Mia an ein Puppengeschirr, das sie als Kind besessen hat und es passt perfekt zu der gesamten Einrichtung. Überall hängen Bilder an den Wänden, die Bänke und Tische haben schon einige Jahre auf dem Buckel – genau wie die Kellnerin – und auch der Nippes lässt den kleinen Raum überfüllt aber gemütlich erscheinen. Mia fühlt sich wirklich wohl. Nur wenige Menschen sitzen an den Tischen, obwohl es Mittagszeit ist. Das wundert Mia etwas, doch sie schiebt es auf das schlechte Wetter, das mittlerweile herrscht. Der leuchtende Bogen ist verschwunden und der Regen prasselt monoton gegen die kleinen Fensterscheiben. Das Geräusch ist so beruhigend, die Atmosphäre so angenehm und sie ist so müde, dass sie Gefahr läuft einzuschlafen, als die Tür aufgeht und ein Pärchen den Raum betritt. Ein kräftiger Windstoß wirbelt ein paar Blätter in den Raum und Mia ist mit einem Schlag wieder hellwach. Lächelnd beobachtet sie die Frau, die ihre nassen Haare ausschüttelt und ihre Jacke an die Garderobe hängt. So wie es aussieht gibt es noch mehr Menschen, die heute ohne Regenschirm das Haus verlassen haben, grinst Mia in sich hinein. Wie beruhigend. Das Pärchen unterhält sich unterdessen angeregt und setzt sich an den Tisch direkt hinter Mia, sodass diese jedes Wort der Beiden verstehen kann.

»... unfassbar, das sag ich dir. Der muss einfach so zusammengebrochen sein und jede Hilfe kam für den Mann zu spät. Ich stelle mir das grausam vor«.

»Ja, ich habe es heute Morgen auch im Radio gehört. Er soll ja auch eine Frau und eine kleine Tochter zurücklassen. Wie kann so etwas nur passieren?«, antwortet der Mann und seine Begleitung nickt.

»Gut, dass wir gestern doch nicht zu der Achtziger Jahre Party gegangen sind. Stell dir das mal vor. Weiß man eigentlich schon, ob es Mord oder ein Unfall war?«

»Nein, ich glaube nicht. Aber, das wird die Polizei schon heraus bekommen. Die Ermittlungen haben ja gerade erst begonnen.« Mia, die gerade einen Schluck Tee trinken wollte, lässt ihre Tasse wieder sinken. Ihre Hand zittert und jegliche Farbe ist aus ihrem Gesicht gewichen.

»Entschuldigung. Darf ich Sie etwas fragen?« Ihre Stimme ist nur ein Flüstern, als sie sich an die Beiden wendet. Sie muss einfach wissen, was genau passiert ist. Die Frau schaut Mia auffordernd an und nickt.

»Sie sprachen gerade von … also, ich habe Ihre Unterhaltung …«, stottert Mia und räuspert sich, bevor sie fortfährt. »Können Sie mir sagen, was genau geschehen ist? Ich meine, was im Radio gesagt wurde und …«

»Na ja, so genau wissen wir das auch nicht, wir waren schließlich nicht dabei. Aber im Radio haben sie heute Morgen gesagt, dass gestern Nacht ist in der Discothek »New Yorkers« der DJ umgekommen ist. Die Polizei tippt auf Vergiftung. Aber was genau passiert ist … Vielleicht gibt es morgen schon näheres …«, antwortet ihr die Dame aufgeregt und ihr Mann nickt zustimmend.

»Oh ja. Es muss …«, fügt er noch hinzu, doch seine Stimme erreicht Mias Gedanken bereits nicht mehr. Alles um sie herum beginnt sich zu drehen, ihr Herz rast und schwarze Nebelschwaden hüllen ihre Gedanken ein. Dunkle Erinnerungsfetzen an ihren Traum - Traum? - wabern durch ihr Bewusstsein. Wie in einem Film, in dem sie die Hauptrolle spielt, sieht sie das Flackern bunter Lichter, riecht eine Mischung aus Parfum, Alkohol und Schweiß, und hört das monotone Gemurmel der Menschen um sich herum. Hämmernde Bässe dröhnen in ihren Ohren und vermischen sich mit ihrem eigenen, rasenden Herzschlag. Die rot bemalten Lippen von Cara erscheinen vor ihrem inneren Augen und lächeln ihr zärtlich zu. Die Szene ändert sich schlagartig und ein schrilles Kichern dröhnt in Mias Gedanken. Automatisch presst sie sich die Hände an die Ohren und reißt die Augen auf. Sie will schreien, will, dass die Bilder in ihrem Kopf verschwinden, will, dass sie wieder in die Realität zurückfindet – doch kein Ton dringt über ihre blutleeren Lippen. War es wirklich nur ein Traum? Träume sind meine Realität? Der Text des Liedes ... sie kennt ihn, hat ihn gestern gehört ... In der Disco, in der sie mit Cara war. Der DJ hat es gespielt. Der Typ, der Cara angemacht hat. Tod! Der Mann ist tot! Aber warum ... und wie ... und wieso schon wieder da, wo sie auch gewesen ist? Bringt sie Unglück über die Menschen? Jedes Mal, wenn sie das Haus verlässt, stirbt jemand. Heute auch? Liegt es an ihr? Angst fließt durch ihre Adern wie glühende Lava und droht sie zu überfluten. Ihr Magen krampft sich zusammen und alles wird schwarz vor ihren Augen. Kalter Schweiß rinnt ihr über die Stirn und sie muss würgen.

»... Ihnen nicht gut? Holt doch mal jemand einen Krankenwagen!«, hört sie die Stimme des Mannes wie durch Watte, bevor sie in die gnädigen Arme der Ohnmacht sinkt. Schlafen. Einfach nur schlafen. Ohne Traum, ohne Gedanken ... ohne Mord.

- 17 -

»Mia! Liebes! Hörst du mich?« Die Stimme von Cara durchdringt mühsam die schwarzen Schatten, die sich daraufhin beleidigt zurückziehen. Wie flüssiger Teer fühlen sich ihre Gedanken an und ihr Körper ist schwer wie Blei. Wo ist sie? Warum ...?

»Cara?«, krächzt Mia. Ihr Hals brennt und ihre Stimme klingt wie die einer Fremden. Cara reicht ihr ein Glas mit Wasser und hält es ihr an die Lippen.

»Da, trink erstmal. Was machst du nur immer für Sachen?« Die Freundin klingt beunruhigt und in ihrem Augenwinkel kann Mia eine Träne entdecken.

»Wo bin ich?«

»Im Krankenhaus. Du bist zusammen gebrochen. War wohl doch etwas viel gestern, oder? Dabei habe ich doch zu viel getrunken, nicht du.« Ganz langsam kehren die Erinnerungen zurück und Mia stöhnt auf. Als sie sich umblickt, kann sie einen Schlauch erkennen, der zu ihrem Arm führt.

»Beruhigungsmittel?«, flüstert sie schockiert.

»Ja, ich glaube. Warte, ich ruf mal die Schwester«. Cara steht auf und bevor Mia noch etwas erwidern kann, ist sie aus ihrem Gesichtsfeld verschwunden. Cara? Warum ist Cara bei ihr? Woher weiß sie, dass … Mia hat sich doch geschworen, kein Wort mehr mit dieser Fremden zu reden. Aber heute schaut Cara normal aus. Kein geschminktes Gesicht, keine hochhackigen Schuhe, die blonden Haare zu einem Pferdeschwanz gebunden – ganz so, wie sie es von früher kennt. Aber, was ist mit der Entschuldigung? Nicht jetzt. Vielleicht irgendwann … aber, warum ist Mia hier? Schon wieder ein Krankenhaus? Wie sie diese weißen Wände hasst. Sie hat sich doch geschworen, nie wieder eines von innen zu sehen - zumindest nicht in nächster Zeit. Ein dicker Kloß macht sich in ihrem Hals breit und Mia schluckt. Doch sie kann die Tränen nicht zurück halten.

»Hallo Frau Peterson«, sagt in diesem Moment eine ihr vertraute Stimme. Die Krankenschwester kennt sie noch. Ist sie wieder in der Psychiatrie? Panik steigt in ihr auf. Aber sie hat doch gar nichts gemacht …

»Ganz ruhig. Alles ist gut. Sie hatten einen Nervenzusammenbruch und daher hat man Sie hier eingewiesen. Aber, wenn alles geklärt ist, dann dürfen Sie bereits morgen die Klinik schon wieder verlassen. Eine Nacht zur Beobachtungen müssen Sie aber noch bleiben. Sie haben schließlich das ganze Lokal zusammen gebrüllt. Zumindest hat das die Wirtin berichtet, die den Krankenwagen gerufen hat. Was ist denn passiert, das Sie so aufgeregt hat?« Mia weiß es wirklich nicht. Sie kann sich beim besten Willen nicht daran erinnern und schüttelt den Kopf. Ihre Tränen fließen noch immer und sie kann sie nicht stoppen. Cara reicht ihr von der andern Seite ein Taschentuch und tupft ihr im Gesicht herum. Doch die lieb gemeinte Geste lässt die Tränen erst richtig fließen.

»Lassen Sie sie ruhig weinen. Das befreit - und vielleicht kommen dann die Erinnerungen zurück«, sagt die Schwester zu Cara.

»Also ist das kein Beruhigungsmittel?«, hakt Cara nach und die Schwester schüttelt den Kopf.

»Nein. Das ist nur Kochsalzlösung. Die Beruhigungsspritze hat sie bereits im Krankenwagen bekommen. Die Tränen jetzt sind eine ganz normale Reaktion des Körpers. Ich werde mal Ihre Therapeutin anrufen. Vielleicht kommt Frau Pescado heute noch zu Ihnen ins Krankenhaus.«

Mia kann nur nicken. Ja, ihre Psychologin muss her. Sofort! Nur sie kann ihr helfen. Das weiß Mia genau.

»Schlafen Sie am besten noch ein bisschen«, schlägt die Schwester vor und dreht sich herum, um das Zimmer zu verlassen. Cara folgt ihr leise und in dem Moment fallen Mia ihre müden, verweinten Augen zu. Der Schlaf schlägt wie eine Welle über ihr zusammen.

Doch der Schlaf ist kein ruhiger. Mia wirft sich zuckend in ihren Laken hin und her. Sie träumt wirres Zeug und als sie aufwacht, ist sie durchgeschwitzt. Sie friert und Gänsehaut bedeckt ihren Körper. Die Bettdecke ist auf den Boden gerutscht und ihr Leib ist nur mit einem dünnen Krankenhausnachthemd bedeckt. Noch halb im Schlaf beugt sie sich hinunter und angelt die Decke vom Boden. Auch diese ist feucht von ihrem Schweiß und die Wärme will sich einfach nicht einstellen. Zitternd liegt sie bis zur Nasenspitze eingewickelt in ihrem Bett und hat die Augen geschlossen. Die typischen Geräusche des Krankenhauses dringen an ihr Ohr. Sie kennt das alles. Sie hört, wie die Krankenschwestern mit schnellen Schritten den Gang auf und ab laufen, wie sich die Besucher der Patienten in den Gängen unterhalten und wie das Geschirr klimpert. Bald wird es Abendessen geben. Eine Scheibe Brot, eine Scheibe Wurst oder Käse und ein Päckchen Butter. Von diesem spärlichen Mahl ist sie noch nie satt geworden. Mia beschließt, später noch in den Kiosk zu gehen und sich etwas Schokolade zu besorgen. Das beruhigt bekanntlich auch die Nerven. Wenn sie sich überhaupt wieder aus dem Bett traut. Ihr ist immer noch kalt, doch langsam lässt das Zittern nach und sie starrt in das Halbdunkel ihres Zimmers. Draußen ist es bereits stockfinster, dabei ist es noch gar nicht so spät. Aber die Sonne geht um diese Jahreszeit schon sehr früh unter und die grauen Wolken tun ihr übriges. Es regnet noch immer – oder schon wieder. Das Klopfen der Regentropfen beruhigt sie und langsam kommt sie wieder zu sich. Sie greift nach dem Lichtschalter, der über ihrem Kopf baumelt und streift die Schatten ihres Traumes ab. Warum träumt sie zurzeit so wirres Zeug? Was ist nur mit ihr los? Immer wieder spielt das Feuer eine große Rolle. Krampfhaft versucht sich Mia an den letzten Traum zu erinnern und nach einer Weile formen sich ihre Gedanken zu bunten Bildern. Dieses Mal hat sie eine brennende Person gesehen, die ihr direkt in die Augen geschaut hat. Die Flammen haben um den Kopf des Menschen, den sie nicht erkannt hat, gelodert - doch kein Wort kam über dessen Lippen. Kein Hilfeschrei, kein wildes Schlagen mit den Armen – nichts. Sie hat nur den fragenden Blick und die stumme Verzweiflung in den Augen gesehen. Allein die Gedanken an ihren Traum lassen Mia erneut frösteln. War sie das? Oder jemand anderes? Ein Mann? Eine Frau? Warum brennt diese Person? Ist das alles nur ein Traum oder eine böse Vorahnung? Die Gedanken drehen sich in ihrem Kopf und sie stöhnt leise auf.

Unter das monotone Tropfen des Regens mischt sich plötzlich ein anderes Klopfen und zerreißt Mias Gedankenblase. Es kommt von der Tür. Jemand steht davor und wartet darauf, hereingebeten zu werden.

»Ja, bitte«, ruft Mia mit belegter Stimme und die Klinke wird herunter gedrückt.

»Frau Peterson, Mia! Was machen Sie nur«, die Stimme von Frau Pescado erreicht Mias Ohr und prompt schießen ihr erneut Tränen in die Augen. Dieses Mal vor Erleichterung.

»Frau Pescado, Katharina! Du ... ähm Sie sind gekommen!« Mia richtet sich ruckartig auf und ihr wird schwindelig. Wann wird sie endlich lernen, es langsam angehen zu lassen. Schnell ist Frau Pescado bei ihr und verhindert einen Sturz aus dem Bett. Dann zieht sie einen der weißen Plastikstühle heran und setzt sich.

»Danke«, haucht Mia erleichtert und die Psychologin lächelt.

»Man kann Sie aber auch keine Minute alleine lassen. Was ist passiert? Erzählen Sie«, fordert sie Mia auf und diese räuspert sich. Dann berichtet sie von ihrem Abend mit Cara in die Disco, von ihren Träumen, von ihrem Ausflug und dem Zusammenbruch. Die Psychologin hört aufmerksam zu und unterbricht sie nicht. Ab und zu runzelt sie die Stirn, schaut skeptisch oder nickt wissend. Als Mia geendet hat, herrscht nachdenkliches Schweigen zwischen den beiden Damen.

»Was sagen Sie dazu? Warum ist das so? Wie …?« Mia's Stimme ist nur noch ein weinerliches Flüstern, denn sie hat sich die Lösung ihrer Probleme von der Frau an ihrem Bett erwartet. Sie hat es doch studiert. Sie kennt doch die Abgründe der menschlichen Psyche und muss wissen, was jetzt zu beachten ist. Oder nicht? Die Psychologin steht von ihrem Platz neben dem Bett auf, geht ein paar Schritte im Zimmer auf und ab und hat die Stirn in Falten gelegt.

»Mia, ... was soll ich sagen? Ich weiß nicht, warum die Morde in Ihrer Nähe geschehen. Zufall...? Morde geschehen nun mal auf unserer Welt. Allein schon, wenn Sie die Nachrichten hören ...«. Mia schaut fassungslos. Sie hat auch keine Ahnung?

»Aber die Träume? Warum träume ich davon und warum ist alles so real? So, als wenn ich ...«. Mia bremst ihren Redefluss und stoppt ihre Gedanken. Sollte etwa SIE die Morde ... nein. Das kann sie sich nicht vorstellen ... völlig ausgeschlossen.

»Was wollten Sie sagen?«, fragt Katharina Pescado und schaut ihre Patientin durchdringend an.

»Ach, nichts - ich habe nur laut gedacht. Aber komisch ist das alles schon, oder?«, versucht Mia abzulenken – und es gelingt ihr.

»Ich glaube, wir müssen noch weiter in Ihre Kindheit zurück. Vielleicht könnten wir noch einmal eine Hypnose …?«, beginnt die Psychologin und Mia stellen sich automatisch die Nackenhaare. Angst wühlt in ihren Innereien und ihr Magen beginnt zu rebellieren. Dabei vertraut sie der Frau, die sie schon oft in diesen Zustand versetzt hat, so sehr. Warum dann dieses komische Verhalten ihres Körpers?

»Ja, vielleicht … aber …«, beginnt Mia zögernd und hält inne. Sie weiß, dass Frau Pescado keinen Widerspruch zulässt. Wenn sie davon überzeugt ist, dass ihr eine Hypnose gut tut, dann wird das wohl so sein. Vielleicht ist da wirklich noch eine Situation in ihrer Kindheit, die sie verdrängt hat und die jetzt wieder hoch will. Vielleicht sogar irgendetwas mit Feuer? Also stimmt sie zu, als die Psychologin sich über sie beugt, ihr tief in die Augen blickt und mit ihrer sanften, warmen, wohlklingenden Stimme den Zustand der völligen Entspannung herbei führt. Vorher hat sie Mia noch ein paar Tropfen aus der bekannten, blauen Flasche verabreicht. Doch das hat diese schon nicht mehr mitbekommen. Sie vertraut ihrer Psychologin und lässt sich in ihre sanfte Umarmung fallen.

Die Hypnose kann nicht lange gedauert haben, denn als Mia wieder zu sich kommt, fühlt sie sich ausgeruht und frisch. Kein Vergleich zu den vergangenen Tagen. Sie kann sich zwar an keine Einzelheiten erinnern, aber es muss ein schönes Erlebnis gewesen sein, denn Frau Pescado strahlt sie an. Sie ist immer noch über ihr und schaut ihr in die Augen. Große, strahlend blaue Augen, die ihr tief in die Seele geblickt haben und …

»Na, alles wieder gut? Wie schön du bist, wenn du lächelst. Das solltest du wirklich öfter machen«, zwinkert Katharina, die wieder in die vertrauliche Anrede gewechselt hat, ihr zu. Das Kompliment tut Mia sehr gut und Tränen der Freude treten ihr in die Augen, die sie mit einer schnellen Geste beiseite wischt.

»Ach was. Ich bin nicht schön. Besonders nicht im Moment. Meine Haare sind strähnig, meine Augen verquollen vom ständigen Heulen und … «, versucht sie die Worte zu entkräften, aber die Psychologin schaut sie mit gespielter Strenge an.

»Na? Was ist das denn, Mia? Was hast du in all den Stunden meiner Fürsorge gelernt? Komplimente annehmen, stimmt's? Also, dann lerne es endlich.« Mia nickt gehorsam und lächelt. Sie weiß es doch. Aber es ist so schwer, die alten Verhaltensmuster abzulegen.

»Hat die Hypnose neue Erkenntnisse gebracht?«, fragt sie daher, um von der Situation abzulenken, neugierig. Frau Pescado steht auf und geht wieder ein paar Schritte durch den Raum.

»Nichts wirklich Neues. Aber ob es etwas bewirkt hat, das wird die Zeit zeigen.« Mit diesen Worten schaut sie auf die Uhr. »Aber jetzt muss ich wirklich gehen. Sonntagabend und ich sitze bei einer Patientin im Krankenhaus. So etwas habe ich ja noch nicht erlebt.« Das Lächeln, das ihre Worte begleitet, nimmt Mia das schlechte Gewissen und sie lächelt zurück. »Glaube mir, Mia. Wenn ich das nicht gerne machen würde, dann wäre ich jetzt nicht hier. Du bist mir schon so sehr ans Herz gewachsen, aber das weißt du ja«. Erneut zwinkert die Psychologin Mia verschwörerisch zu und in diesem Augenblick fühlt sie sich Katharina wieder sehr nahe.

»Gleich kommt das Abendessen. Steh doch noch ein wenig auf und ...«, fordert Katharina Mia auf, doch in diesem Moment klopft es hektisch an der Tür und die Schwester bringt das Tablett mit dem Abendbrot. Eine Scheibe Wurst, Brot und Käse. Mia muss lachen und verspricht, sich nach diesem kargen Mahl noch etwas am Kiosk zu kaufen.

»Ich rufe Sie später noch einmal an, Frau Peterson«, verspricht die Psychologin, als sie hinter der Krankenschwester das Zimmer verlässt.

- 18 -

Mia schlendert den Krankenhausflur entlang, die Treppe hinunter und steuert auf den winzigen Kiosk zu. Viel Auswahl hat der kleine Laden nicht, aber sie greift spontan zu einer Tafel der süßen Köstlichkeit in lila Papier. Kakao beruhigt die Nerven und die Nüsse können auch nicht verkehrt sein. Noch eine Packung Zigaretten – natürlich auch nur für die Nerven – und dann zahlt sie alles an der Kasse.

»Hallo Frau Peterson. Sind Sie wieder hier? Ich hoffe nichts Schlimmes«. Mia kennt die Kassiererin noch von ihrem letzten Aufenthalt und nickt ihr freundlich zu.

»Nein, nur ein kleiner Schwächeanfall. Morgen komme ich schon wieder heim.«

»Aber ihr lila Laster haben Sie noch nicht aufgegeben? Na ja, Sie können es sich wenigstens erlauben. Aber, seit wann Rauchen sie denn? Sie wissen, dass das nicht gut für die Gesundheit ist?« Mia nickt und hat plötzlich ein schlechtes Gewissen.

»Nach dem Tod meines Mannes, vor einigen Monaten, habe ich damit angefangen. Ich weiß schon gar nicht mehr warum. Wahrscheinlich der Stress. Ich wollte auch schon lange wieder aufhören, aber … es ist so schwer«, beginnt sie sich zu entschuldigen, doch die ältere Dame winkt ab, zwinkert ihr humorvoll zu, reicht ihr die rote Packung und legt noch ein Feuerzeug oben drauf.

»Sonst klappt das nicht«, scherzt sie und Mia muss lachen.

»Na, eine Sünde braucht der Mensch doch, oder? Ich rauche schon seit über vierzig Jahren und lebe immer noch. Nur die Schokolade verkneife ich mir. Meine Zuckerwerte sind grausam. Aber, an irgendetwas muss der Mensch ja sterben. Schließlich lebt keiner von uns ewig.« Die beiden Frauen lachen und es tut Mia unheimlich gut. Einfach ein paar freundliche Worte, ein bisschen Smalltalk - so ganz ohne Gedanken, ohne Misstrauen und ohne Verpflichtungen.

Beschwingt verlässt sie den Kiosk, wünscht der Dame noch einen schönen Abend und fährt mit dem Aufzug in den fünften Stock zurück. Auf dem Weg zu ihrem Zimmer befindet sich ein kleiner Balkon, auf dem die Raucher geduldet sind. Erlaubt ist es zwar im ganzen Gebäude nicht, aber hier schauen die Schwestern nicht so genau hin. Ab und zu kommt sogar eine von ihnen und befriedigt ihre Sucht. Es ist zugig hier oben, aber Mia hat auch nicht vor, lange zu bleiben. Der Regen hat nachgelassen doch die Luft ist noch feucht. Sie trägt ihre Straßenkleidung vom Vormittag und auch ihren blauen Schal hat sie um den Hals gewickelt. Ohne diesen geht sie keinen Schritt mehr. Er hat ihre Tränen getrocknet, sie gewärmt und erinnert sie an die schöne Zeit am Meer – und an Katharina.

Sie zieht die Glastür, durch die sie auf den Balkon getreten ist, hinter sich zu und kramt ihre eben erworbenen Zigaretten und das Feuerzeug aus der Handtasche. Die Schachtel, die sie sich heute Morgen am Kiosk gekauft hat, liegt wahrscheinlich noch in dem kleinen Restaurant. Sie sollte wirklich aufhören, sich befreien von der Last, dem Schmutz und dem Gestank! Als sie sich auf dem Balkon, auf dem nur eine kleine, an der Wand befestigte Lampe brennt umschaut, erblickt sie überall Aschenbecher, die bereits überquellen. Der Anblick ist einfach nur widerlich.

»Morgen, … morgen höre ich auf«, sagt sie fest entschlossen in die kühle, dunkle Nachtluft. Plötzlich hört sie ein leises, tiefes Lachen, das von einem schweren Husten abgelöst wird. Der Schleim, der sich in der Lunge des Lachenden befindet, bahnt sich seinen Weg nach oben und wird geräuschvoll auf den Boden gespuckt.

»Ja, genau. Das sage ich mir auch immer wieder. Aber bis jetzt … na, siehst du ja selber.« Mia erschrickt, denn sie hat die Person, die in der dunklen Ecke des Balkons steht, nicht gesehen. Der ältere Mann, dem die Stimme gehört, tritt aus dem Schatten und stellt sich zu ihr an die Brüstung.

»Guten Abend«, sagt sie und lächelt ihm zu. Sie hat keine Angst vor diesem Alten. Was soll ihr hier, auf dem Balkon, schon geschehen?

»Was verschlägt denn eine so hübsche, junge Frau auf diese Station? Bist du nur zu Besuch oder auch krank?« Seine Worte werden von einem neuerlichen Hustenanfall begleitet und Mia rückt ein Stück von ihm weg. Ein beißender Alkoholgeruch geht von ihm aus und Mia entdeckt die kleine Schnapsflasche in seiner Hand. Gänsehaut läuft ihr über den Rücken.

»Du musst nicht …«, beginnt der Mann wieder, wird aber erneut von einem schlimmen Hustenanfall unterbrochen. Dieser dauert einige Sekunden und Mia hat Zeit, den Mann genauer zu betrachten. Er ist ein Stücken größer als sie, aber sehr schlank – um nicht zu sagen hager. Sie schätzt ihn auf Mitte bis Ende sechzig. Er kann aber auch jünger sein. Der Alkohol und die Zigaretten haben aus dem vermutlich stattlichen Mann ein Wrack gemacht. Seine Haltung ist gebückt, die Hand, in der er den Glimmstängel hält, ist fast die eines Skeletts – nur Haut und Knochen. Der ehemals weiße, schmuddelige Mantel schlackert um seine Figur und die Hausschuhe, die er über die nackten Füße gezogen hat, sind durchweicht vom Regen. Seine kleinen, schmalen Augen, die tief in den Höhlen liegen, wirken fies und hinterhältig - und genau diese sind in dem Moment auf sie gerichtet und mustern sie von oben bis unten.

»Du musst nicht ... weggehen. Komm doch näher. Ich habe nur eine Raucherlunge. Machs wohl nicht mehr allzu lange«, setzt er erneut zu einer Erklärung an und Mia schwankt zwischen Ekel, Abscheu und Mitleid.

»Aber, warum rauchen Sie dann?«, fragt sie verwundert. Er lacht und hustet dabei.

»Na, bei mir ist es doch ohnehin schon zu spät. Warum soll ich jetzt noch aufhören? Ich gönne mir das bisschen Freiheit, das mir noch bleibt. Die Freiheit, selbst über meinen Körper zu bestimmen. Ne, Schätzchen. Ich rauche, weil ich mein Leben lang geraucht habe, und jetzt, so kurz vor Schluss, will ich auch nicht mehr aufhören. Ich will mein Leben genießen, mit Allem, was dazu gehört. Sex, Alkohol und Drogen.« Wieder lacht er und Mia schüttelt sich erneut. Sie kann sich beim besten Willen nicht vorstellen, welche Frau diesen Mann ...

»Na, Lust mit mir in der Besenkammer zu verschwinden? Sex mit dir wäre das Highlight des Tages. Immer nur selber Hand anlegen wird mit der Zeit langweilig. Man muss das Leben schließlich feiern, wenn sich die Gelegenheit bietet«, sagt er, legt seine Hand auf ihren Hintern und drückt zu. »Du schaust auch so aus, als bräuchtest du einen richtig harten und geilen Fick. Du bist irgendwie so verkrampft und unentspannt«, raunt er ihr ins Ohr und ist plötzlich ganz nah. Zu nah. Sie riecht seine, nach Schnaps und kaltem Rauch stinkenden Körperausdünstungen, zuckt zusammen und kann den Impuls, sich die Nase zuzuhalten, gerade noch unterdrücken. Was fällt dem Typen ein, sie anzufassen? Wut steigt in ihr hoch – gemischt mit einer gehörigen Portion Angst.

»Nimm die Finger weg! Spinnst du? Ich will doch nicht ...«, beginnt sie und tritt einen Schritt zurück bis sie das hüfthohe Geländer in ihrem Rücken spürt. Weiter kommt sie nicht.

»Mach dich locker, Lady. Ich mach nichts, was du nicht auch ...«, wieder dieser Hustenanfall und ein erneutes Ausspucken, direkt vor ihre Füße. Sie will hier weg! Verdammt! Doch er hat nicht vor, sie gehen zu lassen. Ganz dicht hat er sich vor ihr aufgebaut, greift nach den Enden ihres blauen Schals und zieht sie zu sich heran. Der Atem des Alten streift ihre Wange und sie muss würgen. Bittere Galle schießt, zusammen mit ihrem halbverdauten Abendessen, in ihre Mundhöhle und sie schluckt alles wieder hinunter. Sie hat Angst. Schreckliche, lähmende Angst, die ihre Gedanken erfasst und sie bewegungsunfähig werden lässt.

»Lass mich los, bitte», fleht Mia, deren Stimme nur noch ein Flüstern ist. Hilfe! Ich brauche Hilfe! Im Halbdunkeln scheinen die tiefliegenden Augen in seinem knochigen Schädel zu leuchten, als sich das Licht der kleinen Lampe in ihnen spiegelt. Der Tod, schießt es Mia in den Kopf. Er will sie holen, will beenden, was er vor einem halben Jahr nicht geschafft hat. Gleich wird er sie vergewaltigen und sie wird sich nicht wehren können. Dann wird er sie über die Brüstung stoßen und alles wie einen bedauerlichen Unfall aussehen lassen.

»Nein, ich lass dich nicht los. Du gefällst mir, Schätzchen. Zier dich nicht so, dann wird es auch nicht weh tun«, flüstert er ihr ins Ohr und schiebt seine knochige Hand zwischen ihre Beine. Mit der andere hält er den Schal und zieht kräftig zu. Sein Blick hat sich in ihrem festgesaugt und das diabolische Grinsen wird immer breiter. Mia beginnt zu röcheln und ihr wird schwindelig.

»Luft«, fleht sie, doch er bemerkt es nicht einmal. Die Welt um Mia beginnt zu verschwimmen und sie sieht nur noch seine Augen – Toms Augen! TOM. TOM. TOM, schießt es durch ihre Gedanken und sie fühlt sich in die Vergangenheit zurückversetzt. Die Angst lähmt sie und lässt ihr Herz rasen. Hoffentlich ist es bald vorbei, betet sie innerlich.

»Na, gefällt dir das, Schätzchen? Fühl mal, du machst mich ganz heiß, du Nutte. Ich werde dich wild und hart ...«, beginnt er wieder, doch ein Hustenanfall bremst seinen Redefluss. Würgend und hustend lässt er von ihr ab, tritt einen Schritt zurück und krümmt sich vor Schmerz. Noch immer steht Mia wie gelähmt mit dem Rücken zur Brüstung und zittert am ganzen Körper. Flucht, hämmert es in ihren Gedanken, doch es ist zu spät. Der Alte hat sich wieder beruhigt und erneut ihren Schal zwischen den Fingern.

»Entschuldige, bitte. Wo waren wir stehen geblieben? Lass uns weiter machen, bevor ...«, beginnt er von Neuem. Doch in diesem Moment zerreißt das Klingeln von Mias Handy die Situation und der Mann lässt augenblicklich ihren Schal los. Dann lacht er wütend auf, spuckt Mia erneut vor die Füße und tritt ein paar Schritte zurück. »Immer und überall müsst ihr verfluchten Weiber euer Handy dabei haben. Nu geh endlich ran! Das Klingeln nervt! Aber, mach schnell, dann können wir weiter machen ...«, raunt er ihr drohend zu und zündet sich erneut eine Zigarette an. Automatisch folgt Mia seinem Befehl, kramt hektisch ihr Handy aus der Tasche und drückt auf die grüne Taste.

»Hallo?«, haucht sie in den Hörer und ihre Stimme zittert.

»Keine Angst Schätzchen. Komm her und lass uns einen Schluck zusammen nehmen. Du willst es doch auch. Ich weiß das. Ich erkenne euch Schlampen, wenn ich euch sehen ...« Der Alte hustet und ich starre ihn hasserfüllt an. Das Gespräch, bei dem ich der ruhigen, weichen Stimme, die mich in meinen jetzigen Zustand versetzt, gelauscht habe, hat nur wenige Sekunden gedauert. Doch das reicht. Ich stecke mein Handy zurück

in die Tasche, lasse einige Tropfen, der fast leeren, blauen Flasche auf meiner Zunge zergehen und binde den Schal fester um meinen Hals. Meine Angst ist komplett verschwunden und ich kann nur noch Hass, Ekel und Abscheu empfinden. Er soll seine dreckigen Finger von mir lassen, dieser Dreckskerl. Langsam straffe ich meinen Körper und gehe auf ihn zu. Mein Hass brennt tief in meiner Seele, das Feuer lodert und ich muss die Sehnsucht stillen. Jetzt sofort - und dieser Typ soll mein Opfer werden. Selber Schuld. Er hätte mich nicht anmachen müssen. Er hätte einfach gehen können. Doch er hat es nicht getan. Der Typ weicht vor mir zurück, als er meinen Blick sieht.

»Was ... was willst du? Bin ich dir zu nahe getreten? Das wollte ich nicht. War doch nur ein Vorschlag«, er hüstelt nervös und zieht an seiner Zigarette. Mittlerweile hat er sich die zweite angezündet und inhaliert den blauen Dunst hektisch. Hat er jetzt Angst? Vor mir? Der Mann? Der viel größer ist als ich? Befriedigung steigt in meinen Gliedern hoch und ich genieße den Augenblick. Ich will ihn töten. Von der Brüstung stoßen. Seinem Leiden ein Ende bereiten. Immer weiter dränge ich ihn an den Rand und er stößt bereits mit seinem Hintern an das Geländer. So schnell kann sich eine Situation ändern. Eben noch war ich das Opfer. Jetzt ist er es. Seine Hände zittern, als er noch einen Zug nimmt. Die Schnapsflasche gleitet ihm aus der Hand und fällt klirrend auf den Boden unter dem Balkon. Gleich wird er ihr folgen. Wie ekelig. Übelkeit steigt in mir hoch und ich beschließe, jetzt den finalen Akt auszuführen. Es reicht. Mit einem großen Schritt trete ich auf ihn zu, strecke meine Hände aus und stoße ihn über die Brüstung. Nie wieder wird er eine Frau anfassen, wird nie mehr seinen widerlichen Schwanz in eine Dame stoßen. Nicht in mich und in keine andere. Ich tu der Welt einen Gefallen. Es ist nicht schwer und meine Kraft ist übermenschlich. Die Kraft der Angst und der Verzweiflung in mir lässt mich diese Tat vollbringen. Auf einmal ist er weg. Ich höre seinen Hilfeschrei, der unendlich zu sein scheint, bevor er mit einem dumpfen Knall auf dem As-

phalt aufschlägt. Ich beuge mich über die Brüstung und starre in die Tiefe hinab. Im Sturz hat er sich gedreht, sodass ich nur noch seinen verkrümmten Rücken erkennen kann. Die Gliedmaßen hat er von sich gestreckt und aus einer Wunde am Kopf fließt das Blut. Es vermischt sich mit dem Regen auf dem nassen Asphalt und die Pfütze unter ihm verfärbt sich rot. Die zerbrochene Schnapsflasche liegt neben ihm. Scherben, Knochen, Blut. Er ist tot. Sein Leiden hat ein Ende. Genau in diesem Moment reißt die Wolkendecke auf und der Mond scheint auf die blutige Szene.

- 19 -

Als Mia erwacht, sieht sie als erstes die Silhouette eines Mannes. Der Schleier vor ihren Augen verhindert das scharfe Sehen und sie blinzelt mehrmals. Was ist passiert? Die dröhnenden Kopfschmerzen rauben ihr fast den Atem und sie stöhnt.

»Ach, du bist wach«, bemerkt der Schatten und dreht sich herum. Mias Herz beginnt zu rasen, als sie die Stimme von Sven Wolf erkennt, der vor ihrem Bett steht. Unter Schmerzen versucht sie sich aufzurichten, doch augenblicklich beginnt ihr Magen zu rebellieren und Mia seufzt schwer. Dann reibt sie sich mit der einen Hand über die Augen, um ihren Blick zu klären und legt die Andere auf ihre pochende Stirn.

»Was …«, beginnt sie, doch er unterbricht sie herrisch.

»An was kannst du dich erinnern?«, fragt er und schaut sie durchdringend an. Mühsam drängt Mia ihre Schmerzen beiseite und beginnt in ihren Erinnerungen zu kramen. Ein unbeschreibliches Gefühl der Angst schnürt ihr die Kehle zu. Sie, weiß, dass etwas schreckliches passiert ist – passiert sein muss! Nur was? Sie weiß noch, dass sie sich im Krankenhaus befindet, weil sie einen Zusammenbruch hatte. Wie spät ist es eigentlich? Sie versucht die Uhr zu fokussieren, die neben dem Fernseher an der Wand hängt. Die Zeiger stehen auf kurz nach zehn Uhr - abends, vermutet Mia. Stimmt, das Abendessen hat sie hinter sich, ... dann wollte sie eine Tafel Schokolade ... und dann stand sie auf dem Balkon, um eine Zigarette zu rauchen. Danach verlassen sie ihre Erinnerungen. Genau das sagt sie nun auch zu Sven.

»Aha, und danach weißt du nichts mehr?«, fragt er skeptisch.

»Nein. Habe ich doch gerade gesagt. Was ist denn passiert, um Himmels Willen? Bist du privat oder beruflich hier?« Eine leise Hoffnung keimt in Mia auf. Vielleicht hat er einfach nur Sehnsucht nach ihr gehabt. Doch diese wird mit den nächsten Worten zunichte gemacht.

»Beruflich, Frau Peterson. Ich muss Sie ... muss dich fragen ... also ... Verdammt!«, stottert er nun und Mia merkt, wie schwer ihm das Ganze fällt. »Mia, hörst du mir zu? Kannst du dich konzentrieren? Das ist jetzt sehr wichtig«, fragt er sie eindringlich und Mia nickt. Sie will es versuchen. »Also gut. Das Krankenhaus hat mich alarmiert. Vor knapp einer Stunde gab es ... einen Unfall. Ein Mann ist vom Balkon gesprungen - oder gestoßen worden - und man hat dich zusammengekauert in einer Ecke gefunden. Halb erfroren. Was hast du dir dabei nur gedacht, in so einer dünnen Jacke auf den Balkon zu gehen? Was wolltest du dort? Hast du etwas gehört oder gesehen? Hast du mitbekommen, wie er gefallen ist? Oder gesprungen ... oder gestoßen wurde? Hast du den Täter erkannt, falls es einen gibt? Mia! Rede mit mir!« Mia starrt ihn aus weit aufgerissenen Augen an. Schon wieder ein Toter? Erneut überkommt sie Übelkeit und bitterer Magensaft schießt ihr über die Speiseröhre in den Mund. Dann muss sie sich übergeben.

»Warum … warum nur immer …?«, nuschelt sie unter Tränen, während sie sich auf den Fußboden vor ihrem Bett erbricht. Allein diese Anstrengung übersteigt beinahe ihre Kräfte und sie ist dankbar, als sie merkt, wie Sven zu ihr eilt, um ihr die Haare zurück zu halten. Dann reicht er ihr eines der Papiertücher, die auf dem Nachtschränkchen liegen und Mia tupft sich den Mund ab.

»Geht's wieder?«, fragt er mitfühlend und Mia nickt leicht. Sie hätte jetzt nichts sagen können. Ihre Gedanken nach dem »wie« und dem »warum« drehen sich wie ein bunter Strudel in einem schwarzen Raum. Erneut wird ihr übel und sie schlägt sich die Hand vor den Mund, während sie Sven Wolf hilfesuchend anblickt. In ihren Augen schimmern Tränen und ein stummer Schrei nach dem »Warum« erreicht seine Augen.

»Ich weiß es doch auch nicht«, flüstert er kaum hörbar und reicht ihr fürsorglich ein Glas Wasser. Mit zitternden Händen nimmt sie es entgegen und lehnt sich in ihre Kissen. Ganz langsam trinkt sie Schluck für Schluck und versucht sich zu beruhigen. Wieder ein Toter in ihrer Nähe … und sie kann sich nicht erinnern.

»Ich weiß es wirklich nicht. Ich weiß nicht einmal mehr, dass ich auf dem Balkon …«, beginnt sie nach einiger Zeit leise. »Warum immer mir …«, schluchzt Mia auf und dicke Tränen rollen über ihre Wangen. Wieder einmal droht sie das Selbstmitleid zu überfluten und sie hätte in diesem Moment viel für eine heiße Dusche und eine Rasierklinge getan. Sven scheint ihre Hilflosigkeit zu spüren, denn er setzt sich zu ihr aufs Bett, legt einen Arm um ihre Schulter und drückt sie sanft an sich. Diese vertraute Geste, die sie sich so sehr gewünscht hat, überfordert Mia in diesem Moment fast. Doch sie schließt ihre Augen, versucht sich zu entspannen und den Moment der Intimität zu genießen, soweit es geht. Schon lange hat sie kein Mann mehr so liebevoll in die Arme genommen und sie schluchzt bitterlich.

»Nun ist es aber genug. Sehen Sie nicht, dass die Dame Ruhe braucht? Schluss jetzt mit der Befragen, Herr Wolf.« Die Stimme der Krankenschwester durchbricht die Situation und Mia bedauert es zutiefst. Sie hätte noch stundenlang in seinen Armen liegen können. In ihnen fühlte sie sich geborgen, einfach zu Hause. Doch Sven zieht erschrocken seinen Arm zurück, steht auf und tritt wieder hinter das metallene Ende ihres Bettgestells. Mia hat das Gefühl, als ob er sich ertappt fühlt. Dabei hat er doch nichts weiter getan, als sie zu trösten – und es war so schön! Dankbar sucht sie seinen Blick und schenkt ihm ein Lächeln. Svens Lippen erwidern das Lächeln, doch sein Blick wirkt verwirrt und seine Augen wandern unstet durch den Raum. Bereut er seine Umarmung? Ein trauriges Gefühl schleicht sich in Mias Herz, doch sie hat keine Zeit mehr darüber nachzudenken, denn die Krankenschwester erscheint vor ihrem Gesichtsfeld, fummelt an der Flasche über ihrem Kopf herum und eine Lösung tropft durch den Schlauch in ihren Arm.

»Mia, Sie legen sich jetzt hin und entspannen. Ich habe Ihnen jetzt noch etwas zur Beruhigung gegeben, damit Sie die Nacht durchschlafen und sich endlich wieder einmal ausruhen können. Sie sind ja weiß wie die Wand«, sagt die Schwester streng und mit erhobenem Zeigefinger zu Mia. Dann dreht sie sich herum, schiebt Sven behutsam, aber bestimmt aus dem Raum und erklärt ihm, dass er das Gespräch am nächsten Tag fortsetzen muss. Die Tür ist noch nicht ganz zugefallen, da ist Mia auch schon eingeschlafen.

Das Beruhigungsmittel hielt, was die Schwester versprochen hat. Als Mia am nächsten Morgen gegen sechs

Uhr vom üblichen Lärm des Krankenhausalltages aufwacht, kann sie sich an keinen Traum erinnern - und auch ihr Kopf schmerzt nicht.

»Guten Morgen, Frau Peterson. Na, wie haben Sie geschlafen?«, fragt die Ärztin, die neben Mia am Bett steht und ihr ein Band um den Oberarm legt. Dieses zieht sie fest zu und führt wenig später eine Nadel in Mias Armbeuge. Das dunkelrote Blut läuft in kleine Röhrchen und Mia wendet sich ab - diese Art der Blutentnahme hat sie noch nie leiden können.

»Guten Morgen und danke der Nachfrage. Soweit ganz gut. Ich kann mich aber immer noch nicht an die Vorfälle von gestern erinnern. Was ist denn genau …?«, will Mia wissen, aber die Ärztin ist bereits wieder auf dem Weg zur Tür.

»Das soll Ihnen der Herr Kommissar erklären. Der steht übrigens schon vor der Tür. Soll ich ihn hereinlassen?«

»Oh!«, ist alles, was Mia hervorbringt. So früh schon? Es ist gerade kurz nach sieben Uhr.

»Guten Morgen Frau Peterson«, sagt Sven Wolf professionell mit fester Stimme und schiebt sich an der Ärztin vorbei in ihr Einzelzimmer. Er hält zwei Becher Kaffee in der Hand und nachdem die Tür von außen ins Schloss gefallen ist, hält er ihr Einen vor die Nase.

»Mia«, flüstert er leise und sie schauen sich einen Moment tief in die Augen. Mias Herzschlag beschleunigt sich, als sie in das tiefe, strahlende Blau seiner Augen taucht. Ihre Seelen berühren sich für einen Moment und auch die Schmetterlinge in ihrem Bauch tanzen wieder einmal Samba. In diesem einen, kurzen Moment ist es, als würde die Sonne bis tief in ihre Seele strahlen und alle Schatten, Ängste und Sorgen vertreiben - bis Sven das Tor zu seiner Seele schließt, sich von ihr losreißt und Mia den Becher in die zitternde Hand drückt.

»Ich habe dir einen Kaffee mitgebracht - einen ordentlichen. Die Brühe hier ist wahrscheinlich nicht wirklich genießbar, oder?« Der Zauber des Augenblicks ist zwar verflogen, doch in Mia bleibt ein Gefühl von Sternenstaub zurück. Warm, leicht und einfach wunderschön. Er zwinkert ihr zu und sie lächelt glücklich. Als sie bemerkt, wie seine Augen auf ihr ruhen, fällt ihr ein, wie sie aussehen muss und errötet. Es ist noch so früh, dass sie keine Zeit hatte, sich zu duschen oder gar die Haare zu kämmen. Doch ihr ist es zunehmend egal, wie sie aussieht. Er hat sie schon in allen möglichen und unmöglichen Situationen gesehen, da wird ihn ihr verknittertes »guten-Morgen-Gesicht« bestimmt nicht stören. Dankbar über das braune Lebenselixier führt sie den Becher zum Mund und nippt vorsichtig an der lauwarmen Flüssigkeit.

»Na? Wie hast du geschlafen? Kannst du dich heute erinnern? An irgendwas?« Seine hoffnungsvolle Frage holt Mia in die Wirklichkeit zurück, doch sie muss ihn enttäuschen. So schwer es ihr auch fällt - gerne hätte sie ihm geholfen ... doch Mia schüttelt den Kopf.

»Nein. Alles weg. Ich weiß wirklich nicht mehr, wie ich auf den Balkon gekommen bin, geschweige denn, was dort passiert ist«. Sven blickt sie traurig an und nickt nachdenklich. »Aber ... was genau ist denn nun passiert? War es ein Unfall, oder ...?«, will Mia im Gegenzug wissen.

»Das können wir noch nicht mit Bestimmtheit sagen, aber wir schließen nichts aus. Daher wäre es ja auch gut gewesen, wenn du ...«, er bricht ab und zuckt mit den Schultern. »Wann kommst du denn hier wieder raus? Ich würde dich so gerne zu einem Abendessen einladen. Mal so ganz ohne Tote.« Er lächelt schüchtern und Mia lächelt erstaunt zurück. Sie ist über den plötzlichen Themenwechsel erfreut, doch es wundert sie schon ein wenig, dass er das jetzt zu ihr sagt. Natürlich schießt ihr das Blut ins Gesicht und sie wird wieder einmal rot.

»Oh, das freut mich«, kichert sie. »Aber, darfst du das denn überhaupt? Mit einer potenziellen Zeugin …?«

»Ach, bist du das? Ich dachte, du hast nichts gesehen.« Der Schelm funkelt in seinen Augen und er zwinkert ihr zu. »Muss ja keiner erfahren, oder? Geschäftsessen - sozusagen«, fügt er noch hinzu und Mia muss erneut kichern. Sie fühlt sich so wohl in seiner Gegenwart – jawohl, Gegenwart. Denn bei ihm vergisst sie die Vergangenheit und glaubt an eine glückliche Zukunft. Das Leben spielt schon manchmal komisch. Wäre es nicht alles so gelaufen, wie es gelaufen ist, dann säße dieser charmante Mann heute nicht an ihrem Krankenbett und würde sie zum Essen einladen.

»Einen Penny für deine Gedanken«, sagt er plötzlich und seine blauen Augen funkeln wie Sonnenstrahlen in einem klaren Bergsee.

»Was? Nur einen?«, fragt sie gespielt entrüstet. »Dann verrate ich sie dir nicht. Aber, das hätte ich ohnehin nicht«, grinst sie wie ein junges Mädchen und sieht dabei bezaubernd aus. »Du musst ja nicht alles wissen, was in meinem Kopfkino so vor sich geht, oder?«, treibt sie das Spiel weiter und Sven fragt auch prompt nach dem Namen des Films. »Ich glaube, im Moment läuft »Wie komme ich am schnellsten aus dem Krankenhaus und wohin werde ich von meinem Traummann zum Essen ausgeführt«, oder so ähnlich«, antwortet Mia und verkneift sich das Lachen.

»Wow, das ist aber ein langer Titel für einen Film. Na, ich hoffe doch sehr, dass er ein Happy-end hat, oder?«

»Gute Frage. Das weiß ich noch nicht so genau, aber ich hoffe es sehr. Ich weiß nämlich nicht, wann ich entlassen werde. Aber sobald ich es weiß, muss ich als allererstes einen Termin bei meiner Psychologin machen. Das ist ganz wichtig. Denke, du verstehst das«, erklärt Mia und das Lächeln ist aus ihren Augen gewichen. Sie weiß zwar genau, dass sie zu Katharina Pescado muss, denn nur sie wird ihr helfen können, doch irgendwas in ihrem Inneren sträubt sich dagegen. Stattdessen wäre sie am liebsten sofort aus dem Bett geklettert und mit Sven auf und davon gelaufen - doch das Leben ist nun mal kein Wunschkonzert.

»Dann tu, was du tun musst und halte mich auf dem Laufenden. Vielleicht hat deine Psychologin die Möglichkeit zu erfahren, was wirklich geschehen ist. Solange du dich bei ihr sicher und geborgen fühlst ist alles in Ordnung«, sagt Sven und Mia ist erstaunt über seine ehrlichen Worte. Offenbar hat er sich über sie und ihre Vergangenheit erkundigt. In diesem Moment hat Mia auch nicht das Bedürfnis sich zu erklären oder die Gründe genauer zu erläutern. Sie ist einfach nur froh, dass er sie trotz Allem mag und sie nicht verurteilt. »Ich habe ohnehin noch eine Menge zu erledigen, weißt du ja. Aber für den Fall, dass du Sehnsucht bekommen solltest oder mich brauchst - meine Nummer hast du ja, oder?«, fügt er grinsend hinzu und Mia wird schon wieder rot.

»Ich … ähm ja. Glaube schon. Danke … «, stottert sie und lässt den Gedanken, dass sie ihn bestimmt ganz schnell vermissen wird, unausgesprochen.

»Dann ist ja gut, süße, kleine Mia. Ruf mich an, wann immer du mich brauchst«, sagt Sven leise, beugt sich zu ihr hinunter und gibt ihr ein Küsschen auf die Stirn. »Damit du bald wieder ganz gesund bist und deine Vergangenheit dich endlich loslässt«, flüstert er ihr ins Ohr, dreht sich auf dem Absatz herum und verschwindet ohne sich noch einmal umzudrehen. Damit lässt er eine sehr verwirrte Mia in ihrem weißen Krankenhausbett zurück.

Der restliche Tag vergeht quälend langsam - so wie die folgenden Tage. Mia muss im Krankenhaus bleiben. Mehrmals wird ihr Blut abgenommen, sie wird am Kopf untersucht und hat verschiedene Gespräche mit unterschiedlichen Ärzten. Aber keiner kann ihr sagen, was es mit den Kopfschmerzen und ihrem partiellen Gedächtnisverlust auf sich hat. Von ihren Träumen hat sie Keinem erzählt. Sie will nicht wieder in die psychiatrische Abteilung des Krankenhauses oder gar in die geschlossene Anstalt verlegt werden. Also gibt sie sich alle Mühe, normal zu wirken. Sie isst ausreichend, trinkt viel und schläft, wann immer sie Ruhe hat. Sven hat sich nicht mehr blicken lassen und auch Cara hat sie die Besuche untersagt. Sie will niemanden hören oder sehen. Sie will mit ihren romantischen, verwirrenden und doch schönen Gedanken an Sven alleine sein. Was er wohl alles über sie herausgefunden hat? Bestimmt auch, dass sie in der psychosomatischen Klinik war und auch … warum - und trotzdem ist er so lieb zu ihr. Ihm scheint ihre Vergangenheit egal zu sein, oder? Oder ist er nur so nett, weil er hofft, durch sie die Fälle aufzuklären? Nein, diesen Gedanken verbietet sich Mia. Hier, in ihrem Krankenhausbett ist sie sicher. Hier kann sie ihren Träumereien von Sven nachhängen - und mit Niemandem will sie diese teilen. Sie stellt sich vor, wie es wäre, wenn sie wieder in ihrem Appartement wohnt und sich mit ihrem Traummann trifft. In ihren Gedanken und Tragträumen hat sie ihm schon mehrmals gesagt, dass sie sich in ihn verliebt hat. Doch im wahren Leben wird sie das nicht machen. Sie traut sich ganz einfach nicht. Noch immer hat sie Angst, dass Sven sich zu einem zweiten Tom entwickeln könnte. Einem Mann, der sie einsperrt, der sie missachtet und der sie psychisch zu Grunde richtet. Sie treibt zwischen Traum und Wirklichkeit hin und her und findet einfach das rettende Ufer nicht. Mia verschließt sich gegenüber allen, die es gut mit ihr meinen, denn sie vertraut nur ihrer Psychologin, Frau Pescado.

»Wir können nichts mehr für sie tun. Alle Untersuchungen sind abgeschlossen und, wie sie wissen, waren alle ohne Befund. Daher werden wir Sie morgen entlassen«, sagte die Ärztin am Mittwochabend zu ihr. Mia ist erleichtert. Sie will endlich wieder nach Hause, in ihre gewohnte Umgebung. »Aber, Sie versprechen uns, dass sie gleich morgen noch zu ihrer Therapeutin gehen, einverstanden?« Mia nickt und lächelt.
»Das hatte ich ohnehin vor. Vielen Dank für Ihre Mühe. Ich hoffe, wir sehen uns nicht so schnell wieder. Obwohl der Zimmerservice wirklich gut ist«. Die Ärztin lacht und zwinkert ihr zu.
»Na, Ihnen scheint es wirklich besser zu gehen, wenn sie schon wieder scherzen können«, sagt sie und wünscht Mia eine gute Nacht.

- 20 -

Am nächsten Morgen, kurz nach zehn Uhr verlässt Mia mit den Entlassungspapieren in der Hand das große Gebäude, tritt auf die Spielstraße vor dem Krankenhaus und atmet tief durch. Es ist nebelig und die Bäume in dem kleinen Park, durch den sie geht, um zur Hauptstraße zu gelangen, haben bereits alle Blätter verloren. Es ist ein trostloser Anblick, doch in Mia scheint die Sonne. Sie ist erholt, voller Tatendrang und will ihre gefassten Pläne endlich in die Tat umsetzen. Noch diese Woche wird sie sich um einen Tanzkurs kümmern und auch bald wieder ans Meer fahren - solange es noch keinen Schnee gibt. Es fällt ihr nicht schwer, das Krankenhaus hinter sich zu lassen und in ihr neues Leben einzutauchen. In den vielen Stunden, in denen sie alleine in ihrem Zimmer lag und die Wand angestarrt hat, hat sie beschlossen, nun endlich die Vergangenheit zu begraben. Sie hat nichts mit den Morden zu tun. Morde passieren – hat auch Sven Wolf gesagt. Warum ausgerechnet in ihrer Nähe, ist ihr zwar noch immer ein Rätsel, aber über die Personen, die es getroffen hat, macht sie sich keine Gedanken. Irgendwie hat irgendwer die Welt von Abschaum befreit - und es waren, bis auf das Pärchen, alles nur Männer. Mia kommt nicht auf die Idee, dass es der Täter vielleicht auch auf sie abgesehen haben könnte.

Ihr erster Weg wird sie allerdings in die psychosomatische Klinik, zu Frau Pescado führen. Sie will es einfach hinter sich bringen. Noch ein klärendes Gespräch, vielleicht noch eine Hypnosesitzung und dann wird sie auch diese Besuche einstellen. Sie hat beschlossen ihr Leben endlich selber zu regeln - ganz ohne Frau Pescado. Denn diese erscheint ihr immer undurchsichtiger. Das Vertrauen zu ihrer Psychologin hat bereits einige Risse bekommen, da Mia erstaunt ist, warum auch Katharina keine Erklärung für ihren Zustand hat. In Gedanken versunken steuert sie die Bushaltestelle an, setzt sich auf die dunkle Bank aus Plastik und aktiviert ihr Handy. Wenige Minuten später hat sie den Termin in der Praxis bestätigt und lehnt sich zufrieden zurück. Während ihres Aufenthaltes hatte sie es ausgeschaltet, um den Akku zu schonen. Das kommt ihr jetzt zu Gute.

Mia friert erbärmlich, während sie auf den Bus wartet. Ihre Lederjacke ist eindeutig zu dünn für diese Jahreszeit. Spontan beschließt sie, sich vor dem Besuch bei Frau Pescado, den sie auf zwölf Uhr gelegt hat, in der Innenstadt einen warmen Mantel zu besorgen.

Neugierig schlendert sie durch die Gassen der Stadt und schaut sich die bunt dekorierten Schaufenster an. Alles ist für den kommenden Winter hergerichtet und sie war schon lange nicht mehr shoppen. Da sie in den letzten Wochen wieder zugenommen hat, zwicken ihre Hosen mächtig. Nicht, dass sie fett geworden wäre - aber sie hat endlich wieder weibliche Rundungen bekommen, wie sie in den Schaufensterscheiben sehen kann, in denen sie sich spiegelt.

»Eine neue Hose und eine hübsche Bluse würden mir bestimmt gut stehen«, sagt sie zu ihrem Spiegelbild und lächelt sich zu. Ihre langen Haare hat sie zu einem Pferdeschwanz hochgebunden und ihr blauer Schal betont ihre Augen. So sieht sie richtig jugendlich aus. Allerdings ist die braune, ungefütterte Lederjacke wirklich ein bisschen dünn - obwohl sich mittlerweile der Nebel gelichtet hat und die Sonnenstrahlen ihre Wangen streicheln.

Beschwingt und voller Tatendrang betritt sie mit ihrer Tasche in der Hand das Kaufhaus und schaut sich suchend um. Die neue Wintermode beeindruckt sie nicht im geringsten, denn sie ist keines dieser Modepüppchen. Sie will nur eine einfache, neue Hose, eine Bluse und vielleicht noch einen Pulli - und natürlich eine neue Jacke. Schwarz gefällt ihr gut, aber etwas Farbe würde ihr auch nicht schaden, beschließt Mia. So schlendert sie durch die Reihen, kann sich aber nicht wirklich entscheiden. Bis jetzt hat sie noch keine andere Kundin oder Verkäuferin gesehen und so zuckt sie regelrecht zusammen, als sie hinter sich eine männliche Stimme hört.

»Kann ich Ihnen helfen, schöne Frau?« Der junge Mann, der sie angesprochen hat, steht direkt hinter ihr und hat sich an einen der Kleiderständer gelehnt. Süffisant lächelt er sie an. Was für ein schleimiger Typ, denkt Mia, ist aber doch froh, dass sich ein Verkäufer um sie bemüht. Alle anderen scheinen noch in der Kaffeepause zu sitzen - komischer Laden ist das.

»Ja. Ich suche eine neue Hose. Was haben Sie denn im Angebot?« Der Mann dreht sich flink herum, nimmt ein paar Kleidungsstücke aus den Regalen und reicht sie Mia.

»Diese figurbetonte Hose, zusammen mit der weißen Bluse, würde Ihnen sicher gut stehen«, sagt er bestimmend und drängt sie förmlich in die hinterste Ecke, in der sich die Umkleidekabinen befinden. »Probieren Sie die doch einfach mal an. Ich schaue mich noch einmal um. Wenn etwas sein sollte … ich bin gleich wieder für Sie da.« Mia nickt gehorsam, zieht den Vorhang der kleinen Kabine zu und beginnt sich zu entkleiden. Ihre Narben an den Armen springen ihr regelrecht ins Gesicht, als sie ihr Oberteil auszieht und nur noch in Unterwäsche vor dem Spiegel steht. Sie fährt sich mit den Fingerspitzen darüber. Diese Narben auf ihrer Haut werden nie wieder ganz verschwinden. Immer werden sie ein Symbol der Verletzungen ihrer Seele bleiben. Für jeden nach außen hin sichtbar.

»Na, was sagen Sie?«, hört sie plötzlich die Stimme des jungen Mannes inmitten ihrer Gedanken. Noch immer steht sie in ihrer alten Unterwäsche vor dem Spiegel und erschrickt, als der Mann ohne jede Vorwarnung den Vorhang ein Stück zur Seite zieht. Entrüstet ergreift Mia den Vorhang und versucht krampfhaft den weißen, vergilbten Stoff vor ihren fast nackten Körper zu halten. Was für eine Unverschämtheit, einfach so …

»Ich bin noch nicht fertig!«, beginnt sie wütend, doch der junge Mann grinst sie nur an. Dann schiebt er ihre Hand mitsamt dem Vorhang beiseite und tritt zu ihr in die winzige Kabine. Mia wird rücklings gegen den Spiegel gedrückt und starrt den Mann mit großen, weit aufgerissenen Augen an.

»Was...?«, beginnt Mia stotternd. Sie will schreien, will um sich schlagen, will den Mann von sich stoßen, doch sie ist wie erstarrt. Wie ein ängstliches Häschen steht sie vor ihm, als er ihr unsanft die Hand auf den Mund presst.

»Ganz ruhig Lady. Dann passiert dir nichts. Hübsch bist du, in deinen Baumwollunterhosen. Kann dir dein Freund nicht mal ordentliche Unterwäsche kaufen? Oder hast du etwa keinen? Kann ich mir nicht vorstellen.« Er greift mit seiner Hand zwischen ihre Beine. »Na, feucht bist du nicht. Das muss sich ändern.« Er lacht anzüglich und zieht Mia mit einer Hand ihre Hose herunter. Jetzt steht sie nur noch mit BH und Socken bekleidet vor ihm. Noch immer kann sie sich nicht bewegen, spürt nur den kalten Spiegel in ihrem Rücken und die feuchte, klebrige Hand auf ihren Lippen. Ihr Hals ist wie zugeschnürt. Kein Wort dringt aus ihrer Kehle. Der ganze Raum ist mit großen und kleinen Spiegel ausgestattet, sodass sie sehen kann, wie er den Verschluss seine Hose öffnet und sie herunter zieht. Ein weißer, nackter Hintern starrt sie in dem Spiegel an. Sie kann das alles nicht begreifen und ist nicht im Stande dazu, sich zu wehren. Plötzlich lockert er die Hand über ihrem Mund und schiebt zwei Finger zwischen ihre Lippen. »Wehe, du beißt mich, Miststück. Da, mach die mal nass. Dann tut es nicht so weh!«, raunt er ihr zu und sie gehorcht willenlos. Wild stochert er in ihrer Mundhöhle herum, streicht über ihre Zunge und zieht die Finger wieder heraus. »Na bitte, geht doch.« Dann legt sich seine linke Hand wieder über ihren Mund und er schiebt mit der Rechten ihre Beine auseinander. Fast zärtlich befeuchtet er die empfindliche Stelle zwischen ihren Beinen, drückt ihre Schenkel auseinander und stellt sein Bein dazwischen. Jetzt passiert es, denkt Mia, als er mit seinem steifen Glied in sie eindringt. Brutal stößt er zu und sie wird noch weiter an den Spiegel gepresst. Ihre Gedanken drehen sich im Kreis und durch die Schmerzen wird ihr übel. Der blasse Hintern scheint in dem unwirklichen Licht der Kabine wie ein runder, voller Mond am Himmel, der gespenstisch auf und ab springt.

»Ganz ruhig. Es geht auch schnell. Wenn du schreist, dann überlebst du das nicht«, flüstert er ihr gepresst ins Ohr. Immer wieder und wieder stößt er brutal zu und verdreht dabei seine Augen, sodass sie das Weiße darin erkennen kann. Wie wahnsinnig japst er in stetem Rhythmus und Mia kann seinen Atem an ihrem Hals, seine Hand auf ihrem Mund und sein Geschlechtsteil in sich spüren. Sie riecht den herben Duft seines Aftershaves, das wie Watte ihren Geist benebelt. Diesen Duft wird sie nie wieder in ihrem Leben vergessen. Es schmerzt entsetzlich und ihr wird immer übler. Gleich wird sie sich übergeben ... Galle schießt ihr die Speiseröhre hinauf .... Er soll aufhören ... Er soll sie in Ruhe lassen ... Er soll ... Alles um sie herum wird schwarz und ihre Gedanken schweifen durch Raum und Zeit. Wie durch einen Filter hindurch hört sie noch immer das Stöhnen des Mannes, doch sie ist nicht mehr in der Kabine ...

Sie befindet sie sich mit Tom in ihrem Schlafzimmer. Genau so hat er sie auch behandelt, wenn sie nicht das wollte, was er von ihr verlangte. Doch damals hat sie gedacht, das wäre normal. Damals hat sie alles mit sich geschehen lassen, hat sich auch nicht gewehrt und war froh, wenn es vorüber war. Nach jedem Akt hat sie ihren geschundenen Körper ins Bad geschleppt und sich unter der heißen Dusche seine Spuren vom Körper geschrubbt, hat sich geschnitten, hat ihre Haut so lange bearbeitet, bis Blut geflossen ist. Das Blut, das ihr zeigte, dass sie noch am Leben war, während ihre Seele sich wie ein kleiner, schwarzer Klumpen in der Mitte ihres Magens befunden hat. All die Schnitte auf ihren Armen, all die Verletzungen ihres Körpers, zeugen von diesen Taten. Tom hat sie kaputt gemacht und nun … passiert es wieder …

… jetzt … in diesem Augenblick … während der Typ ihr brutal sein Geschlechtsteil immer wieder in den Unterleib stößt und unsanft ihre Brüste zusammen drückt.

…und plötzlich ist es vorbei. Mit einem Quietschen, das sich fast wie das eines Tieres anhört, windet sich sein Körper und zuckt in ihr zusammen. Dann zieht er sich zurück, schließt den Reißverschluss seiner Hose und starrt ihr in die seelenlosen Augen. Immer noch hat er die Hand auf ihrer Mund, auf ihre geschlossenen Lippen, gepresst.

»Wenn du zu den Bullen rennst, dann finde ich dich und bring dich um! Haben wir uns verstanden?«, flüstert er ihr drohend ins Ohr, leckt ihr mit seiner Zunge noch einmal über das Gesicht und lässt dann von ihr ab.

- 21 -

Wie sie nach Hause gekommen ist, weiß Mia nicht mehr, aber als der heiße Strahl der Dusche auf ihre beschmutze Haut trifft, kommt sie langsam wieder zu sich. Salzige Tränen vermischen sich mit dem Seifenwasser und fließen den Abfluss hinunter. Sie schrubbt ihre Haut so lange, bis sie am ganzen Körper blutig ist. So lange hat sie das nicht mehr gemacht, war auf einem so guten Weg. Doch nun passiert es schon zum zweiten Mal. Sie wollte ihr Leben wieder leben, wollte … doch jetzt ist alles vorbei. Sie ist wieder in ihrem alten Muster und kann sich nicht daraus befreien. Sie will nicht denken, will nicht … mehr leben. Warum hat das damals nicht geklappt? Warum musste Tom sie finden …? Warum …? Wie ein Embryo kauert sich Mia in der Dusche zusammen und lässt das heiße Wasser über ihren Kopf und ihren Körper fließen. Alles brennt, alles ist rot … oh gnädiger Tod … und die Zeit verrinnt zusammen mit dem klaren Wasser, ihren Tränen und ihrem hellroten Blut blubbernd im Abfluss.

Das stete Klingeln ihres Handys führt sie langsam aus ihrer Apathie zurück in die Gegenwart. Handy …? Wo …? Erinnerungsfetzen kehren zurück und sie entsinnt sich, dass sie ihre Kleidung mitsamt Handtasche vor der Dusche fallen gelassen hat. Handy … Wer …? Wie ferngesteuert steigt sie aus der Dusche und tupft vorsichtig ihre brennende Haut ab. Überall hat sie blutige Wunden und das Handtuch färbt sich hellrosa. Mia bemerkt es nicht einmal. Sie zieht sich ihren übergroßen, weichen Bademantel über die nackte Haut, greift nach ihrer Tasche und schleicht in den Wohnraum. Als sie ihr Handy aus der Tasche zieht und auf das Display blickt, sieht sie zehn Anrufe in Abwesenheit. Frau Pescado - Katharina. Was …? Plötzlich fällt ihr der Termin wieder ein, den sie gehabt hätte. Automatisch drückt sie die Rückruftaste und wartet auf das Freizeichen. Es dauert eine ganze Zeit, bis sich die Psychologin meldet. Ohne eine Begrüßung, raunzt sie Mia an.

»Frau Peterson. Schön, dass Sie sich zurück melden. Ich hoffe, Sie hatten einen wundervollen Tag.« Ihre Stimme ist schneidend und trieft vor Sarkasmus. Ohne auf Mias Antwort zu warten, fährt sie fort »Ich habe mir Sorgen gemacht. Aber das scheint Sie ja nicht zu kümmern. Finden Sie ihr Verhalten mir gegenüber richtig? Wenn Sie den Termin einfach so vergessen und etwas Besseres vor haben, dann kann es ja nicht so dringend sein. Sie hätten wenigstens absagen können. Als ich im Krankenhaus nachgefragt habe, sagte man mir, dass Sie schon vor Stunden bester Laune das Gebäude verlassen haben.

Wenn Sie sich lieber mit jemand anders treffen, ist das völlig in Ordnung für mich. Aber sagen Sie mir Bescheid, um Himmels Willen. Jetzt ist es halb drei. Was haben Sie denn …? Hören Sie mich? Frau Peterson? Mia? Hallo?« Mia schweigt noch immer. Sie kann nichts sagen. Kein Wort dringt aus ihrer Kehle, die wie zugeschnürt ist. »Hallo? Sind Sie noch dran? Was soll das denn? Frau Peterson? Glauben Sie, das ist lustig? Meinen Sie, ich habe meine Zeit gestohlen? Es warten noch andere Patienten auf mich. Was zu Teufel ist denn los …?« Die sonst so warme, weiche Stimme ihrer Psychologin klingt hart und vorwurfsvoll. Dabei kann Mia doch gar nichts dafür … sie wollte doch … sie sollte doch … In diesem Moment löst sich ein Stück aus Mias Seele. Der kleinen, schwarzen, verklumpen Seele, die doch so gerne wieder leben würde - leben muss. Es ist, als wäre ein Stück der schwarzen Kruste abgebröckelt und … plötzlich dringt ein tierischer Laut aus ihrer Kehle, der sich zu einem lauten, fast wahnsinnigen Schrei entwickelt. Sie kreischt in den Telefonhörer und lässt ihn panisch fallen. Dann bricht sie in Tränen aus und wirft sich wie wild auf dem Bett hin und her.

»Nein!«, brüllt Mia und in diesem einen Wort schwingt die ganze Verzweiflung mit, die sich in den letzten Stunden aufgebaut hat. Die Stimme ihrer Psychologin, die ihr verspricht, sofort zu kommen, nimmt sie nicht mehr wahr, denn das Telefon ist vom Bett gerutscht.

Nach einer gefühlten Ewigkeit ist aus Mia's Schreien ein leises Wimmern geworden und sie liegt zusammengekrümmt auf der Bettdecke. Ihr weicher, warmer Bademantel hüllt sie ein, doch sie zittert am ganzen Leib. Ihr Körper schmerzt, ihre Seele weint und sie fällt in eine Art Dämmerzustand. Die dunkeln Schatten der Vergangenheit wabern über ihr, wie dichte Gewitterwolken. Halb schlafend, halb wachend drehen sich ihre Gedanken nur noch um die letzten Stunden. Warum hat sie nicht geschrien? Wer wird ihr glauben? Ist das überhaupt wirklich passiert ... oder nur wieder einer dieser Träume? Traum ... Realität ... Träume sind meine Realität ... die Textzeile des Liedes, das sie neulich gehört hat, kommt ihr in den Kopf. Sie sieht sich auf der Tanzfläche ... mit einem Glas in der Hand. Einem kleinen Glas ... der DJ ... und plötzlich ist überall um sie herum Wärme, Hitze, Dampf. Wie in einer Sauna. Die Tanzfläche verschwindet und sie steht vor einer Saunakabine und blickt in zwei hilflose, schreiende Gesichter ... Gesichter, die sich in Angst und Panik winden ... Toms Gesicht, das in Flammen steht ... der schreit und sie berühren will ... ihr mit seiner Zunge über das Gesicht leckt ... und sie kann sich nicht wehren ... das Fieber, das in ihr brennt, lässt sie halluzinieren, deckt Gedanken auf, die sie nicht kennt, die nur ihr Unterbewusstsein erlebt hat. Hat es? Traum oder Realität? Hilfe? Wann kommt Hilfe? Wer wird sie retten aus ihren Träumen? Katharina? Sven? Die beiden Gesichter tauchen vor ihren Augen auf, verschwimmen und vereinigen sich. Wer soll sie retten? Wer wird sie retten?

Das anhaltende Schrillen der Türglocke reißt Mia aus der dunklen Umarmung ihrer Gedanken. Ihr Körper ist heiß, doch sie friert, zittert am ganzen Leib. Das Fieber hat seinen Höhepunkt noch nicht erreicht. Mühsam wischt sie sich die getrockneten Tränen aus den Augen und richtet sich langsam auf. Alles um sie herum dreht sich, doch sie muss zur Tür. Dort wartet die Rettung, da ist sich Mia ganz sicher. Unter Qualen schlurft sie durch den Raum, stützt sich an den Wänden ab und setzt einen Fuß vor den anderen.

»Reiß dich zusammen ... Alles wird gut ... Gleich ...«, murmelt sie ihre eigenen Gedanken wie ein Mantra vor sich hin, um sich selber Kraft zu geben. Wie durch einen Tunnel sieht sie ihr Ziel vor Augen, erreicht es atemlos und kann die Türklinke herunter drücken.

»Was ist …? Oh mein Herz? Wie siehst du aus?« Katharina Pescado steht in ihrem schwarzen, bodenlangen Mantel vor der Tür und schlägt sich ihre zarten Hände vors Gesicht. Seit wann spricht sie so mit mir?, wundert sich ein Teil von Mia, doch sie nimmt es einfach hin. Sie ist jetzt nicht in der Lage, klar zu denken. Wie ein warmes Licht schwebt die Psychologin an ihre Seite, hält sie fest und schließt die Tür. In dieser Umarmung fühlt Mia sich wohl und geborgen. Die Hilfe ist da. Jetzt wird alles wieder gut.

»Hier, nimm das«, sagt Katharina und schiebt Mia eine Tablette zwischen die Zähne. »Gleich kommst du wieder zu dir. Ich mache uns erst einmal einen Kaffee und du erzählst mir, was passiert ist«. In diesem Moment rutscht ein Teil des Bademantels von Mia's Schulter und entblößt ihre rote, verwundete Haut. »Ach du sch …«, sagt Katharina und schlägt sich erneut die Hand vor den Mund. Seit wann macht sie das denn? Mia ist dieses Verhalten an der starken, einfühlsamen Frau noch nie so aufgefallen.

»So schlimm? Was ist denn nur passiert?« Katharina hat Mia hinter sich in den Wohnraum gezogen und sie behutsam auf die Couch gedrückt. Da sitzt Mia nun und beobachtet die Psychologin, wie sie an der Küchentheke steht und heißes Wasser aufsetzt. Danach füllt sie Kaffeepulver in den Filter und nimmt zwei Tassen aus dem Küchenschrank. Doch all das registriert sie nur durch einen grauen Nebelschleier. Langsam aber sicher beginnt die Tablette, von der Mia wieder einmal nicht weiß, was sie da genommen hat, zu wirken und es ist ihr plötzlich alles egal. Ihr Bewusstsein verschiebt sich um ein paar Millimeter und sie beobachtet ihre Psychologin aus der kurzen Distanz. Eine Zigarette wäre jetzt gut. Hat sie die Kraft aufzustehen und sich eine aus der Handtasche zu holen? Oder soll sie Frau Pescado bitten? Doch urplötzlich fühlt sie eine Kraft in sich, die es ihr mühelos ermöglicht aufzustehen und ihr Tasche zu holen. Ja, die Tablette wirkt – ganz egal, was es war, Mia ist froh darüber. Sie kehrt auf die Couch zurück, zündet sich eine Zigarette an und bläst den blauen Dunst in den Raum. Hat sie noch nie gemacht - egal. Normalerweise raucht sie nur auf dem Balkon - egal. Ach, ihr ist gerade alles egal. So egal – scheißegal! Was für ein herrliches Gefühl. Keine Gedanken, keine Gefühle, nur der Rauch in ihrer Lunge. Was ist das nur für ein Zeug, das ihr die Therapeutin verabreicht hat und warum hat sie es ihr nicht schon früher gegeben? Auch egal!

Nachdem der Kaffee durchgelaufen ist und zwei Porzellantassen mit dampfendem Inhalt auf dem Wohnzimmertisch stehen, setzt sich Katharina neben sie.

»Erzähl mir bitte alles, was heute passiert ist. Ich bin hier und höre dir zu. Hier bei mir kann dir nichts mehr passieren. Ich helfe dir. Hör mir genau zu ...«, sagt sie in ihrer ruhigen, beschwörenden Art. Es tut Mia sehr gut, diese Stimme zu hören. Diese Stimme, diese beruhigende Stimme, zusammen mit der Wirkung der Tablette, umarmt sie wie eine weiche Decke und führt sie langsam in die Vergangenheit zurück. Sie erlebt die letzten Stunden noch einmal in Hypnose. Nur zu gerne lässt sie ihre Seele fliegen, schließt die Augen und beginnt leise zu erzählen.

Während Mia die grausame Tat in allen Einzelheiten, an die sie sich jetzt erinnern kann, schildert, unterbricht sie die Psychologin kein einziges Mal. Mit jedem Wort, das über Mias Lippen dringt, wird es ihr leichter ums Herz. Am Anfang noch mit Tränen in den Augen, wird ihre Stimme immer fester und als sie die letzten Worte gesprochen hat, ist sie wie befreit. Drei ... zwei ... eins ...

Die Wirkung der Tablette hat sich vollkommen entfaltet und Mia erlebt alles, wie in einem Film. Die Vergewaltigung – nur ein Film. Die Hypnose – nur ein Film. Ihr Leben, die Morde – alles nur ein Film, der bald zu Ende ist und den sie interessiert von außen betrachtet. Mit ausdruckslosen Augen sitzt sie neben Katharina und beide Frauen schweigen. Mia's Kopf ist leer. Keine Gefühle, keine Gedanken ... einfach nur weiße, weiche Leere. Ein herrlicher Zustand.

Nach einigen Minuten dreht sich Katharina plötzlich herum, nimmt ihre Patientin in den Arm und streichelt ihr zärtlich übers Haar. Mia versteht das nicht, aber sie lässt es geschehen. Ihr Geist ist so rein wie ein leeres Glas – das gefüllt werden will. Alle Gedanken sind ausradiert. Nichts ist mehr wichtig. Nicht die Vergangenheit, nicht die Zukunft ... nur noch das Hier und Jetzt zählt. Katharina zählt ... und auf einmal, so, als wenn jemand das Licht angemacht, oder auf »Neustart« gedrückt hätte, kehrt ein Gedanke in ihr Bewusstsein zurück. Nur noch dieser eine, rote Gedanke strahlt wie das Licht der aufgehenden Sonne, breitet sich in ihrem Körper und ihrer Seele aus und manifestiert sich darin. Liebe. Die Liebe zu einer Person – Katharina. Vielleicht ist es richtig, Liebe zu empfangen. Liebe, körperliche Liebe, von Katharina, ihrer Psychologin. Vielleicht ist das ihre Bestimmung, der Grund, warum sie noch lebt. Die zierliche Frau mit den blonden, kurzen Haaren, der wundervollen Stimme und den feingliedrigen Händen wird nicht brutal sein, wird sie nicht verletzen. Sie wird ihren Körper nur zärtlich berühren, ihre Seele streicheln und sie in ihren starken Armen halten. Sie wird ihr die Liebe schenken, die ... die sie sich so sehr von Sven wünscht. Ach Sven, wäre er doch jetzt hier. Wäre er doch an ihrer Stelle ... Doch Mia drängt die Gedanken an Sven zurück. Sie fühlen sich falsch an. Ein schwarzer Fleck in diesem allumfassenden Rot, das sie durchfließt. Sven fühlt sich falsch an. Nur Katharina ist wichtig. Mia schließt ihre Augen erneut und lässt sich in Katharinas Arme sinken. Sven hat sich nicht mehr gemeldet. Er ist nicht hier. Aber sie ist hier. Ihre Psychologin, ihr Freundin, ihre Vertraute. Mia gibt sich ihren Gefühlen hin und ist lässt es geschehen. Alles wird gut.

- 22-

»Ruhig mein Mädchen. Alles wird gut. Ich werde deine Wunden heilen. Ich werde deinen Körper lieben, deine Seele und deinen Geist. Bei mir wirst du sicher sein. Komm, folge mir«. Mit diesen Worten zieht sie Mia sanft, aber mit Nachdruck von der Couch und schiebt sie Richtung Bett. Dann lässt sie sich darauf fallen, zieht Mia hinter sich her und beide landen auf der weichen Matratze. Katharina lacht wie ein junges Mädchen und Mia stimmt mit ein. Noch immer steht sie unter dem Einfluss der Tabletten, aber es fühlt sich so richtig an. Sie will es. Jetzt. Beide Frauen wälzen sich kichernd in den Laken und necken einander wie zwei junge Kätzchen. Plötzlich hält Katharina inne, nimmt Mias Kopf in ihre feinen, zärtlichen Hände und küsst sie auf den Mund. Dieses Gefühl ist so neu und unbekannt, dass sich Mias Körper versteift. Ist das richtig? Soll sie wirklich? Doch je länger der Kuss dauert, desto intensiver wird er. Erst ganz sanft, dann immer fordernder streichelt die Zunge der einen Frau über die Lippen der anderen - und diese gibt sich mit einem Seufzer hin. Mia verdrängt alle Zweifel. Es ist gut und es ist richtig. Genau so. Die Spannung fällt von ihr ab und sie schwebt. Sie will genießen, will leben, will lieben. So öffnet sie ihre Lippen und beginnt die Zuneigung zu erwidern. Vorsichtig streift Katharina den weichen Bademantel von Mias Schultern, öffnet ganz langsam den Gürtel und streichelt zärtlich über ihren geschundenen Körper. Mia öffnet die Lider einen Spalt und blickt Katharina in die Augen. In ihrem flehenden Blick kann die Psychologin den stummen Wunsch erkennen, vorsichtig und behutsam zu sein.

»Was machst du nur mit mir?«, fragt Mia schüchtern, denn diese Zärtlichkeit ist neu für die junge Frau. Doch das Pochen in ihrem Unterleib zeugt davon, dass sie es gut findet. Sehr gut sogar.

»Entspann dich ...«, haucht Katharina ihr ins Ohr »und lass dich überraschen. Ich werde dich fliegen lassen. Vertrau mir, mein Mädchen«. Katharina hält ihr Versprechen.

Nachdem auch sie sich ihrer Kleidung entledigt hat, beginnt sie, Mias Körper von oben bis unten mit Küssen zu bedecken. Mia fühlt sich wunderbar, geliebt, beachtet und einzigartig. Sie kann ihren Körper spüren, jeder einzelne Zentimeter brennt wie Feuer, doch es ist ein fantastisches Gefühl. Sie fühlt sich, wie sie sich noch nie zuvor gefühlt hat. Sie genießt jede Berührung, jeden Kuss und jedes zärtliche Wort.

»Lass mich nur machen. Entspann dich und genieße«, flüstert ihr Katharina zu, als sie zwischen ihren weichen Schenkeln angekommen ist und ihre empfindlichste Stelle berührt. Erst mit den Fingern, dann mit der Zunge bringt sie Mia zum Stöhnen und gemeinsam fliegen sie hoch und immer höher hinauf in den Himmel der Leidenschaft. In einem wahren Feuerwerk der Emotionen explodiert Mia, als Katharina die harte Knospe zwischen ihren Schenkeln immer schneller mit der Zunge liebkost. Der Schrei, der aus ihrer Kehle dringt, löst all ihre Spannungen und scheint nicht menschlich zu sein. Tränen der Glückseligkeit rinnen an Mias Wangen hinunter, die sie nicht einmal bemerkt. Ihr Körper bäumt sich auf und sie krallt sich in den Kissen, die um sie herum liegen, fest. In diesem wundervollen, einzigartigen Moment schwört sie sich, das zu wiederholen. Nie wieder will sie auf diese Leidenschaft verzichten, die sie so noch nie erlebt hat. Alle Gedanken an die Morde, ihre Träume, ihr Verzweiflung, die Vergewaltigung, ihren Ex-Mann ... und auch an Sven verschwinden im Universum, lösen sich auf und haben keine Bedeutung mehr.

Das Lächeln in Katharinas Gesicht sieht sie erst, als diese ihr einen feuchten Kuss auf den Mund gibt und sie anstrahlt.

»Na, mein Vögelchen, alles gut bei dir? Schlaf jetzt und ruh dich aus«, sagt Katharina, streichelt ihr über die Wange und zieht die Bettdecke über ihre verschwitzen Körper. Mia kann nur nicken. Ihre Kehle ist wund von ihrem ekstatischen Schrei und sie fühlt sich leer - aber unwahrscheinlich zufrieden und glücklich. Wie ein Baby rollt sie sich in den Armen von Katharina zusammen und schläft behütet und friedlich ein.

»Guten Morgen, meine Liebe«. Katharinas Stimme dringt wie durch Watte an Mias Ohren. Wo ..? Warum …? Sie hat so wunderbar geträumt. Von Sven und einer traumhaften Nacht mit ihm. Sie haben sich geküsst und sind dann im Bett gelandet. Er hat sie gestreichelt, liebkost und …

Langsam kehrt ihre Erinnerung an den vergangenen Tag und besonders an die vergangene Nacht zurück. Ihr Traum war wirklich nur ein Traum. Mia hält ihre Augen geschlossen und will noch nicht erwachen. Was hat sie nur gemacht? Wozu hat sie sich hinreißen lassen? Es ist nicht gut, dass Katharina immer noch hier ist - die ganze Aktion war nicht gut. Nicht, dass sie undankbar gewesen wäre … aber sie liebt Katharina nicht. Es waren ihre Worte, ihre Stimme, ihre Hände … und die Situation, die sie so weit getrieben hat. Hat Katharina ihren Zustand ausgenutzt? Waren die Tabletten schuld? Aber Mia wollte es doch auch … oder nicht? Mia seufzt innerlich. Wie kommt sie da nur wieder raus? Wie kann sie Katharina erklären, dass das alles ein großer Fehler war, und dass sie viel lieber neben Sven aufgewacht wäre - ja, das wäre jetzt fantastisch gewesen. Wenn ER ihr den Kaffee ans Bett gebracht hätte, wenn ER ihr liebe Worte ins Ohr geflüstert hätte, wenn … aber es ist eine Frau, die neben ihr am Bett steht und eine Kaffeetasse in den Händen hält. Ihr muss etwas einfallen. Was weiß sie noch nicht, aber sie muss die Sache klären. Jetzt!

Mia reckt sich, seufzt schwer und öffnet ihre Augen. Katharina schenkt ihr ein bezauberndes Lächeln und Mia kann nicht anders, als zurück zu lächeln. Irgendwie ist sie schon niedlich, wie sie da in meinem großen Bademantel steht - stark und doch so zerbrechlich, denkt Mia und richtet sich auf. Dann nimmt sie die Tasse, ihre grün-weiße Lieblingstasse mit dem Froschkönig darauf, in Empfang und bedankt sich. Katharina lässt sich neben sie in die Kissen sinken und trinkt vorsichtig aus ihrer Tasse in der Hand. Wie schön könnte diese Situation sein, wenn nicht sie, sondern Sven …

In diesem Moment rutscht die Decke ein Stück hinunter und sie spürt, wie ihre Haut brennt. Dann fällt ihr Blick auf den blauen Schal, der über ihrem Kleiderständer hängt und sie erstarrt. Hat Katharina ihre Kleidung aus dem Bad aufgeräumt? Schlagartig kehren alle Erinnerung an die schlimmen Stunden vom Vormittag - an die Vergewaltigung - zurück und das Lächeln erstirbt auf ihren Lippen. Ihr sicher verschlossen geglaubter Tresor, in den sie während der Hypnose die Vergewaltigung verstaut glaubte, hat sich wieder geöffnet. Die dunklen Gedanken ergießen sich in ihre Seele, bahnen sich einen Weg und Tränen schießen aus Mias Augen.

»Woran denkst du?«, fragt Katharina besorgt, als sie die Tränen bemerkt.

»Ach …«, schluchzt Mia auf. Wann hört endlich diese blöde Heulerei auf? Wann kann ich endlich wieder glücklich und normal sein? Wann … ?, denkt Mia, doch sie spricht es nicht aus.

»Du denkst an den Typen von gestern, stimmt's?«, sagt Katharina und Mia hört die Verärgerung in ihrer Stimme. »Du musst den anzeigen. Geh zur Polizei! Der darf so nicht davon kommen!«, ruft sie wütend und springt vom Bett auf. Dann tigert sie ein paar Schritte durch das Schlafzimmer - immer hin und her. Mia weiß, dass die Psychologin dabei am besten nachdenken kann.

»Ja, ich weiß, aber …«, beginnt Mia nicht sehr überzeugend.

»Na, dann zieh dich an und geh! Wenn du willst, dann begleite ich dich und …«, spricht Katharina weiter, doch als sie Mias verschlossenen Gesichtsausdruck bemerkt, stoppt sie. »Warum … ?«

»Weil ich keine Beweise habe. Ich habe mir alle Spuren gründlich vom Körper gewaschen. Mir glaubt doch keiner … nach Allem, was in letzter Zeit passiert ist, schon gar nicht.« Mia seufzt schwer und die Psychologin nickt nachdenklich.

»Ja, du hast Recht. Das müssen wir anders lösen«, sagt Katharina nachdenklich und reibt sich mit der Hand über ihr Kinn.

»Ach, und wie? Quatsch. Ich vergesse es einfach, denke nicht mehr drüber nach. Hat doch gestern auch funktioniert. So schlimm war es doch gar ni …«, versucht sie sich herauszureden, doch Katharina unterbricht sie unwirsch.

»Natürlich war das schlimm! Soll der Typ etwa ungestraft davon kommen?«, fragt die Psychologin wütend und starrt Mia herausfordernd an.

»Aber ich weiß doch gar nicht mehr, wie der ausgesehen hat. Ich kann mich schon gar nicht mehr erinnern und …«, lügt Mia, die sich am liebsten wieder unter ihrer Bettdecke verkrochen hätte.

»Die Erinnerungen kommen zurück, wenn du ihn siehst«, unterbricht sie Katharina herrisch.

»Aber ich will den gar nicht mehr sehen«. Mia stellt die Kaffeetasse wütend auf ihrem Nachttisch ab und steigt aus dem Bett. Dann geht sie ohne ein weiteres Wort ins Bad und stellt sich unter die Dusche. Das Wasser brennt auf ihrer Haut und die Tränen fließen. Hier kann sie ungestört weinen. Sie will alles vergessen, will nicht die ganze Geschichte wieder und wieder erzählen. In allen Einzelheiten von der Vergewaltigung berichten, um dann vielleicht als Lügnerin abgestempelt zu werden. Man wird ihr nicht glauben. Man wird sie durch die Mangel drehen und …

»Ich habe eine Idee«, hört sie Katharina nun vor der Dusche. Warum kann sie mich hier nicht in Ruhe lassen? Das ist mein Bad, meine Zeit, meine Gedanken …, schimpft Mia innerlich, doch die Worte kommen nicht über ihre Lippen. »Komme gleich …«, antwortet sie stattdessen, denn sie will Katharina nicht vor den Kopf stoßen. Schließlich war sie gestern da und hat ihr geholfen. Wäre sie nicht gewesen, Mia hätte nicht gewusst, ob sie jemals wieder Berührungen zugelassen hätte. Egal von wem. Dafür wird sie ihr ewig dankbar sein. Mia atmet bewusst tief ein und aus, stellt das Wasser ab und schiebt den Duschvorhang zur Seite. In dem Moment reicht Katharina ihr das Handtuch und Mia steigt aus der Wanne.

»Wie schön du bist«, sagt die Psychologin leise, doch Mia hat es gehört - überhört. Sie will jetzt nicht darauf eingehen.

»Was für eine Idee hast du denn?«, fragt sie leicht genervt und beginnt sich abzutrocknen.

»Beeil dich und zieh dich an. Wir fahren noch einmal zum Kaufhaus. Vielleicht ist der Typ wieder da und versucht es auch bei anderen Frauen. Vielleicht können wir ihn überraschen …? Was meinst du?« Mia blickt erschrocken in die entschlossenen Augen der Frau, mit der sie gestern so intim geworden ist und zögert mit der Antwort. Eigentlich hat Katharina immer Recht, aber, soll sie wirklich … ? Sie hat Angst. Ganz schreckliche Angst, dass sie wieder das Opfer sein könnte, dass er ihr etwas antut, so wie er ihr gedroht hat, wenn …

»Ich glaube nicht, dass das so eine gute Idee ist«, beginnt Mia zweifelnd, doch Katharina streckt ihr bereits die Jeans entgegen.

»Doch ist es. Vertraue mir. Ich komme mit. Wir Beide machen das schon. Gemeinsam. Wirst sehen, es wird dir nichts passieren. Ich nehme einfach ein Messer mit. Falls er handgreiflich wird, dann ...». Mias Augen weiten sich erschrocken. Ist das ein Scherz oder meint Katharina das Ernst?

»Du willst … was? Ihn erstechen? Ermorden? Das geht doch nicht … das ...«, stottert Mia und lässt sich auf dem Rand der Wanne nieder. Plante die Psychologin etwa einen Mord? Einfach so? Da würde Mia nicht mitmachen. Niemals. Sie kann doch keinen Menschen umbringen. Auch nicht, wenn er ihr das Schlimmste angetan hat, was man einem Menschen antun kann - er hat ihr ihre Würde genommen.

»Quatsch. Ich will ihn doch nicht … ich will ihn nur zwingen, eine Aussage vor der Polizei zu machen - und wenn ich ihn mit dem Messer vor mir hertreiben muss.« Die Psychologin lacht schrill auf, doch ihre Augen bleiben dunkel. Ziemlich naiv, denkt Mia, während sie sich einen Pulli über den Kopf zieht. Wo ist die Professionalität und Stärke geblieben, die Mia an ihrer Therapeutin immer so bewundert hat? Liegt es an der Intimität und dem fehlenden Abstand, dass sie Katharina mit anderen Augen sieht? Doch, was soll sie machen? Ihr fällt auch keine andere Lösung ein und Katharina ist wild entschlossen etwas zu unternehmen.

»Vielleicht ist der Typ auch gar nicht da und wir gehen einfach wieder. Das wird das Beste sein. Wie hoch ist schon die Wahrscheinlichkeit?«, nuschelt Mia vor sich hin, während sie ihre Schuhe anzieht und nach ihrer Jacke greift.

»Hast du was gesagt?«, fragt Katharina nach, doch Mia schüttelt den Kopf. Sie ist die Diskussion leid. »Vergiss deinen Schal nicht. Es ist kalt draußen«, bemerkt Katharina noch, bevor sie gemeinsam die Wohnung verlassen und sich auf den Weg in die Innenstadt machen.

- 23 -

Die Fahrt mit dem Taxi dauert nicht sehr lange und als die beiden Frauen am Rande der Fußgängerzone aussteigen, weht ihnen ein eiskalter Wind entgegen. Mia zittert vor Anspannung und Kälte und bindet ihren Schal, den sie unter ihrem dicken Mantel trägt, enger um den Hals. Es riecht nach Schnee und die milchige Sonne hat sich hinter wabernden Nebelschleiern versteckt. Es ist kurz nach zehn Uhr und Mia erinnert sich daran, was sie nur einen Tag zuvor gedacht und gefühlt hat. Wie glücklich sie war und was für Pläne sie hatte. Wie sehr Vierundzwanzig Stunden doch ein Leben ändern können. Positiv wie negativ.

Wenige Minuten später stehen die Frauen vor den Schaufenstern des Kaufhauses und blicken ins Innere.

»Hier ist es, stimmt's?«, fragt die Psychologin und öffnet, ohne die Antwort abzuwarten, schwungvoll die gläsernen Schwingtüren. Ohne ein weiteres Wort nimmt sie Mia an der Hand und zerrt sie hinter sich her zwischen die Kleiderständer. Genau hier war Mia auch gestern gestanden, bevor ...

«Es ist besser, wenn wir uns trennen und nach ihm suchen. Damit ist die Chance größer, ihn zu erwischen. Es war gestern um die gleiche Uhrzeit, oder?« Mia nickt stumm. Die Angst sitzt tief in ihren Eingeweiden und spiegelt sich in ihren Augen wieder. Sie will weg, will hier raus, will ... Doch Katharina wischt ihre Sorgen mit einer unwirschen Geste beiseite.

»Hör auf zu jammern. Da musst du jetzt durch. Oder willst du das Schwein entkommen lassen? Ich bin deine Therapeutin und weiß genau, was gut für dich ist. Konfrontationstherapie. Schon mal gehört? Los jetzt! Wenn du ihn als erstes siehst, rufst du mich an. Ich bin dann gleich bei dir. Hab keine Angst. Also los jetzt!«, befiehlt Katharina herrisch, schubst Mia zwischen die Reihen der aufgebauten Hosenberge und ist Sekunden später in die Gegenrichtung verschwunden.

Mia weiß, dass sie sich gegen den Mann nicht wehren kann und hofft innständig, dass sie ihn nicht sieht. Sie duckt sich tief hinter den Bergen aus Stoff und tut so, als suche sie nach einer Hose. Ihre Mütze, die sie an diesem kalten Tag über ihre langen Haare gestülpt hat, hat sie tief ins Gesicht gezogen und ihr Handy hält sie fest in der Hand. Falls sie ihn doch erblickt, will sie nicht erst lange suchen müssen.

»Entschuldigung, kann ich Ihnen helfen«, hört sie in genau diesem Moment eine ihr sehr bekannte Stimme hinter sich und der Duft seines Aftershaves weht ihr in die Nase. Mia ist wie versteinert. Das ist er. Doch ihr Unterbewusstsein weiß, was zu tun ist und lässt sie die Wahlwiederholung an ihrem Handy betätigen. HILFE!

Ich lasse das Handy wieder sinken. Die blauen Tropfen aus der kleinen Flasche waren die Letzten, doch sie reichen aus, um mein Bewusstsein zu vernebeln und mir die Kraft zu schenken, die ich nun brauche. Die Worte meiner Psychologin waren klar und deutlich und ich weiß, was ich zu tun habe. Ich richte mich geschmeidig wie ein hungriger Tiger hinter dem Kleiderberg auf, schiebe meine Mütze etwas zurück und antworte charmant aber bestimmt:

»Ja. Das können Sie. Sie können mir helfen. Folgen Sie mir zu den Umkleidekabinen«. Ich drehe mich auf dem Absatz herum und schreite hoch erhobenen Hauptes in den hinteren Teil des Kaufhauses. Gestern bin ich ihm gefolgt, heute folgt er mir. Das bekannte Feuer in meiner Seele ist wieder da. Brennend heiß und vernichtend. Er wird leiden! Er wird sterben, so wie ein Teil von mir gestern gestorben ist. Mein Hass auf diesen Mann ist grenzenlos. Wie auf alle Männer, die ich bisher getötet habe. Auf dem Weg zu den Kabinen greife ich nach einem schwarzen Kleid und winke ihn hinter mir her. Wie eine Motte folgt er dem Licht. Meinem Licht - und genau so werde ich ihn verbrennen, wenn er mich berührt. Wie auch gestern ist heute früh noch nichts los, sodass ich hinter dem Vorhang verschwinde. Doch dieses Mal ziehe ich mich nicht aus. Ich wickle den blauen Schal von meinem Hals und warte auf den Mann, der sich gleich blicken lassen wird. Schwer atmend lehne ich an dem Spiegel, der mir gestern den Fluchtweg abgeschnitten hat und sehe die Wut in den Augen eins Menschen, den ich nicht kenne. Doch es ist mein Gesicht, das mir aus der gegenüberliegenden Spiegelfont entgegen starrt. Wage Zweifel machen sich in mir breit, als ich mich, die Frau in dem Spiegel, betrachte. Katharina? Wo ist sie? Ein Funken Verstand versucht sich einen Weg durch die dicken, schwarzen Wände meines Bewusstseins zu bahnen, doch genau in dem Moment schiebt sich der Vorhang zu Seite und das Feuer in mir bekommt neue Nahrung. Ich brauche Katharina nicht. Ich schaffe es alleine, so

wie ich es immer alleine geschafft habe. Das süffisante Grinsen meines Gegenübers gibt mir die Kraft dazu. Töten!

»*Aber, Sie haben sich noch nicht entkleidet. Dann kann ich auch nicht ...*«, *beginnt er etwas verwundert das Gespräch.*

»*Doch, es geht auch so*«, *sage ich zu ihm und ziehe ihn zu mir in die Kabine. Der Vorhang fällt und schließt uns ein. In diesem Moment erkennt er mich und seine Kinnlade klappt nach unten.*

»*Aber ... was ...?*«, *beginnt er zu stottern und ich halte meinen Schal in beiden Händen. Ohne ein weiteres Wort schlinge ich ihm den blauen Stoff um seinen Hals. Er ist so erschrocken, dass er sich nicht wehrt. Flink drücke ihn an die Spiegelwand, an die ich gestern gepresst worden bin, und ziehe immer fester an den Enden des Stoffes. Mein Knie habe ich in seinen Rücken gedrückt und die anfänglich wütenden Schreie werden von Sekunde zu Sekunde leiser. Jetzt bin ich sehr froh, dass sich in dieser Umkleide kein weiterer Mensch befindet, der uns hätte hören können. Ich ziehe immer fester und fester. Meine Kraft scheint übermenschlich zu sein, denn ich weiß, dass ich einen Auftrag zu erfüllen habe. Ich weiß, dass dieser Mann sterben muss, dass er sterben wird. Hier durch meine Hände.*

»*Du wirst keiner Frau mehr die Seele brechen*«, *flüstere ich ihm ins Ohr und sehe seine großen, vor Angst und Schreck geweiteten Augen im Spiegel. Auch mein Bild sehe ich, aber ich erkenne mich noch immer nicht. Es ist eine andere Frau, die das alles tut. Nicht ich. Ich ziehe noch immer und langsam erschlafft sein Körper unter meinen Händen. Nur noch ein ungläubiges Röcheln kann er zwischen seinen blauen Lippen hervor pressen. Nach einer gefühlten Ewigkeit, ist kein Laut mehr von ihm zu hören. Nur noch eine schlaffe Hülle liegt wie ein Häufchen Elend vor mir. Ich drehe mich um, verlasse die Kabine und begebe mich zum Ausgang. Mein Auftrag ist erledigt. Nun will ich nur noch schlafen. Lange und tief schlafen.*

- 24 -

Gedanken formen sich, nehmen Gestalt an und verschwimmen sogleich wieder. Bunte Kreise in einem schwarzen Abgrund. Mia hat Angst, unsagbare Angst und zittert am ganzen Leib. Sie will nicht in diesen Strudel der Gefühle gesogen werden, kann sich aber auch nicht halten. Der Abgrund ist so nah und sie so winzig klein. Plötzlich ist Sven da. Sie sieht sein Gesicht vor sich. Ganz nah und doch so weit entfernt. Er schreit und hält ihr seine Hand entgegen. Doch, sie kann sie nicht ergreifen, droht zu fallen.

»Sven! Halte mich!«, ruft Mia und weiß, dass sie träumt. Sie will nicht … fallen … doch … die Erde vibriert … erzittert … und sie rutscht immer tiefer. Bunte Nebelschwaden hüllen sie ein … und sie fällt …

Angsterfüllt reißt Mia die Augen auf. Im ersten Augenblick kann sie sich nicht bewegen, kann keine klaren Umrisse erkennen und hat höllische Kopfschmerzen. So schlimm war es noch nie. Verwirrt blinzelt sie ein paar Mal mit den Augen und versucht den Schleier davor zu vertreiben. Ganz langsam ziehen sich die dunklen Schatten in die hinterste Ecke ihres Bewusstseins zurück, doch auf ihrer Zunge bleibt ein fahler Nachgeschmack. Wo ist sie? In ihrem Bett? Warum? Die Uhr zeigt kurz vor vier Uhr. Nachts? Nein. Durch die halb offenen Gardinen scheint ein Stückchen der untergehenden Sonne und malt bunte Kreise auf ihren Parkettboden. Die Kopfschmerzen rauben ihr fast den Atmen. Warum liegt sie im Bett? Was …? Mit voller Wucht schlagen die Erinnerungsfetzen auf sie ein. Kaufhaus … Katharina … Umkleide …? Was war dann? Die Vergewaltigung ist doch bereits … gestern geschehen, oder? Raum und Zeit verschwimmen und Mia stöhnt auf. Plötzlich hört sie wieder dieses Vibrieren, dass sie aus dem unruhigen Schlaf befreit hat. Ihr Handy. Es liegt wie immer neben ihr auf dem Nachttisch und bewegt sich tanzend über die kleine, weiße Fläche. Unfähig danach zu greifen bleibt Mia einfach liegen und hält sich ihren Kopf. Sie kann jetzt nicht … will jetzt nicht … will wieder schlafen, ohne Träume, der Realität entfliehen … Warum zum Teufel verschläft sie ihr ganzes Leben? Wenn es wenigstens erholsamer Schlaf gewesen wäre …

Nun endlich beginnt sich der Schleier von ihren Augen zu lichten und sie richtet sich langsam auf. Noch immer droht ihr Kopf zu zerplatzen. Hat sie einen Tumor? Aber die Ärzte im Krankenhaus haben nichts festgestellt. Auch sie wissen nicht, woher dieser dauernde Druck in ihrem Schädel kommt. Mit beiden Händen drückt sie sich gegen die Schläfen und kann sich endlich aufrichten. Sie hat dazu gelernt und weiß, wenn sie es zu schnell versucht, dreht sich ihr Magen und ihr wird schlecht. Noch einmal wirft sie einen Blick auf ihr Handy. Achtzehn Anrufe in Abwesenheit. Katharina? Nein. Es die Handynummer von Sven, die ihr entgegen springt. Sven? Aber …? Ein Kribbeln macht sich in ihrer Magengrube breit, das nicht von den Kopfschmerzen herrührt und nun wird ihr doch schlecht. Was will er denn? Jetzt? Er hat doch die letzten Tage, nach dem Krankenhausbesuch und dem Kuss auf ihre Stirn – Mia seufzt bei dem Gedanken auf – nichts mehr von sich hören lassen. Warum dann jetzt? Doch bevor sie die bohrenden Fragen des Kommissars beantworten will - und kann - braucht sie eine Kopfschmerztablette, einen Kaffee und … ja, auch eine Zigarette. Wach werden und die Kopfschmerzen los werden, lautet ihre Devise - und genau das macht sie auch.

Nachdem sie sich im Bad mit kaltem Wasser die Reste der Tränenflüssigkeit aus den Augen gewischt und sich danach in der Küche eine Tasse Kaffee aufgebrüht hat, geht sie mit Jogginghose und Bademantel auf den Balkon. Die Sonne ist mittlerweile untergegangen und ein eiskalter Wind weht ihr um die Nase. Doch die Kälte tut ihr gut. Langsam verschwinden ihre Kopfschmerzen. Ganz ohne Tablette. Die Sterne am Himmel über ihr blinken und Mia muss an einen Diamanten denken. Rot, blau grün ... schimmern die kleinen, hellen Punkte am schwarzen Himmelszelt. Wunderschön. Sandy. Dort sind auch die beiden, hellen Sterne, die sie bereits vom Balkon der Klinik gesehen und ein Gedicht darüber geschrieben hat. Ein Lächeln schleicht sich auf ihre Lippen, als sie an die Freundin denkt. Was ist nur alles geschehen, seit sie sich das letzte Mal getroffen haben. Sie hatten sich versprochen, sich nicht mehr zu verlieren ... und doch ist es geschehen. Sandy war ihr Halt, ihre beste Freundin, ihre Stütze. In diesem Moment vermisst sie die Freundin schrecklich und beschließt, sie gleich anzurufen und mit ihr über die vergangenen Tage zu sprechen. Vielleicht weiß die Freundin einen Rat. Das Vertrauen zu Katharina ist zutiefst erschüttert. Warum muss nur immer alles so schrecklich kompliziert sein? Warum kann sie nicht einfach ihr Leben leben und genießen. Vielleicht mit Sven an ihrer Seite ... ohne Katharina, ohne Gedanken und Sorgen ... ohne Vergangenheit.

Nachdem sie ihren Kaffee geleert und die Zigarette ausgedrückt hat, verlässt Mia die romantische Szene auf dem Balkon. Ihr ist kalt. Noch einmal gießt sie sich einen frischen Kaffee ein und setzt sich mit der Tasse in der einen Hand und ihrem Handy in der anderen auf die Couch. Es wird Zeit, Sven zurückzurufen.

Es klingelt und klingelt ... doch keiner nimmt ab.

»Na klasse - und deswegen so sein Stress«, seufzt Mia laut und will das Handy bereits wieder beiseitelegen, als es erneut vibriert.

»Na endlich, Sven. Schön, dass du dich wieder meldest. Ich habe dich schon vermisst, nach deinem Kuss im Krankenhaus ...?«, versucht Mia das Gespräch von Anfang an in eine angenehme Richtung zu lenken. Sie hat wirklich keine Lust darauf, wieder über irgendwelche Morde, die sie nicht gesehen hat, zu diskutieren. Sven scheint von ihren Worten schockiert, denn am anderen Ende der Leitung herrscht eisiges Schweigen.

»Sven? Hallo? Ich wollte … bist du jetzt sauer...?«, fragt Mia kleinlaut, doch noch immer bekommt sie keine Antwort. Aber … da ist doch jemand. Sie hört den Atem ihres Gesprächspartners.

»Sven? Welcher Sven?«, hört sie die Stimme von Katharina und erschrickt zutiefst. Aber, sie hat doch … Verdammt!

»Ich ... dachte...«, stottert Mia und versucht, sich auf die Schnelle eine Ausrede auszudenken. Doch ihr fällt beim besten Willen nichts ein. Also bleibt sie bei der Wahrheit und erzählt ihrer Psychologin von Sven. Sven Wolf, dem Kommissar, in den sie sich verliebt hat. Irgendwann muss es ja mal raus, spricht sie sich in Gedanken Mut zu und erzählt Katharina in allen Einzelheiten, was sie mit Sven erlebt hat und schildert ihre Gefühle zu ihm.

»Ja, ich habe mich in Sven Wolf, den Kommissar verliebt. Es tut mir schrecklich leid, dass du es so erfahren musst, aber, ich will dich nicht länger belügen. Unsere Nacht war wundervoll, doch es wird keine Wiederholung geben. Bitte, versteh mich. Ich mag dich wirklich gern. Als Freundin und als Therapeutin. Aber eben nicht als … Liebhaberin. Es tut mir leid, Katta.« Mit jedem Wort, das ihr über die Lippen kommt, fühlt sich Mia besser. Es ist, als würde sie eine Tür in die Freiheit, in eine glückliche Zukunft aufstoßen, und Katharina würde hinter dieser Tür zurück bleiben. Tief in ihrem Inneren schmerzt es entsetzlich, doch sie weiß, dass sie nur glücklich sein kann, wenn sie Katharina loslässt. Genau jetzt. Am anderen Ende herrscht eisiges Schweigen.

»Hallo? Katta? Bist du noch da? Ich sagte doch, dass es mit leid tut. Kannst du mich denn nicht verstehen? Was...?«, fragt Mia kleinlaut und verwendet die intime Anrede. Ihr schlechtes Gewissen frisst sich in ihre Eingeweide und Mia wird übel. Aber sie kann doch nichts dafür, dass ihr Herz für Sven und eben nicht für Katarina schlägt.

»Ja ... ich bin noch da«. Die Stimme der Psychologin klingt rau und dunkel. Weint sie? Mia ist ganz ruhig und hört den Atemzügen ihrer Psychologin zu. Sie traut sich nicht, etwas zu sagen. Was hätte sie auch sagen sollen? Sich erneut entschuldigen? Für was? Nein. Sie wird das jetzt klären - dass es am Telefon passieren muss, auch dafür kann Mia nichts. Nach einer kleinen Ewigkeit räuspert sich Katharina

»Eigentlich ... eigentlich wollte ich mich nur nach deinem Zustand erkundigen. Aber wenn du ...«. Wieder herrscht zwischen ihnen dieses eisige Schweigen, bevor sich Katharina erneut räuspert und fortfährt »So, also Sven Wolf, ja? Na, ist doch wunderbar, dass du dich so gut mit dem Kommissar verstehst. Vielleicht kann er dir ja helfen ... dir von den Morden erzählen ... oder so.« Die Stimme der Psychologin klingt noch immer belegt und Mia kann die Tränen in ihren Augen förmlich sehen.

»Ja, ich hoffe es ...«, antwortet Mia und ist froh, dass Katharina die ganze Situation so gut auffasst. »Sicher ist es gut, wenn ich etwas über die Morde und vielleicht auch bald etwas über den Täter erfahre. Vielleicht kann ich so endlich abschließen. Aber ... bitte. Sei nicht traurig, ja? An unserem Verhältnis ändert sich doch nichts. Wir sind doch Freundinnen. Ich mag dich sehr und ...«, versucht Mia Katharina zu trösten. Sie will ihr doch nicht wehtun, sie nicht verletzten, nicht Katharina, die ihr das Leben gerettet und wieder lebenswert gemacht hat. Doch die Psychologin reagiert anders, als Mia erwartet hat. Sie weicht vor der imaginären Umarmung zurück und zischt wütend ins Telefon.

»Wir haben ein freundschaftliches Verhältnis? Das müsste ich aber wissen, Mia. Ich bin deine Therapeutin, nicht mehr. Wenn sich das für dich anders angefühlt hat, dann entschuldige. Ich wollte nur helfen ...« Mia ist erstaunt und schweigt. Auch gut. Dann eben so. Wenn es für Katharina leichter ist, das so zwischen ihnen zu verdrängen, dann spielt Mia eben mit.

»Danke, dass du mir geholfen und mir mein Leben gerettet hast«, flüstert sie leise und hofft, dass das Gespräch bald beendet ist.

»Was wollte er denn von dir? Dein Kommissar?«, fragt Katharina schnippisch und geht auf Angriff über. Die Tränen in ihrer Stimme sind versiegt.

»Ich weiß es nicht. Ich glaube, ich rufe ihn noch einmal an. Er hat mich vor ein paar Tagen zum Essen eingeladen. Vielleicht wollte er fragen, ob und wann ich das einlösen möchte«, antwortet Mia wahrheitsgemäß. Sie hat die Lügerei so satt!

»Na dann ... Viel Spaß mit deinem Kommissar. Ich glaube, wir sollten unsere therapeutische Verbindung lösen. Ich sehe keine Zukunft mehr darin - und außerdem glaube ich, dass du nun jemand anderen an deiner Seite hast. Da brauchst du mich nicht mehr«, zischt Katharina wütend, bevor sie das Gespräch ohne Gruß beendet. Das Klicken in der Leitung versetzt Mia einen Stich ins Herz.

Mia ist traurig und wütend zugleich. Hätte sie ihr nichts erzählen sollen? Klar, sie wollte sich auch von Katharina, als Therapeutin, lösen. Aber doch nicht so! Genau in diesem Moment klingelt das Handy erneut. Katharina? Will sie doch noch einmal …? Hat sie es sich anders überlegt? Hoffnungsvoll blickt Mia blickt auf das Display, um sich zu vergewissern, wer sie anruft. Noch einmal passiert ihr so ein Fehler nicht.

Doch es ist Svens private Nummer, die auf dem Display erscheint.

»Ach, jetzt doch«, brummt Mia, atmet drei Mal tief durch und räuspert sich - was für ein Gefühlschaos.

»Hallo Sven. Schön, dass du dich meldest. Ich wollte dich gerade …«, beginnt sie mit einem Lächeln in der Stimme, das jäh erstirbt, als sie seine Stimme hört.

»Guten Abend Frau Peterson«, sagt Sven steif. Was ist denn nun wieder los? Haben sich heute alle gegen sie verschworen? Die Übelkeit in Mias Magen nimmt zu und sie ist verunsichert. Sitzt er noch im Büro und kann nicht sprechen, wie er will? Oder, ist etwas anderes vorgefallen? Sie entschließt sich, das Spiel mitzuspielen. Vielleicht ergeben sich später Antworten.

»Guten Abend Herr Kommissar«, antwortet sie daher mit einem dicken Klos im Hals. Irgendwie macht sie alles falsch. Wäre sie doch lieber im Bett geblieben. Vor Tagen schon. Das Chaos nimmt und nimmt kein Ende.

»Ich müsste Sie dringend sprechen. Wieder ist ein Mord passiert und die Kamera des Kaufhauses hat Sie erkannt, wie Sie zum vermeintlichen Zeitpunkt dort gewesen sind. Haben Sie kurz Zeit? Ich würde Sie zu Hause besuchen. Bin schon in der Nähe«, überfällt er sie mit seinen Worten und seine Stimme klingt gehetzt.

»Ja«, presst sie leise hervorbringt, bevor sie die Verbindung unterbricht. Was …? Im Kaufhaus? Ein Mord? Ja, sie war da. Das weiß sie noch. Gestern … Heute …? Was …? Die Übelkeit überwältigt sie und Mia rennt ins Bad um sich zu übergeben. Nur bittere Galle schießt ihr in die Mundhöhle, doch sie kann das Würgen nicht unterdrücken. Die schwarzen Schleier kehren in ihr Bewusstsein zurück und sie bricht vor der Toilettenschüssel zusammen.

- 25 -

Die gnädige Ohnmacht hat sie nicht lange in ihren Armen gehalten und der stechende Kopfschmerz ist wieder zurück. Mühsam rappelt sich Mia auf, schaufelt sich kaltes Wasser ins Gesicht und starrt in ihr Spiegelbild über dem Waschbecken. Tiefe Ränder unter den Augen, ein glasiger Blick und eine blasse Haut zeugen von den Vorkommnissen der vergangenen Stunden, Tagen, Wochen. Doch bevor Mia in Selbstmitleid zerfließen kann, klingelt es an der Tür. Noch immer trägt sie ihr Shirt, den Bademantel und die Jogginghose. Egal. Ihr ist alles egal. Kraftlos schleicht sie zur Tür und lässt Sven wortlos herein. Wie immer trägt er keine Uniform, aber die Waffe zeichnet sich unter seiner Lederjacke ab.

»Hallo«, sagt der Kommissar und schließt die Tür hinter sich, bevor er Mia in den Wohnraum folgt. »Ich komme allein. Meine Kollegen wissen es noch nicht. Ich wollte erst einmal mit dir über alles sprechen, bevor ...«

»Willst du einen Kaffee? Ist ganz frisch«, unterbricht Mia ihn und ist bereits auf dem Weg in die Küche. Sie will jetzt einfach einen Kaffee. Die ganze Situation überfordert sie und sie braucht etwas, um sich festzuhalten.

Wenig später stellt Mia zwei gleiche Tassen mit dem heißen Gebräu auf den Tisch und setzt sich auf die Armlehne der Couch. Der Abstand zwischen ihnen hätte nicht größer sein können - nicht nur räumlich betrachtet. Wenn sie daran denkt, wie sie hier noch vor ein paar Tagen ihren Fantasien freien Lauf gelassen hat, beginnen die

Schmetterlinge in ihrem Magen zu tanzen. Alles nur Einbildung?

»Du trinkst ihn mit Milch und Zucker?«, fragt Mia und deutet auf die Tasse, doch Sven schüttelt den Kopf. »Nanu? Seit wann denn nicht mehr? Im Hotel hast du doch ...«, beginnt Mia und blickt den fremden Mann auf ihrem Sofa erstaunt an. Hat sie sich so in ihm getäuscht? Was ist nur los?

»Seit ... also ... ich ...«, stottert er, fährt sich nervös mit der Hand durch die Haare und Mia winkt resigniert ab.

»Ach, du glaubst, ich will dich töten? Vergiften oder so? Mit dem Kaffee? Du spinnst doch!«, sagt Mia, rutscht von der Lehne und baut sich vor Sven auf. »Du glaubst das wirklich, oder? So wie ich auch all die anderen getötet habe? Na, danke aber auch. Ich war das nicht. Wie oft soll ich dir das denn noch sagen?« Tränen stehen in ihren Augen und sie wischt sie wütend weg. Mia ist enttäuscht, traurig und versteht die Welt nicht mehr. »Wie kommst du eigentlich darauf? Was ist zwischen uns passiert, das du plötzlich so komisch bist?« Jetzt will sie doch wissen, warum er von seinem Verdacht keinen Millimeter abweicht.

»Also«, beginnt Sven und schiebt die Tasse ein Stück von sich fort. Er wird ihn nicht trinken, das weiß Mia. »Wir haben heute Mittag einen Anruf aus dem Kaufhaus erhalten, dass in einer Umkleidekabine eine Leiche gefunden worden ist. Natürlich hat sich die Spurensicherung auf die Suche begeben und um den Hals des Opfers blaue Fasern gefunden. Er ist erwürgt worden«. Ihre Blicke fallen gleichzeitig auf den blauen Schal, der neben Mia auf der Sitzfläche liegt.

»Das ist alles?«, fragt Mia erstaunt. »Wegen eines Schals verdächtigst du mich? Das kann doch jeder gewesen sein. Warum ich?«

»Nein. Natürlich nicht, aber ich hatte so eine Ahnung. Ohne meinen Chef davon in Kenntnis zu setzten, habe ich mir die Überwachungsbänder bringen lassen und dort sah ich, dass du um die fragliche Zeit im Kaufhaus warst. Du hast hinter einem Kleiderständer gewartet und bist dann mit dem Opfer in Richtung Umkleide gegangen. Du bist ganz genau zu erkennen, trotz deiner Mütze, die du dir tief in die Stirn gezogen hast. Jedenfalls habe ich dich gleich erkannt«, fügt er leise hinzu und schaut Mia mit traurigen Augen an. »Wenig später kamst du zurück und bist ohne anzuhalten aus der Tür gestürmt«, beendet er seine Ausführungen und steht auf. »Warum, Mia?«

Mia schaut Sven verwundert an, bevor sie sich wieder setzt und die Kaffeetasse in die Hand nimmt.

»Ja, das mag stimmen. Ich war gestern … also …«, beginnt sie und erzählt Sven mit leiser Stimme von der Vergewaltigung des vergangenen Tages. Seine Augen werden immer größer und als sie fertig ist, hat er eine Hand auf ihren Arm gelegt.

»Mia, um Himmels Willen! Aber, warum bist du nicht zu mir gekommen? Warum hast du nichts gesagt?«, fragt er schockiert und streichelt ihr über den Arm. Die vertraute Berührung ist Balsam für Mias Seele, obwohl sie schmerzt. Noch immer brennen die Wunden, die sie sich am Tag zuvor beigebracht hat.

»Weil ich nach dem Vorfall zu Hause geduscht habe, um mir die Spuren abzuwaschen. Mir hätte doch keiner geglaubt. Mit meiner Vergangenheit …« Sven nickt gedankenverloren.

»Doch, ich hätte dir geglaubt«, sagt er leise, rutscht noch näher an sie heran und legt einen Arm um ihre Schulter. Seufzend legt sie ihren Kopf auf seine Brust und genießt den Moment. Er hätte mir geglaubt, hämmert es in ihren Gedanken und die Schmetterlinge beginnen erneut zu tanzen. In diesem Moment fühlt sie sich Sven so nahe, wie sie es sich immer gewünscht hat. Er ist hier, hält sie in seinen Armen und tröstet sie. Warum hat sie gestern nicht ihn angerufen? Warum Katharina …?

»Danke«, flüstert sie leise und er hebt ihren Kopf ein Stück, um ihr in die Augen zu blicken.

»Mia, was ist danach passiert? Erzähl es mir, bitte«, fleht er sie an und sie nickt.

»Ich habe meine Therapeutin angerufen, die auch gestern Abend noch kam und … also, sie ist mir gestern Abend zur Seite gestanden und auch die Nacht über hier geblieben …« Trotz seines erstaunten Blickes erzählt Mia nichts von den intimen Momenten zwischen sich und ihrer Psychologin. Dieses Geheimnis wird sie in ihrem Inneren bewahren. »Ja, und deswegen war ich heute Morgen mit meiner Psychologin noch einmal dort. Sie hatte die Idee ihn zu suchen und zu einer Aussage zu zwingen.«

»Aber wir haben auf dem Video keine weitere Person gesehen, die euch gefolgt wäre. Wo war sie denn?«, hakt Sven nach und Mia zuckt mit den Schultern.

»Ich weiß es nicht, ehrlich. Ich weiß nur, dass ich sie angerufen habe, als ich den Typen erkannte und dann … dann …«, stottert Mia

»Ja …? Was dann? Mia! Ich muss es wissen! Denk nach!«, fordert Sven sie auf und sein Blick wird immer intensiver.

»Ich glaube, ich habe sie erreicht … und dann … kann ich mich an nichts mehr erinnern. Ich weiß nur noch, dass ich vorhin in meinem Bett aufgewacht bin. Mit rasenden Kopfschmerzen und … ohne Erinnerung. Ich weiß nicht einmal mehr, wie ich von dem Kaufhaus nach Hause gekommen bin und wo Katharina abgeblieben ist und … Aber das ist mir schon ein paar Mal so gegangen«, gibt Mia zu und errötet. Nun ist es endlich raus.

»Ach?«, fragt Sven erstaunt und Mia nickt. Dann berichtet sie, dass sie jedes Mal, wenn in ihrer Umgebung ein Mord geschehen ist, mit unheimlichen Kopfschmerzen aus wirren Träumen erwacht ist. Sie gibt auch zu, dass sie sich gewünscht hat, dass ihr Vergewaltiger stirbt, dass sie sich im Traum vorgestellt hat, wie sie ihn erwürgt und dass sie ähnliche Träume schon vorher gehabt hat. Sie erzählt ihm jeden Traum, an den sie sich erinnern kann und mit jedem Wort, das über ihre Lippen dringt kommt ihr die Situation absurder vor.

»Aber ich habe doch nie damit gerechnet, dass meine Träume Wirklichkeit werden. Oder geworden sind. Was passiert hier?«, beendet sie ihre Ausführungen und wieder laufen ihr Tränen über die Wangen. »Ich bin doch nicht verrückt, oder? Ich ermorde doch nicht wildfremde Menschen, ohne es zu wissen?«, stottert Mia hilflos. Panik macht sich in ihr breit. Ihr Herz rast, kalter Schweiß rinnt ihr über den Rück und sie verdreht die Augen. »Sven! Hilf mir!« Ein fast unmenschlicher Schrei löst sich aus Mias Kehle, als sie sich in diesem Moment über die ganze Tragweite der Geschehnisse bewusst wird. Ihre kleine Welt bricht über ihr zusammen. Tom ... die Explosion im Wohnwagen ... das Pärchen in der Sauna ... der DJ ... der Mann auf dem Balkon ... und jetzt der Typ in der Umkleide ... Das war alles sie? Sie hat all diese Menschen auf dem Gewissen. Sie hat Leben ausgelöscht? Sie hat getötet. Warum ... ?

Sven springt erschrocken auf, als er sieht, wie Mia die Kräfte verlassen und fängt sie gerade noch auf, bevor sie zu Boden gleitet.

»Ich halte dich! Ich lasse dich nicht los. Wir werden herausfinden, was passiert ist. Wir werden ... Mia! Bleib bei mir. Gib nicht auf. Ich hole Hilfe. Mia, süße kleine Mia«, spricht er sanft auf sie ein und streichelt zärtlich über ihren Kopf. Mia hängt wie eine leere Hülle in seinen

Armen und ihr Atem rasselt. Mühsam versucht er sein Handy aus der Innentasche seiner Lederjacke zu fischen um einen Krankenwagen zu rufen. Es bleibt bei dem Versuch. Aber sie braucht einen Arzt. Vorsichtig bettet er Mia auf den Boden, schiebt ein Kissen unter ihren Kopf und legt die Füße auf die Sitzfläche der Couch. Dann greift er noch einmal in die Innentasche seiner Jacke, doch noch bevor er die Nummer des Notarztes wählen kann, klingelt es an der Tür. Erleichterung macht sich auf seinem Gesicht breit und Sven steht vom Boden auf.

»Das werden meine Kollegen sein. Ich öffne eben die Tür und dann hole ich den Arzt, o.k.? Bleib liegen. Ich mach das schon. Vertrau mir. Sie werden dich … «

»Nein!« Mia stöhnt und schlägt die Augen wieder auf. «Nein, kein Arzt. Kein Krankenhaus. Bitte nicht … Ich will nicht …«, fleht sie und richtet sich mühsam auf. Bloß nicht schon wieder in die Klinik. Nicht Katharina sehen …

»Aber … Na gut, wie du willst«, gibt Sven zweifelnd nach. »Aber ein Arzt muss dich später noch untersuchen. Dann bringen wir dich jetzt aufs Revier und …« Das erneute Klingeln unterbricht Svens Erklärungen und der schrille Ton der Türglocke zerrt an Mias Nerven.

»Nein. Lass. Ich mach auf …«, sagt sie bestimmt und stemmt sich hoch. Dann schleicht sie schwankend zum Ausgang und Sven schaut ihr verwundert hinterher. Er ist über die enorme Willenskraft der zierlichen Person erstaunt. Gerade noch hat sie mit einer Ohnmacht gekämpft und nun will sie unbedingt die Tür alleine öffnen. Er weiß, dass Mia ihm unbedingt beweisen will, dass sie keinen Arzt braucht.

»Soll ich nicht doch lieber …?«, fragt Sven leise. Wie gerne hätte er ihr geholfen, sie auf Händen getragen und sich für sie in den Kampf gestürzt - doch es ist nicht seiner. Er kann ihr nicht helfen.

»...mach das schon … muss da durch ...«, flüstert sie und lässt ihren Kopf hängen. Sie hat getötet. Sie hat so vielen Menschen das Leben genommen und nun muss sie die Konsequenzen für ihr Handeln, von dem sie noch nicht einmal gewusst hat, dass sie es getan hat, übernehmen. Aber, wenn sie jetzt abgeholt wird, dann ist wenigstens der ganze Spuk vorbei.

Mia drückt ihren Rücken durch, streicht sich die Haare aus dem Gesicht, bevor sie die Tür öffnet … und erschrocken zurück taumelt. Vor ihr stehen keine uniformierten Beamten, sondern … Katharina Pescado. Sie hat einen Blumenstrauß in der einen und eine Flasche Wodka in der andern Hand. Sie weiß genau, wie sehr Mia dieses Gebräu liebt. Ohne ein Wort der Begrüßung, fällt Katharina ihr um den Hals und Mia spürt die feuchten Tränen ihrer ehemaligen Vertrauten an ihren Wangen. Dann löst sie sich wieder von ihr und beginnt, sich mit flehender Stimme zu entschuldigen.

»Mein Herz! Ich habe das doch alles nicht gewollt. Ich liebe dich doch. Natürlich kann ich nicht länger deine Therapeutin sein. Aber das will ich auch gar nicht. Ich will mit dir zusammen sein und dich glücklich machen. Es wird sich vieles ändern, vertrau mir. Wir ziehen in eine andere Stadt und lassen alles hinter uns. Du wirst sehen, alles wird gut ...« Mia steht stocksteif ohne die Umarmung zu erwidern und lässt den Wortschwall über sich ergehen.

»Mia? Alles gut? Brauchst du Hilfe? Wer ist es denn?«, ertönt die dunkle Stimme von Sven aus dem Wohnbereich und plötzlich lässt Katharina sie los. Ihre Augen, die Mia eben noch voller Liebe betrachtet haben, werden dunkel und ihre Lippen verziehen sich zu einem dünnen Strich.

»Ach! Er ist da, ja? Na, du hast dich aber schnell getröstet.« Wütend schiebt die Psychologin Mia unsanft zur

Seite und stürmt in den Wohnraum. Dann wirft sie den bunten Blumenstrauß auf den kleinen, gläsernen Couchtisch und knallt die Flasche daneben. Die Kaffeetassen klirren gefährlich.

»Aha! Also doch! Musst du mir immer alles kaputt machen? Das war ja schon früher so. Immer mischt du dich in mein Leben ein und … aber nicht mit mir! Nicht schon wieder!«, brüllt Katharina den vor ihr stehenden Sven an und Mia versteht kein Wort. Warum sind die beiden miteinander vertraut? Der Kommissar und die Psychologin stehen sich gegenüber und starren sich hasserfüllt an.

»Ach, meine liebe Ex-Frau ist die Psychotussi? Na, das hätte ich mir denken können. Kein Wunder, dass die arme Mia so durch den Wind ist. Du hast sie bestimmt erst richtig krank gemacht!« Sven ist ganz ruhig, aber seine Stimme ist eiskalt und schneidend - wie stürmischer Nordwind. Mia läuft eine Gänsehaut über den Körper und sie fängt an zu zittern. Wie zwei blutrünstige Tiere stehen sich ihre beiden liebsten Menschen gegenüber. Die Spannung ist nahezu greifbar und Mia glaubt beinahe Funken sprühen zu sehen. Die Nerven aller Beteiligten sind zum Zerreißen gespannt, als … Katharina plötzlich in ihre Handtasche greift und darin herum kramt. Dann zieht sie etwas heraus und schiebt es sich zwischen die Lippen. Svens Hand springt automatisch zur Waffe, doch er lässt sie darauf ruhen. Wird er sie erschießen? Mia ist wie erstarrt. Was soll sie nur machen? Dazwischen gehen? In ihrem desolaten Zustand? Zuschauen? Doch die Entscheidung wird ihr in diesem Moment abgenommen. Katharina dreht sich zu ihr herum, nimmt sie in die Arme und drückt ihre sanften, weichen Lippen auf Mias. Ein Judaskuss? Doch, da ist etwas Hartes … eine Tablette? Mia öffnet ihren Mund ganz automatisch und nimmt den Gegenstand entgegen. Kurz bevor sich die beiden Frauen wieder voneinander lösen, flüstert ihr die Psychologin etwas ins Ohr.

Katharina steht vor mir und schaut mir tief in die Augen. Ihre Stimme ... die Worte ... diese Augen, die bis in meine Seele blicken. Ich bin ganz steif vor Angst. Ich kenne diese Worte. »Flieg mein Vögelchen, flieg«. Noch habe ich die Tablette in meinem Mund, doch sie beginnt sich langsam aufzulösen. Sie schmeckt wie ... die Tropfen ... die ich immer nahm ... die kleine, blaue Flasche ... Ihr Augen starren mich an und fordern mich auf. Ich weiß, was das zu bedeuten hat, was ich zu tun habe. Aber ich will nicht! Verdammt! Ich will Sven nicht töten. Ich werde ihm nichts antun, auch wenn das Feuer der Vernichtung in mir brodelt. Er liebt mich doch. Das weiß ich ... und ich liebe ihn! Ich will ihn nicht ...

»Nun mach schon«, höre ich die mir sehr bekannte, ruhige und sanfte Stimme von Katharina – in meinen Ohren, in meinem Kopf, in meinem Innersten. Sie zwingt mich. Sie hält die Fäden in der Hand, steuert mich. Ich weiß, dass ich ihr gehorchen muss, ich weiß, dass ich ... Langsam gehe ich an Katharina vorbei, die ein diabolisches Grinsen auf den Lippen trägt.

»Gut so mein Vögelchen. Flieg!«, flüstert sie mir leise zu. Ich verstehe sie, mein Körper reagiert auf ihre Worte, doch zum ersten Mal weigert sich etwas tief in mir, ihren Befehlen zu gehorchen. Ich will stehen bleiben, will nicht weiter gehen, doch Schritt für Schritt bewege ich mich katzenartig auf Sven zu. In einer fließenden Bewegung greife ich nach dem Schal, der noch immer auf der Lehne des Sofas liegt.

»Ja, Mia. Komm zu mir. Ich beschütze dich vor dieser Hexe. Sie ist schuld. Ich weiß es. Wir ...«, dringen Svens Worte bis zu meinen Ohren, doch sie schaffen es nicht in mein Bewusstsein. Er will mir helfen ... Sie ist Schuld ... tropfen die Worte wie zähflüssiger Schleim durch meine Gedanken, kämpfen gegen die sanften Töne von Katharina ... »flieg mein Vögelchen, flieg« ... Ich muss ... ich werde ... Kurz bevor ich

Sven erreiche, öffnet er seine Arme und will mich zu sich heran ziehen. Sein Fehler ... Geschossartig strecke ich beide Arme nach vorne und mit voller Wucht prallen meine Handflächen auf seine Brust. Etwas knackt ... und er taumelt erschrocken zurück. Sven stolpert über die Türschwelle zur Küche, schlägt mit dem Rücken gegen die Herdplatte und sein Kopf knallt gegen den eisernen Türgriff einer der Hochschränke. Das Geschirr im Inneren klappert. Ein schmerzerfüllter Schrei löst sich von seinen Lippen.

»*Mia! Was tust du?*« *Wie ein nasser Sack rutscht er zu Boden und greift mit einer Hand an die klaffende Wunde an seinem Kopf. Blut quillt hervor und läuft über sein Gesicht. Als er seine roten, verschmierten Finger betrachtet, weiten sich seine Augen und sein Blick huscht wie irre zwischen mir und seiner Hand hin und her. Er kann einfach nicht glauben, was gerade passiert. Starr vor Verwunderung bleibt er sitzen, als ich mich über ihn beuge. Warum wehrt er sich nicht? Stösst mich nicht davon? Ich will ihm nicht schaden, ihn nicht verletzten, ihn nicht töten. Weiß er denn nicht, was ihm bevorsteht? Ahnt er es denn nicht? Wehr dich ... hilf mir...!, will ich ihm zuschreien, doch meine Kehle ist wie zugeschnürt und mein Körper reagiert vollkommen ferngesteuert. Ich will es nicht ... ich ... zögere. Doch da ist wieder diese Stimme. Ob sie real oder nur in meinem Kopf ist, das weiß ich nicht, aber sie befiehlt mir, ihm meinen Schal um den Hals zu legen... und zuzuziehen ... Ich gehorche ... und ziehe ... ziehe immer fester ... Da erwacht er aus seiner ungläubigen Starre und brüllt für mich völlig unverständliches Zeug. Seine Hände packen meine Beine, doch noch immer halte ich die Enden des Schals in meinen Händen ... und ziehe ... Er wehrt sich, brüllt, schlägt um sich ... röchelt ... Doch ich lasse nicht los. Spüre keine Schmerzen ... Nur diesen Drang zu töten. Wann wird er aufgeben? Wann wird seine Luft aufgebraucht sein? Hör doch auf, dich zu wehren, dann kann ich endlich loslassen ... Seine aufgerissenen Augen starren in meine und als ob er mein heimliches Flehen verstanden hätte, erschlafft sein Körper in diesem Moment unter mir und ich kann den Schal fallen lassen. Die Stille, die mich daraufhin erschlägt, ist fast noch schlimmer. Doch es ist noch nicht vorbei. Sven liegt vor mir mit geschlossenen Augen und bewegt sich nicht mehr. Sven … mein Sven …! Tränen schießen mir in die Augen. Ich habe ihn getötet! Doch noch immer darf ich nicht schwach werden. Noch immer ist da diese Stimme. Katharinas Stimme. Hinter mit. Neben mir. In mir. Mit gekonnten Worten befielt sie mir, die Wodka Flasche zu öffnen und über seinem Kopf auszuleeren. Ich gehorche. Wiederwillig, aber ich kann den Zwang noch immer nicht ablegen. Ganz automatisch schraube ich den Verschluss ab und schütte den farblosen Inhalt über den reglosen Körper. Ganz dicht stehe ich über ihn gebeugt. Plötzlich öffnet er seine Augen. Ein milchiger Schleier trübt seinen Blick … Er lebt! Doch, er bewegt sich nicht. Katharina bekommt von all dem nichts mit. Sie tanzt singend durch den Wohnraum und freut sich, dass ihr Plan aufgegangen ist. Ich sehe in die flehenden Augen, die mich versuchen festzuhalten. Ich sehe seine Lippen, die leise Wörter formen. Ich blicke ihm direkt in die Augen und … höre wieder die Stimme von Katharina.*

»Nimm dein Feuer aus der Tasche, mein Vögelchen. Zünde ihn an. Lass ihn brennen. Er muss brennen in den Tiefen der Hölle! Mache es! Jetzt!« Der herrische Befehlston lässt mich in die Tasche des Bademantels greifen und ich ziehe das Feuerzeug heraus. Der Deckel schnappt auf und ich sehe die Flamme. Wie in meinem Traum. Der brennende Mensch in meinem Traum. Das war Sven! Ich kann mich erinnern … ich will es nicht … doch ich muss! Rot und heiß lodert die Flamme in meiner Hand. Ich muss nur noch das Feuerzeug loslassen und dann … Wieder sehe ich in die Augen von Sven und erkenne seine vollen Lippen, die ich in diesem Moment so gern berührt hätte, so gerne geküsst hätte … ich zögere. In diesem Augenblick erkenne ich die Worte, die er immer und immer wieder formt.

»Nein Mia. Ich liebe dich. Wach auf. Zähle ... Drei ... zwei ...eins ... Wach auf!« Langsam wiederhole ich die Worte. »Mia wach auf ... Mia wach auf ... drei ... zwei ... eins... Ich liebe dich ... auch« ...

... sagt Mia plötzlich leise und erwacht aus ihrer Hypnose. Der Bann ist gebrochen. Ihr Innerstes hat gesiegt, ihr Wille war stärker - und plötzlich sind da wieder diese Kopfschmerzen und eine grenzenlose Müdigkeit. Doch sie darf jetzt nicht nachgeben. Nicht jetzt. Katharina hat noch nicht bemerkt, dass Mia erwacht ist. Noch immer tanzt die Psychologin vollkommen von Sinnen durch den Wohnraum und freut sich auf das Feuer, das gleich brennen wird. Doch es wird niemals brennen. Mia lässt das Feuerzeug zuschnappen und es fällt ihr aus der Hand. Dann bricht sie neben Sven zusammen. Ihre Körper liegen so dicht beieinander, dass sie sich in die Augen sehen können.

»Jetzt bist du dran«, flüstert Mia kraftlos. In diesem Moment bemerkt auch Katharina, dass sich das Blatt gewendet hat und steht wie versteinert im Türrahmen. Dann beginnt sie, wie von Sinnen zu kreischen.

»Verräter! Ihr Schweine! Mein ganzes Leben habt ihr zerstört!« Wütend bückt sie sich nach dem Feuerzeug und lässt den Deckel erneut aufspringen. »Dann sollt ihr beide brennen! Wenn ich dich nicht haben kann, dann soll er dich auch nicht bekommen!« Der rote Schein der Flamme spiegelt sich in Svens aufgerissenen, milchigen Augen und Mia seufzt. Warum bewegt sich Sven nicht? Warum tut er nichts? Jetzt wird sie sterben. Verbrennen. Mit Sven. Doch es ist ihr egal. Sie kann nicht mehr. Sie kann einfach nicht mehr. Wenn sie jetzt sterben muss, dann soll es eben so sein ... die gerechte Strafe für all ihre Taten ... aber Sven ...? Der Kommissar ist so schwer verwundet, dass er sich noch immer nicht bewegen kann.

Mia blickt in seine vor Angst geweiteten Augen, die ihren so nahe sind. Sie hört sein Röcheln, spürt seine vergeblichen Versuche sich aufzurichten und sieht das Blut, dass sich mit ihren Tränen auf dem Boden vermischt. Kraftlos schließt Mia die Augen und wartet auf das verzehrende Feuer, dass sie gleich verbrennen wird. Sekunden werden zur Ewigkeit ...

Plötzlich hört Mia einen ohrenbetäubenden Lärm, ein Schuss zerreißt die Stille und sie hört, wie das Feuerzeug klappernd zu Boden fällt. Stimmen überschlagen sich und die gellenden Schreie von Katharina Pescado brechen ihr das Herz.

Epilog

Mia sitzt mit nackten Füssen und angezogenen Beinen auf der weißen Decke ihres Bettes. Ihre geliebte, schwarze Jogginghose und ein großes, buntes T-Shirt bedecken ihre Narben. Draußen, auf dem schmalen Fenstersims, hat sich ein kleiner Berg Schnee aufgetürmt, der jetzt, in der milchigen Mittagssonne, langsam dahin schmilzt. Die Strahlen kriechen durch den winzigen Raum und lassen ihn ein wenig größer erscheinen. Mia braucht nicht viel. Ein kleiner Schrank, in dem sie ihre wenigen Habseligkeiten verstaut hat, steht in der gegenüberliegenden Ecke. Wenn sie ihren Arm aussteckt, kann sie ihn fast erreichen. Auf dem kleinen Tisch neben ihrem Bett liegen ein paar Zeitungen, die schon einige Wochen alt sind. Immer wieder blättert sie darin herum. Jeden Artikel hat sie schon mehrere Mal gelesen, doch sie kann sich nie daran erinnern. Die Tabletten, die sie ihr hier geben, nimmt sie gerne. Sie vertreiben ihre Erinnerungen und machen sie müde. Sie verschläft fast den ganzen Tag. Vollkommen ohne Träume, ohne Gedanken, ohne Angst. Sie ist sehr froh, hier zu sein. Endlich hat das Leiden ein Ende. Jetzt kann etwas Neues beginnen. Jeden Tag wieder.

Irgendwie ist es auch gemütlich hier. Sie hat ein paar Stofftiere als Farbtupfer auf ihrem Bett drapiert und einige Zeitungsausschnitte, die ihr sehr wichtig sind, zieren die Wand gegenüber. Das leise Ticken der Uhr über dem weißen, hölzernen Schreibtisch, auf dem ein kleines Büchlein und ein Stift bereit liegen, wirkt beruhigend auf Mia. Noch immer schreibt sie gerne, denn so kann sie ihre Gedanken sortieren und bekommt ein wenig Stabilität im Alltag. Auch ihr neuer Therapeut, ein erfahrener, älter Mann, muntert sie dazu auf. Nie wieder wird sich Mia in die Hände einer jungen Psychologin begeben.

Die leisen Geräusche, die jetzt zu ihr durch die dicke, verschlossene Tür dringen, sind ihr sehr vertraut. Ein leichter Essensgeruch zieht ihr in die Nase und ihr Magen grummelt fordernd. Gleich gibt es Mittagessen. Wie gerne hätte sie jetzt eine Zigarette gehabt, aber in diesem Zimmer ist rauchen strengstens untersagt.

Plötzlich klopft es an der Tür.

»Herein«, sagt Mia und ein Lächeln erhellt ihr Gesicht, als sie die Person erkennt, die im Türrahmen steht, nachdem das Schloss entriegelt wurde.

»Guten Tag Mia. Na, wie geht es dir heute? Schon ein bisschen besser? Immerhin bist du nicht mehr so blass wie in den vergangenen Wochen.« Sven Wolf steht mit einem kleinen Stoffbären in der Hand vor ihr und drückt ihr zärtlich einen Kuss auf die Stirn.

»Hallo Sven. Ja, mir geht es sehr gut. Die Tabletten schlagen an - aber sie machen mich auch sehr müde«, antwortet sie dem Mann, der sie jeden Tag besucht.

»Ich will dich auch gar nicht lange stören, ich weiß, dass es hier gleich Essen gibt und du danach schläfst - und das ist auch gut so«, sagt er verständnisvoll. »Ruh dich aus und werde gesund, denn wir haben noch viel vor.« Mit diesen Worten zaubert er einen Funken Hoffnung in Mias Gesicht. Alles wird gut.

»Übrigens, heute war endlich die Verhandlung und alles ist gut ausgegangen. Katharina Pescado ist zu ihrer verdienten, lebenslangen Haftstrafe verurteilt worden. Auch ihr angeschossener Arm ist wieder ganz verheilt. Es war nur eine Fleischwunde, die meine Kollegen ihr zugefügt haben, doch die hat uns beiden das Leben gerettet«. Sven hat sich neben Mia aufs Bett gesetzt und sie in den Arm genommen. Beide genießen die kurzen Augenblicke der Zweisamkeit, die wie gestohlene Momente sind. Mia darf noch immer keinen fremden Besuch bekommen. Nur Sven, in seiner Tätigkeit als Kommissar, hat eine Ausnahmeregelung erhalten. Wie es Sandrine und Cara geht, das weiß Mia nicht, aber die Gedanken an die beiden Freundinnen, die sie durch die letzten Monate begleitet haben, scheinen ihr auch nicht wichtig. Sven ist wichtig. Denn er ist bei ihr.

»Der Staatsanwalt hat ihr zweifelsfrei nachgewiesen, dass sie dich durch Hypnose zu all den Morden verleitet hat. Denn immer, bevor ein Mord geschehen ist, hast du einen Anruf bekommen. Wir gehen davon aus, dass sie dich die ganze Zeit beobachtet hat, dass sie immer wusste, was du gerade machst und wie sie dich für ihre Rachepläne verwenden kann. Allerdings hat sie sich zu keinem Zeitpunkt zu den Vorwürfen geäußert und auch während der Verhandlung eisern geschwiegen. Selbst ihr Anwalt konnte nichts erreichen.« Mia lauscht den Erzählungen von Sven interessiert und nickt immer wieder. Allerdings wird sie in ein paar Stunden die Einzelheiten wieder vergessen haben. »Bei diesen Anrufen hat sie dir wahrscheinlich die Schlüsselworte gesagt und du musstest Tropfen oder ähnliches zu dir nehmen. Kannst du dich noch erinnern, welche das waren?« Sven schaut Mia fragend an, doch diese schüttelt den Kopf.

»Nein, ich weiß das alles nicht mehr. Ich weiß so vieles nicht mehr. Aber ich denke, es ist gut so wie es ist, oder?« Sven nickt und streichelt ihr über die Arme. Er weiß, dass es sinnlos ist, Mia nach den Tathergängen zu befragen. Sie hat die letzten Monate in ihrem Innersten verschlossen und den Schlüssel vergraben. Doch es ist auch nicht wichtig. Die Zukunft ist wichtig.

»Irgendwann, wenn du wieder ganz gesund bist, dann ziehen wir von hier weg. Dann lassen wir alles hinter uns und beginnen ein neues Leben - ohne Vergangenheit. Vielleicht in einem kleinen Haus am Meer, mit einem weißen Zaun darum, direkt hinter dem Deich. Was hältst du davon?«, fragt er und kennt die Antwort bereits. Jeden Tag erzählt er ihr von seiner Vorstellung über ein normales Leben mit Mia am Meer und jedes Mal ist sie ganz begeistert, denn es sind auch ihre Träume.

»Versprochen?«, fragt Mia hoffnungsvoll.

Sven deutet auf das kleine Medaillon von der Firma »Heartbreaker«, das Mia um den Hals trägt. Das wertvolle, silberne Schmuckstück, das er ihr vor einigen Wochen, gleich nach der Einlieferung, geschenkt hat, beinhaltet zwei Bilder. Auf dem einen ist er selber zu erkennen, wie er lächelnd in die Kamera blickt und auf dem anderen ist ein Sonnenuntergang am Meer zu sehen. »Wenn du traurig bist, dann schaue dir die Bilder genau an. Mein Lächeln soll dir immer sagen, wie sehr ich dich liebe und das ich auf dich warten werde, egal, wie lange dein Aufenthalt hier dauern wird. Das andere Bild soll dir unsere Zukunft zeigen, die wir irgendwann leben werden – du und ich gemeinsam am Strand. Träume dich ans Meer. Dort warst du immer glücklich und wirst es auch wieder sein«, hat er ihr damals gesagt, als er es ihr um den Hals gehängt hat – und Mia befolgt seinen Rat jeden Tag. Das ovale Medaillon mit dem Seestern ist das Wertvollste, was sie besitzt. Es schenkt ihr Halt und Kraft in dunklen Momenten und lässt sie träumen - träumen, von einer schönen Zukunft mit Sven.

»Ja, versprochen«, sagt Sven in diesem Moment, lächelt sie liebevoll an und Mia versinkt in seinen Augen wie in einem tiefen, weiten Ozean der Sehnsucht.

Jeden neuen Morgen wieder,
geht die Sonne für uns auf -
und der Tag singt seine Lieder
nimmt dann einfach seinen Lauf.

Der Alltag hat uns jederzeit
ganz fest in seinem Griff.
Zukunft und Vergangenheit
sind uns täglich ein Begriff.

Jeden Tag versucht man eben
die neue Wunderwelt zu sehen.
Welche Träume kann man leben
um das alles zu verstehen?

Was die Stunden uns so zeigen
wird man dann am Abend wissen.
Wenn wir reden oder schweigen
im Bette liegen auf dem Kissen.

Doch bis dahin ist viel Zeit.
Die ganze Welt steht uns noch offen.
Ist der Weg auch manchmal weit
bleibt uns einfach nur zu hoffen.

Danksagung

Ein herzliches DANKE geht an meinen Mann und meine Familie, die immer an mich geglaubt und mich unterstützt haben – auch, wenn es oft nicht einfach war.

Auch meinen Freunden danke ich sehr. Ich bin froh, dass ihr an meiner Seite geht und euch oft meine Geschichten immer und immer wieder anhört.

Ein weiteres, ganz herzliches Dankeschön geht an meine Testleserinnen – ohne euch gäbe es dieses Buch nicht!

Last but not least geht ein ganz besonderer Dank geht an meine treuen Leser und Leserinnen! Vielen Dank, dass es euch gibt und ihr mir die Chance gebt, meine Bücher in die Welt zu tragen. Vielleicht schenken sie dem ein oder anderen ein kleines Licht in dunklen Stunden.

Danke – so ein kleines Wort
trägt die Sorgen mit sich fort
Es gibt mir Halt und Kraft und Mut.
Das kleine Wort – es tut so gut.

Das Wort in Wahrheit ausgesprochen,
lässt mich schweben, lachen, hoffen.
Hoffen, dass ich alles richtig mache,
dass ich meine Aufgaben auch schaffe.

Danke – kann so viel Nähe bringen –
lässt die Herzen höher schwingen.
Es kann auch eine Brücke schlagen.
Von Herz zu Herz – an kalten Tagen.

Nun spreche ich dir mein DANKE aus.
Ich denke mir, das Wort will raus.
Ich dank' dir sehr für alles das,
was du täglich für mich machst.

An dunklen Tagen bist du mein Licht –
doch so einfach ist das manchmal nicht.
Du gibst nicht auf und glaubst an mich
hältst meine Hand – führst mich ins Licht.

Durch dunkle Zeiten Angst und Neid –
doch diesen Weg gehen wir zu zweit.
Wenn ich dich brauche, dann bist du da.
DANKE mein Freund – du bist so wunderbar.

Weitere Bücher der Autorin:

Brennende Liebe – Christina Stöger

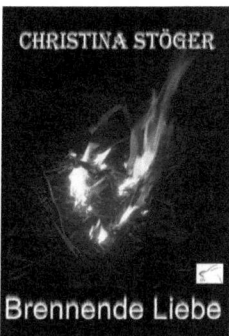

"Also, meine Liebe, wenn ich mir das alles so überlege, dann kann ich dir nur sagen, nimm das mit, was du kriegen kannst und erwarte nicht zu viel. Ich kenne Mike ja nun schon auch `ne Zeit - und kann dir bestätigen, dass er ein wundervoller Liebhaber ist." Ihr Grinsen sah ich praktisch durch den Telefonhörer. Sie also auch, da hatte mich mein Bauchgefühl doch nicht betrogen. Dieser Bauch, in dem die Schmetterlinge nur beim bloßen Gedanken an ihn Samba tanzten. "Ja, das hab ich mir auch schon gedacht. Also keine Beziehung? Nun `nen One-Night-Stand?" War es wirklich das, was sie wollte? Chrissy hat sich unsterblich verliebt, natürlich wieder in den vermeintlich Falschen. Aber weiß man das vorher? Vielleicht wird ja doch noch alles gut? Und somit begibt sie sich in ein Abenteuer, das ihre Welt verändern wird - denn Liebe brennt nicht nur im Herzen...

Christina Stöger - Brennende Liebe 144 Seiten, Paperback, Klebebindung, Format 13,0 x 20,0 cm ISBN: 978-3-942614-52-8 11,50 € Edition Paashaas Verlag epv - Verlag

Der Debütroman ist erhältlich als ebook oder als Taschenbuch.

Ein Glas Leben – Kurzgeschichtensammlung

"Ein Glas Leben" von Christina Stöger. 19 Kurzgeschichten - ein mörderisch guter Cocktail zum Abschalten vom Alltag. Begleiten Sie die Autorin auf eine Reise durch Leben, Liebe und Tod. Denn ein Glas Leben hat viele Facetten und bringt Spannung, Unterhaltung und auch den einen oder anderen Mord.

Dieses Buch ist so vielfältig, wie das Leben selbst. Geschichten aus dem Alltag, die Abwechslung bieten. Ob Schutzengel, Feuerteufel, der eigene Schweinehund oder gar eine Handy freie Zone - denn nichts ist spannender als das wahre Leben.

Ein Glas Leben - Kurzgeschichten Christina Stöger ISBN:978-3942614-76-4, Größe:14,8*21 cm, 184 Seiten, Paperback, Preis:13,20 € Edition Paashaas Verlag

1980 in Hamburg geboren, lebt Christina Stöger glücklich verheiratet nun im Süden Deutschlands. Ob im Café oder beim Spaziergang mit ihrem Hund – immer ist sie bereit, von Freunden erlebte Geschichten oder eigene Gedanken und Gefühle mit großer Emotion zu Papier zu bringen. Lyrik und Prosa schreibt sie mit viel Herz und Gefühl.